이야기와 서스펜스가 결합된 걸작들로 최고의
베스트셀러 작가에 올랐다. 소설, 논픽션, 희곡을
아우르는 그녀의 글쓰기는 만년까지 이어졌으며
30권이 넘는 작품들을 세상에 내놓았다. 한편
듀 모리에가 자신의 상상력을 유감없이 발휘한
분야는 단연 단편소설이다. 공포와 서스펜스가
절묘하게 결합된 그녀의 단편들은 캐릭터 구축과
상상력, 암시적인 은유, 시대를 앞선 상황 설정 등을
선보이면서 오늘날 이 분야의 고전들로 인정받는다.
1969년 듀 모리에는 그간의 문학적 공헌으로
기사 작위에 해당하는 데임 작위를 하사받았고
1977년에는 미국 미스터리 작가 협회로부터 그랜드
마스터상을 받았다. 1989년, 81세를 일기로 그녀의
수많은 작품 무대가 되었던 콘월의 자택에서
사망했다. 듀 모리에의 전기 작가인 마거릿 포스터는
"인기 작가로서 듀 모리에처럼 장르 분류의 틀을
그토록 성공적으로 거부한 이는 아무도 없다……
소설가로서는 매우 드물게 대중소설로서도 까다로운
기준을 만족시켰을 뿐 아니라 '정통 문학'으로서도
엄격한 기준을 충족하였다"고 헌사를 남겼다.

인형

THE DOLL   Daphne du Maurier

대프니 듀 모리에
변용란 옮김

인형

차례

일러두기

1. 본문의 각주는 모두 옮긴이 주이다.

2. 본문의 굵은 글씨는 원서에서 이탤릭체로 강조된 것이다.

3. 이 책에서 외래어 인지명은 국립국어원 외래어 표기법에 따라 표기했다.
   다만 일부 작품명 경우 국내에 출간된 제목으로 기재했다.
   예) 듀 모리에의 장편소설 『레베카*Rebecca*』 / 리베카Rebecca

동풍

영국 서남쪽 끝자락인 실리 제도에서 서쪽으로 160킬로미터쯤 더 벗어나 선박들의 주요 뱃길과도 동떨어진 곳에 작고 험준한 세인트힐다섬이 자리 잡고 있다. 넓이가 5~6제곱킬로미터에 불과한 그곳은 척박하고 바위투성이여서 삐죽삐죽한 거대한 절벽이 깊은 바다로 가파르게 이어진다. 항구라고 해봤자 작은 만에 지나지 않아 섬으로 들어가는 입구는 바위 틈새에 파고든 검은 구멍 같다. 바다에서 솟아난 기괴하고 일그러진 바위섬은 사방에서 불어오는 바람에 잿빛 얼굴을 들어 올린 채 그 황량함으로 장관을 이룬다. 대서양이 통째로 몸부림을 치던 어느 순간 깊은 바닷속에서 토해 올린 작은 땅 조각 하나가 영원히 바다의 분노를 견뎌내려고 고집스레 그곳에 자리를 잡은 것인지도 모르겠다. 한 세기가 지나도록 섬의 존재를 아는 이는 거의 없었고, 수평선에 떠 있는 섬의 검은 윤곽선을 본 수많은 선원들도 대양 한가운데 보초를 서듯 뜬 외로운 바위일 뿐이라고 생각했다.

세인트힐다섬의 인구는 일흔 명을 넘긴 적이 없으며, 주민들은 모두 실리 제도와 아일랜드 서부에서 온 초기 정착민들의 후손이다. 그들의 유일한 생계 수단은 고기잡이와 밭농사였다. 요즘엔 다달이 들르는 연안 증기선과 무전 설비 덕분에 형편이 무척 달라졌다. 하지만 지난 세기의 전반부만 해도, 때때로 본토와 아무런 소통도 없는 세월이 이어졌고, 어쩔 수 없는 근친혼의 결과로 주민들은 말이 없고 무기력한 사람들로 변해갔다. 당시엔 책도, 신문도 없었던 데다가 원주민들이 세운 작은 예배당도 사용하지 않게 되었다. 하루하루의 단조로움을 깨뜨릴 만한 새로운 얼굴이나 참신한 생각이 있을 리 없으니, 매년 해가 바뀌어도 삶은 변함없이 그대로였다. 가끔 수평선에 희미하게 돛의 형체가 일렁거리면 사람들은 경이로운 시선으로 바라보지만, 돛은 서서히 점이 되어 멀어졌고 미지의 배는 망각 속으로 사라졌다.

해안에 밀려와 끊임없이 부딪치는 파도처럼 단조롭고 고요하며 흔들림 없는 존재로 태어난 세인트힐다섬의 원주민들은 평화로운 사람들이었다. 그들은 섬 이외의 세상을 전혀 알지 못했고, 탄생과 죽음과 계절의 변화 이상의 중요한 사건을 겪어본 적이 없었다. 그들의 삶은 격한 감정이나 깊은 슬픔에 휩쓸린 적이 없었으며, 그들의 욕망은 한 번도 빛을 발하지 못한 채 영혼 깊숙이 갇혀 있었다. 그들은 어둠 속에서 더듬거리는 삶에 만족한 채 아이들처럼 맹목적으로 행복하게 살았고, 결코 어둠 너머의 무언가를 찾으려 들지 않았다. 안온함에 깃든 무지 속에서도 행복은 절대 요란하거나 의기양양한 것이 아니라 평화롭고 고요한 것이라고 내면의 어떤 감각이 그들에게 경고했다. 그들은 땅만 보고 걸어 다녔으며, 배 한 척 오지 않는 바다를 바라보거나 고개를 들어 좀체 변하지 않는 하늘을 올려다보는 일을 싫증 내게 되었다.

여름과 겨울이 지나가고 아이들은 성인 남녀가 되었다. 그들의 삶엔 그 이상의 변화가 없었다. 머나먼 곳 다른 땅에는 이상한 사람들이 살고 있으며, 그곳의 삶은 어렵기 짝이 없어 생존을 위해 사람들이 서로 싸워야 한다고들 했다. 이따금 본토에서 살아가는 인생을 계획한 섬 주민이 바깥세상의 소식을 갖고 돌아오겠노라 약속하며 돛을 올리고 떠나가기도 했다. 그러나 결국 돌아온 사람이 없었으니 그가 물에 빠져 죽었는지 지나가는 배를 얻어 탔는지는 아무도 알 수 없었다. 섬을 떠난 사람은 그 누구도 돌아오지 않았다. 아주 드물게 세인트힐다섬에 들렀던 몇 척 안 되는 배도 딱 한 번 정박했을 뿐 다시는 섬을 찾지 않았다.

마치 그런 곳은 거의 존재하지 않는다는 듯이, 뱃사람의 두뇌가 만들어낸 꿈이자 환상에 불과하다는 듯이, 현실에 대한 도전으로 한밤중에 바다에서 솟아났다가 파도와 안개 속으로 사라져 잊히고 말아 훗날 반쯤 무의식 속에서나 떠올리지 않으면 죽음을 맞이하는 순간 흐릿한 머릿속에 아련하게 잠시 스쳐 가는 생각으로 치부되었다. 그러나 세인트힐다섬 사람들에게는 섬이 현실이고, 그곳을 오가는 배가 환상이었다.

존재하는 것은 오로지 섬뿐이었다. 그 너머는 손에 잡히지 않는 유령 같은 곳이었다. 진실은 햇빛에 달구어진 바위 속에, 흙의 손길에, 절벽에 부딪치는 파도 소리 안에 존재했다. 그것은 소박한 고기잡이꾼들의 믿음이었고, 그들은 낮에는 그물을 던지다가 밤이 되면 방파제 벽에 기대어 한담을 나누었지만 바다 건너 육지에 대한 생각은 일체 하지 않았다. 새벽이 되면 사람들은 고기를 잡으러 바다로 나갔고 그물이 그득해지면 섬으로 돌아와, 들판으로 이어지는 가파른 길을 기어올라 무심한 끈기로 땅을 일구었다.

바닷가에 옹기종기 모여 있는 오두막집엔 온 가족이 다 모여 살아도 방 개수가 둘을 넘기는 일이 좀체 없었다. 여자들은 집 안에서 허리를 굽혀 불을 피우고 요리를 하고 남자들의 옷을 손질하고 새벽부터 황혼까지 평온하게 이야기를 나누었다.

　다른 집들과 동떨어져 절벽 꼭대기에 지어진 오두막 한 채는 작은 만을 내려다보고 있었다. 오늘날엔 집터만 남았을 뿐, 오두막 대신 흉물스러운 무선국이 서 있지만 60년 전 그곳은 세인트힐다섬의 우두머리 어부가 살던 집이었다. 거스리는 그 집에서 아내 제인과 함께 욕망도 잊고 괴로움도 모른 채 서로에게 만족하며 아이들처럼 살고 있었다.

　해 질 무렵 거스리는 절벽에 서서 바다를 바라보았다. 그의 발아래 항구엔 밤을 대비하여 묶어둔 어선들이 물결에 흔들거렸다. 방파제에 걸터앉아 잡담을 하는 남자들의 목소리가 허공으로 솟아올라 희미한 아이들의 울음소리와 뒤섞였다. 작은 부두는 물보라와 죽은 생선의 피와 비늘로 미끌미끌했다. 굴뚝에서 피어난 연기가 가느다랗고 파란 기둥처럼 솟아오르다 허공에서 방향을 틀어 구부러졌다. 오두막 문에서 나온 제인이 양손을 눈 위에 대고 남편을 찾았다. "어서 내려와!" 그녀가 소리쳤다. "저녁 식사 준비 해놓은 지 한 시간이나 됐어. 보나 마나 다 식어서 맛도 없을 거야." 그는 손을 흔들고는 돌아서서 마지막으로 한 번 더 수평선에 시선을 보냈다. 하늘엔 군데군데 새하얀 구름이 흩어져 있고, 낮엔 기름을 덮은 듯 잔잔했던 파도가 낮게 일렁이며 항구로 밀려들었다. 섬 동쪽 입구 근방에서는 벌써 바닷물이 바위를 때리고 있었다. 바다가 힘을 그러모으면서 부드럽게 윙윙대는 소리가 그의 귓가를 스쳤고 서늘한 바람이 그의 머리칼을 흩뜨렸다. 그는 마을까지 언덕을 달려 내려가 벽에 기대서 있는 어부들에게 소리쳤다.

"동풍이 시작되고 있어." 그가 사람들에게 말했다. "하늘이 생선 꼬리처럼 변하고, 큰 파도가 몰려와 바위를 삼키는 거 안 보여? 자정 전에 엄청난 강풍이 몰려오면서 바다가 악마보다 더 거칠게 성을 낼 거야. 배를 잘 단속해."

항구는 바람이 미치지 않는 곳에 있었지만 배가 떠내려갈 가능성에 대비하여 어선들은 이물과 고물을 서로 단단히 묶어두었다.

밤새 불어닥칠 폭풍에 맞서 모든 것이 안전하게 마무리된 것을 지켜본 다음에야 거스리는 절벽 위 자신의 집으로 이어지는 오솔길을 올라갔다. 그는 정적 속에서 저녁을 먹었다. 초조하고 흥분된 기분이라 오두막의 고요한 분위기가 그를 압박하는 것 같았다. 그물에 난 구멍을 기우는 작업에 집중해보려 했지만, 도무지 일에 정신을 쏟을 수가 없었다. 그물이 손에서 자꾸 미끄러져 그는 고개를 돌리고 귀를 기울였다. 어둠 속에서 외침이 솟아오르는 듯했다. 하지만 낮게 윙윙거리는 바람과 바위에 부딪쳐 부서지는 파도 소리뿐 아무것도 없었다. 이상하게 혼란스럽고 묵직한 마음으로 그는 한숨을 쉬며 불길을 응시했다.

침실에선 제인이 창문에 머리를 기댄 채 무릎을 꿇고 서 바다에 귀를 기울였다. 이상하게 심장이 뛰고 손이 덜덜 떨리면서, 오두막을 몰래 빠져나가 바람의 진정한 힘을 느낄 수 있는 절벽으로 달려 올라가고 싶었다. 바람은 그녀의 가슴을 때리고 얼굴을 둘러싼 머리칼을 휘날릴 테고, 그러면 귓가에 대고 부르는 광풍의 노래를 들으며 입술과 눈에 들러붙는 짜디짠 비말의 냄새를 맡을 수 있을 것이다. 바람과 함께 소리 내어 웃고 바다와 함께 소리치며, 양팔을 넓게 벌리고 서서 키 큰 풀밭 한가운데 외로이 솟은 벼랑 위에서도 떨어지지 않도록 검은 외투처럼 그녀의 전신을 감싸 꽉 안아주는 무언가에 몸을 맡기고 싶은 갈망이 그녀를 휘감았다. 새벽까지 하루를 마감하는 기도를 올렸지만 습관처럼 점잖은 기도가 아니라, 태양이 들판을 불태워버리고 새하얀 거친 파도를 일으킨 바람이 파멸을 가져오기를 열렬히 빌었다. 그러면 그녀는 젖은 모래를 맨발로 느끼며 해변에 서서 기다릴 것이다.

방 밖에서 들려온 발소리에 제인은 약간 전율을 느끼며 창문에서 돌아보았다. 거스리였다. 그는 엄숙한 얼굴로 그녀를 쳐다보며 바람 소리가 시끄러우니 창문을 닫으라고 명했다. 두 사람은 소리 없이 옷을 벗고 좁은 침상에 나란히 말없이 누웠다. 아내의 온기가 느껴졌지만 거스리의 마음은 그녀와 함께 있지 않았다. 그의 생각은 껍데기만 아내 곁에 갇혀 있을 뿐 알맹이는 어둠 속으로 달아났다. 제인은 그가 떠나감을 느꼈지만 상관하지 않았다. 그녀는 차가운 남편의 손을 밀어내고서 그가 들어올 수 없는 자신만의 꿈속으로 빠져 들어갔다.

그러므로 두 사람은 서로의 품 안에서 함께 잠들었으나, 영혼이 사라지고 잊힌 지 오래된 무덤 속의 죽은 생명들처럼 따로따로였다.

동이 터 하늘이 밝아질 무렵 두 사람은 잠에서 깨어났다. 대지를 태워버릴 듯 눈부신 태양이 하늘에서 빛을 뿜었다. 거대한 바다는 하얀 포말을 일렁이며 절벽에 부딪치면서 항구 주변의 바위를 휩쓸었고, 그러는 사이 계속해서 불어오는 동풍이 들풀을 쓰러뜨리고 뜨거운 하얀 모래를 사방으로 흩뿌리며 희미한 운무 사이를 휘젓고 다녔고, 초록색 파도는 악마처럼 섬을 제멋대로 뒤덮었다.

거스리는 창가로 가서 날씨를 살폈다. 그의 입술에서 외마디 신음이 흘러나오더니 자기 눈을 의심하며 오두막에서 뛰쳐나갔다. 제인이 그의 뒤를 따랐다. 다른 오두막의 주민들도 잠자리에서 일어나 항구를 내다보며 깜짝 놀라 손을 흔들었고, 흥분한 그들의 목소리가 공중을 채웠지만 이내 흩어져 요란한 바람 소리와 뒤섞였다. 작은 어선들이 난쟁이처럼 보일 정도로 거대한 쌍돛대의 위용을 자랑하는 대형 범선이 아침 햇살에 돛을 활짝 펼쳐 말리느라 항구에 정박한 채 바람과 파도에 흔들리고 있었다.

거스리는 부두에 몰려든 어부들 한가운데 서 있었다. 세인트힐다섬의 전 주민이 범선을 타고 온 이방인들을 환영하러 그곳에 모여 있었다. 바다 건너에서 온 선원들은 키가 크고 머리가 검고 눈매는 길쭉했으며 웃을 때 보이는 새하얀 치아가 빛을 뿜었다. 그들은 다른 언어를 사용했다. 거스리와 동료들은 그들에게 질문을 던졌고, 그사이 여자들과 아이들은 입을 헤벌린 채 그들을 둘러싸고서 얼굴을 올려다보며 소심하고 호기심 어린 손길로 그들의 의복을 만져보았다.

"바람과 파도가 힘을 합해 배를 밀어냈을 텐데 당신들은 어떻게 항구의 입구를 찾았소? 어쩌면 당신들을 이곳으로 보낸 건 진정 악마였을지도 모르오." 거스리가 소리쳤다.

선원들은 껄껄 웃으며 고개를 흔들었다. 그들은 거스리의 말을 알아들을 수가 없었다. 그들의 시선은 그와 어부들을 벗어나 여자들에게 향했다. 그들은 자신들의 발견을 기뻐하며 자기들끼리 미소 짓고 이야기를 나누었다.

그러는 내내 태양은 그들의 머리 위로 작열했으며 동풍은 지옥이 내뿜는 숨결처럼 공기를 뜨겁게 달구며 불어댔다. 그날은 아무도 고기를 잡으러 나가지 않았다. 항구 입구만 벗어나도 산처럼 거대한 파도가 천둥소리를 치며 밀려오는 데다가, 낯선 이방인의 범선 옆에 정박해 있는 어선들은 작고 하찮게 보였다.

세인트힐다섬 주민들은 어딘가 광기에 사로잡힌 것 같았다. 집집마다 손질 안 한 그물이 오두막 문 앞에 버려져 있고, 마을 위쪽 언덕 밭에 재배하던 작물과 꽃들도 외면당했다. 그들의 삶에 흥미로운 건 배에서 내린 선원들뿐이었다. 그들은 범선에 기어올라 구석구석 손 닿지 않은 곳이 없을 정도로 구경 다녔고, 흥분으로 떨리는 호기심 어린 손길로 이방인들의 옷을 어루만졌다. 선원들은 그들을 향해 껄껄 웃으며, 짐짝을 뒤져 남자들에겐 담배를 선물했고 여자들에겐 화려한 스카프와 색 고운 손수건을 나눠주었다. 거스리는 입에 담배를 문 채로 소년처럼 약간 거들먹거리며 그들을 이끌고 절벽에 올라갔다.

이방인들에게 보이는 이웃들의 호의를 시기한 어부들은 저마다 오두막 문을 활짝 열고서 각자 최대한의 환대를 자랑했다. 곧장 섬을 탐험한 선원들은 가난하고 척박한 곳이라 여겨 별 흥미를 품지 않았다. 그들은 해안으로 내려와 부두 옆에 자기들끼리만 모여 나른하게 하품하면서 날씨가 바뀌기를 기다렸다. 그들은 남는 시간을 주체할 수가 없었다.

동풍은 여전히 불어대며 모래를 흩뿌리고 흙먼지를 일

동풍

으켰다. 구름 없는 하늘에선 태양이 이글거렸고, 포말을 머리에 인 초록색 파도는 해변으로 밀려들며 살아 있는 생명체처럼 몸을 비틀고 소용돌이쳤다. 공기 자체가 들떠 있었다. 선원들은 마을 끄트머리에서 버려진 예배당 건물을 발견해 숙소로 정한 뒤 범선에서 담배와 브랜디를 가져왔다.

그들 사이엔 명령 체계가 없는 듯했다. 그들은 절제하는 법도 없고 규율을 따르지도 않았다. 배에 남아 보초를 서는 인원은 둘뿐이었다. 어부들은 그들의 행동에 놀라지 않았다. 섬에 나타난 그들의 존재가 너무도 멋지고 드문 사건이어서 그 사실 외에는 아무것도 중요하지 않았다. 주민들은 예배당의 선원들과 합류해 난생처음 브랜디를 맛보았다. 밤새 고성과 노래가 이어졌다. 이제 섬의 평화는 깨져 새로운 곳으로 탈바꿈하여, 새로운 제안에 휘청이며 낯선 욕망으로 가득 찼다. 동료들 사이에 서 있는 거스리의 뺨은 붉게 상기되었고 냉정했던 눈빛은 어리석게 이글거렸다. 그는 술잔을 들고 단숨에 브랜디를 삼켜 흡족하게 잔을 비웠다. 그는 이유도 없이 선원들과 함께 요란하게 웃음을 터뜨렸다. 그들의 말을 알아듣지 못한다 해도 무슨 상관인가? 눈앞에서 불빛이 흔들리고 발밑에서 땅이 기울어지면서, 이전까지는 한 번도 제대로 살아본 적 없는 듯한 기분이 들었다. 바람이 요란하게 불어대고 바다는 천둥처럼 아우성을 치든 말든, 이제는 세상이 그를 찾아왔다.

섬 바깥엔 다른 땅이, 이 선원들의 고향이 자리 잡고 있었다. 그곳에 가면 그도 인생을 찾고 미인을 얻어 기묘하고 믿어지지 않는 모험을 누리게 될 것이다. 쓸모없는 땅을 일구느라 뼈 빠지게 허리를 굽히는 노동도 더는 하지 않으리라. 선원들의 노래가 그의 귓가에 울려 퍼졌고 담배 연기는 그의 눈을 멀게 하였으며 브랜디는 그의 혈관 속에서 피와 뒤섞이는 듯했다.

　여자들은 선원들과 춤을 추었다. 누군가 아코디언처럼 생긴 작은 악기와 세 줄 바이올린을 찾아냈다. 얼토당토않은 곡조가 허공에 울려 퍼졌다. 여자들은 이제껏 춤을 춰본 적이 없었다. 그들은 페티코트 자락을 휘날리며 발끝으로 서서 뱅글뱅글 맴돌았다. 선원들은 발로 바닥을 두드려 장단을 맞추며 큰 소리로 웃고 노래를 불렀다. 술에 취한 어부들은 멍청하게 벽에 기대서서 시간이 가는 줄도 모른 채 행복해했다. 선원 하나가 제인에게 다가가 미소를 지으며 양손을 내밀었다. 제인은 기분을 맞춰주려고 얼굴을 붉히며 흥분해서 그와 춤을 추었다. 음악은 점점 더 빨라졌고 실내를 누비는 그들의 발놀림도 점점 빨라졌다. 허리에 감긴 팔이 조여옴을 느끼던 그녀는 남자의 몸이 닿으며 전하는 온기를 의식했다. 뺨 위로 그의 숨결을 느낄 수 있었다. 제인은 고개를 들고 그와 눈을 마주쳤다. 그녀의 벗은 몸을 감상하듯 그의 눈빛은 그녀를 뚫어져라 응시했고 혀

끝으로 입술을 축였다. 두 사람은 서로의 생각을 알아차리며 미소를 지었다. 차가운 손길 같은 격렬한 전율이 그녀를 훑고 지나갔다. 몸을 지탱하고 있던 다리에서 힘이 빠져나가는 것이 느껴졌다. 욕망을 의식한 그녀는 시선을 내려뜨렸다가 고개를 돌려 거스리가 알아차렸는지 살피며 난생처음 죄책감을 느꼈다.

동풍은 교회 건물을 향해 불어와 지붕을 흔들었고 해변에선 파도가 부서지며 천둥소리를 냈다.

다음 날도 똑같이 뜨겁고 들뜬 분위기 속에 동이 텄다.

강풍은 힘을 잃지 않았고 바다도 분노를 누그러뜨리지 않았다. 범선은 여전히 어선들 사이에 밧줄로 묶인 채 흔들렸다. 어부들은 선원들과 함께 방파제 벽에 기대어 생각도 없고 기력도 없이, 바람을 저주하며 술을 마시고 담배를 피웠다. 여자들은 요리를 게을리하고 바느질도 외면했다. 그들은 새 스카프를 어깨에 두르고 새빨간 손수건을 머리에 묶은 채 문가에 서서 아이들에겐 짜증을 부리며 초조한 마음으로 추파를 기다렸다.

그렇게 낮이 가고 또 다른 밤이 지나고, 또 다른 하루가 밝았다. 태양은 빛나고 바다는 전율하며 부서지고 바람이 불었다. 고기를 잡으러 항구를 떠난 사람은 아무도 없고, 땅을 일구는 사람도 없었다. 풀밭은 갈색으로 변해 죽어가고, 몇 안 되는 나무들도 말라서 축 늘어진 이파리를 떨구면서 섬엔 그늘이 없어진 듯했다. 다시 한번 밤이 찾아왔으나 바람은 멈추지 않았다. 거스리는 오두막에 앉아 양손으로 텅 빈 머리를 붙잡았다. 아주 늙은 노인처럼 병들고 지친 느낌이었다. 그의 귓가에서 비명을 질러대는 바람 소리와 눈을 태워버릴 듯 작열하는 태양의 열기를 막아줄 수 있는 것은 오로지 하나뿐이었다. 허파는 메마르고 목구멍은 쓰라렸다. 그는 비틀비틀 오두막에서 빠져나와 예배당을 향해 언덕을 내려갔다. 그곳에선 선원들과 어부들이 입에 머금은 브랜디를 질질 흘리며 바닥에 무더기로 모여 누워 있었다. 그도 그들 사이로 뛰어들어 탐욕스레 인사불성이 될 때까지 마음껏 술을 마시며 바람과 바다를 잊었다.

제인은 오두막 문을 살며시 닫고 절벽으로 달려나갔다. 웃자란 풀들이 발목을 간질였고 바람이 머리칼을 휘날렸다. 바람은 그녀의 귓가에 승리감에 도취된 노래를 불렀다. 절벽 아래 바위에 스스로 달려와 몸을 부딪친 파도는 그녀를 향해 비말을 뿜어 올렸다. 기다리고 있으면 그가 예배당에서 그녀를 찾아올 것임을 알고 있었다. 제인이 방파제 옆 선원들 사이를 걸어 다니는 동안 그의 시선은 종일 그녀를 따라다녔다. 중요한 건 오로지 그것뿐이었다. 거스리는 술에 취해 모든 걸 잊고 잠들어 있지만, 이곳 절벽 위엔 머리 위로 별이 반짝거리고 동풍이 불어댔다. 나무둥치 뒤에서 검은 그림자 하나가 나타났다. 짧은 순간 그녀는 두려웠다. 찰나일 뿐이었다.

"누구세요?" 제인이 외쳤으나 그녀의 목소리는 바람 속으로 날아가버렸다.

그 선원이 그녀를 향해 다가왔다. 그는 재빠르고 능숙한 손길로 그녀의 옷을 벗겼다. 그녀는 양손으로 얼굴을 가렸다. 그는 껄껄 웃으며 그녀의 머리칼에 입술을 묻었다. 그러자 그녀는 바람에 깨어나 휩쓸린 새하얀 유령처럼, 양팔을 벌리고 벌거벗은 채로 부끄러움 없이 기다렸다. 아래쪽 예배당에선 남자들이 고함을 지르며 노래를 불렀다. 술에 취해 정신이 나간 그들은 서로 싸움을 벌였다. 어부 하나는 동생을 벽에 세워놓고 단검을 던져댔다. 그가 고통의 비명을 지르며 뱀처럼 몸을 뒤틀었다.

거스리가 몸을 일으켜 세웠다. "조용히 해, 개자식들아!" 그가 소리를 질렀다. "남들 좀 편히 꿈꾸며 잘 수 있게 조용히 술이나 마실 순 없나? 너흰 이런 식으로 바람이 바뀌기를 기다릴 셈인가?"

왁자지껄한 조롱과 웃음이 그의 목소리를 삼켰다. 남자 하나가 떨리는 손가락으로 그를 가리켰다. "거스리, 자네나 조용히 해, 멍청하게 헛다리 짚지 말고. 네놈 마누라가 바로 지금 외간 남자랑 잠자리를 더럽히고 있단 말이다. 내 생각엔 섬에 새로운 핏줄이 태어날 것 같아." 합창을 하듯 여러 사람의 목소리가 끼어들며 웃음을 터뜨렸고 그들 모두 거스리를 손가락질했다. "맞아, 거스리, 네 마누라나 잘 챙겨!"

분노의 절규와 함께 그들에게 달려든 그는 동료들의 얼굴을 두들겨 팼다. 그러나 혼자 상대하기에는 그들의 수가 너무 많았고, 그들은 거스리를 예배당에서 몰아내 거친 부두 바닥에 내던져버렸다. 잠시 망연자실해 바닥에 누워 있던 그는 개처럼 몸을 흔들며 일어났다. 결국 제인은 음탕한 여자였다. 제인은 그를 속였다. 그는 새하얗고 날씬한 아내의 몸을 떠올렸다. 증오심과 욕망에 뒤섞여 몽롱한 광기가 그를 휘감았다. 그는 어둠을 뚫고 더듬거리며 언덕을 올라 오두막으로 향했다. 창문에선 빛 한 줄기 새어 나오지 않았고 방은 텅 비어 있었다.

"제인." 그가 소리쳤다. "제인, 빌어먹을 개 같은 애인 놈이랑 대체 어디에 숨어 있는 거야?" 아무도 대답하지 않았다. 분노로 흐느끼며 그는 벽에서 도끼를 집어 들었다. 장작을 팰 때 쓰는 큼지막하고 투박한 도구였다. "제인, 어서 나오지 못해!" 그가 다시 한번 소리쳤다.

오두막 벽을 뒤흔드는 바람의 위용에 비해 그의 목소리는 힘이 없었다. 도끼를 손에 쥔 그는 문 옆에 몸을 웅크리고 기다렸다. 몇 시간이 흘러갔지만 그는 인사불성 상태로도 꼼짝없이 앉아 아내가 돌아오기를 기다렸다. 동이 트기 직전 길 잃은 짐승처럼 창백한 모습으로 바들바들 떨며 그녀가 나타났다. 거스리는 오솔길을 걸어오는 발소리를 들었다. 그녀의 발밑에서 가느다란 나뭇가지가 꺾였다. 도끼가 허공으로 치솟았다.

"거스리, 거스리, 날 내버려둬, 날 내버려두라고." 그녀가 소리쳤다. 제인은 애원하듯 양손을 들어 올렸지만 그는 손을 옆으로 밀쳐내고 도끼로 아내의 머리를 내리쳐 쓰러뜨리며 두개골을 박살 냈다. 땅바닥에 쓰러진 제인은 형체를 알아볼 수 없는 참혹한 모습으로 섬뜩하게 몸을 비틀었다. 그는 거칠게 숨을 몰아쉬며 몸을 수그려 아내의 몸을 내려다보았다. 그의 눈으로 피가 흘러내렸다. 감각은 혼란스럽고 마음은 텅 빈 채로 그는 아내 곁에 주저앉았다. 그는 아내의 가슴을 베개 삼아 취기 어린 잠에 빠져들었다.

잠에서 깨어나 다시 멀쩡하게 제정신을 차린 그가 자신의 발밑에서 아내의 시신을 발견했다. 그는 이해하지 못한 채 공포에 사로잡혀 시신을 바라보았다. 도끼는 아직 바닥에 놓여 있었다. 구역질이 나고 겁에 질려 몸을 움직일 수 없어서 어리둥절한 채로 누워 있었다. 그러고는 습관처럼 익숙한 소리에 귀를 기울였다. 사방이 고요했다. 무언가 달라져 있었다. 바람. 더는 바람 소리가 들리지 않았다.

비틀비틀 몸을 일으킨 그는 섬을 훑어보았다. 공기는

서늘했다. 그가 잠든 사이 비가 내렸다. 남서쪽에서 서늘한 산들바람이 불어왔다. 바다는 잿빛으로 평온했다. 저 멀리 수평선에 작은 점 하나가 하늘을 향해 하얀 돛을 펼쳤다.

대형 범선은 아침 썰물을 빌려 떠나버렸다.

인형

머리말　본문에 실린 글은 베이의 어느 바위 틈새에
깊이 감추어져 있던, 바닷물에 젖어 상당 부분 색이 바랜
너덜너덜한 수첩에서 발견된 내용이다.
수첩의 주인은 결국 찾아내지 못했으며, 최대한 부지런히
탐문을 해보아도 주인공의 정체를 밝히는 데는 실패했다.
가련한 주인공은 수첩을 숨긴 지점 근처에서 스스로
익사하여 시신마저 바닷속으로 사라졌거나, 자신의 비극과
자기 자신을 잊으려고 노력하며 아직도 세상을
떠돌고 있거나, 둘 중 하나일 것이다.
그의 이야기 중 일부 페이지는 너무 심하게 노출되고
훼손되어 온전히 읽을 수 없는 지경이어서, 중간중간 공백이
많고 느닷없이 문장이 만족스럽지 못하게 끝을 맺는 등

상당 부분 앞뒤가 맞지 않는 듯하다.

낱말이나 문장을 해독할 수 없는 경우엔 문장 사이에 점 세 개를
찍어두었다. 도무지 있을 법하지 않은 이 이야기가 과연
진실인지, 아니면 병든 마음이 지어낸 히스테리의 산물인지,
우리로선 절대 알지 못할 것이다. 내가 이 글을 공개하는
유일한 이유는 나의 발견에 관심을 보였던 수많은 친구들의
당부에 부응하기 위함이다.

E. 스트롱맨 박사 씀

서던잉글랜드, 베이에서

인간은 스스로 제정신이 아니란 걸 알아차릴 수 있는지 알고 싶다. 너무도 끔찍한 공포와 너무도 크나큰 절망으로 가득 차, 두뇌가 견딜 수 없을 것 같은 때가 간혹 있다. 그런데 기댈 사람이 아무도 없다. 이루 말할 수 없을 만큼 이렇게 철저하게 고독한 적이 없다. 이런 이야기를 적는다고 도움이 될까? … 내 두뇌에 스민 독을 토해 내자.

왜냐하면 나는 독에 물들어 잘 수도 없고, 눈을 감아도 저주받은 그의 얼굴이 눈앞에 선하다 …

단지 꿈이었다면, 곪아터진 상상에 불과하다고 웃어넘길 수만 있다면 얼마나 좋을까.

웃다가 갈비뼈에 금이 가거나 혀가 갈라지지 않을 사람

이라면 얼마든 웃는 게 쉬울 것이다. 피눈물이 날 때까지 웃어보자. 감당할 수만 있다면, 나름 재미도 있다.

아니, 내 안의 모든 것을 부서뜨리고 아픔을 주는 것은 허무함이다.

감정이 남아 있었다면, 그녀가 아무리 간청했더라도, 혹은 나를 아무리 혐오했더라도 지구 끝까지 그녀를 따라갔을 것이다. 인간에게―그렇다―인간에게 사랑받는다는 것이 어떤 것인지 그녀에게 가르쳐준 뒤, 그 더럽고 헐어빠진 놈의 몸뚱이는 창문에서 내동댕이쳐, 사악하게 일그러진 그 빨간 입술과 함께 놈이 영원히 사라지는 것을 지켜보았을 것이다 …

나를 채우는 것은 이성으로는 도저히 표현할 수 없는 뜨거운 감정이다.

그녀가 내게로 왔을 것이라고 말한다면 그건 나 스스로를 속이는 일이다. 내가 그녀를 따라가지 않은 건 희망이 없음을 알았기 때문이다.

그녀는 결코 나를 사랑한 적이 없다. 그녀는 그 어떤 인간도 결코 사랑하지 않을 것이다.

가끔 냉정하게 모든 일을 생각해볼 때가 있는데, 그러면 그 여인이 측은하다. 그녀는 너무도 많은 것을―너무도 많은 것을―놓치고 있지만, 누구도 진실을 알지는 못할 것이다. 내가 그녀를 알기 전 그녀의 인생은 어땠으며,

현재는 어떠할까?

리베카보다 더 아름다운 사람은 그 어디에도 없었다. 리베카, 당신을 떠올릴 때면, 창백하고 진지한 당신의 얼굴과, 성자와도 같이 열정적인 커다란 눈과, 상아처럼 뾰족하고 새하얀 치열을 감춘 그 작은 입술과, 전기가 통한 듯 사방으로 흩어져 후광처럼 얼굴을 감싸고 있는 당신의 검은 머리칼이 떠오른다. 당신의 마음을 과연 그 누가 알까, 당신의 영혼을 과연 그 누가 알까?

정열적이고 억눌려 있으면서 영혼이 없는 사람. 그런 짓을 저지르다니 당신은 영혼이 없는 사람임이 틀림없다. 당신은 침묵이라는 치명적인 자질, 불길을 감추고 있음을 암시하는 단호한 자제력을 지녔다. 그렇다, 도무지 꺼지지 않고 타오르는 불길. 리베카, 꿈속에서 내가 당신과 하지 않은 일이 과연 있었을까?

당신은 어떤 남자에게든 치명적이었을 것이다. 불꽃이 피어나면 스스로를 불태우는 것이 아니라 다른 불길로 번지는 화염.

내가 사랑한 것은 오로지 당신의 무심함, 그리고 그 무심함 뒤에 감추어진 암시가 아니었을까?

나는 당신을 너무도 사랑했고 당신을 너무도 원했고, 당신에겐 너무 과분할 만큼의 애정을 품었다. 이제는 그 모든 것이 내 심장에 박혀 뒤틀린 뿌리처럼 자랐고, 두뇌를 파고드는 치명적인 독약이 되었다. 당신은 나를 미치광이로 만들어버렸다. 당신 탓에 나는 일종의 공포, 사랑에 가까운 파괴적인 증오심, 구역질에 불과한 허기로 가득하다. 한순간만이라도, 단 한순간만이라도 차분하고 맑은 정신을 유지할 수 있다면 얼마나 좋을까 …

나는 시간표를 만들고 싶다. 날짜 순서대로 적은 기록을.

첫 만남은 올가의 비좁은 아파트에서였던 것 같다. 그날 밖에 비가 얼마나 내렸는지, 빗방울이 유리창에 흘러내리며 만든 더러운 얼룩은 어땠었는지 기억난다. 집 안은 붐볐고, 많은 사람들이 피아노 옆에서 이야기를 나누고 있었다. 보르키도 거기 있었는데 사람들이 그에게 노래를 시키려 애쓰자, 올가는 깔깔 웃으며 소리를 질러댔다.

귀를 찌르는 듯한 올가의 웃음소리가 난 늘 거슬렸다. 당신은 앉아 있었다. 리베카는 벽난로 옆 스툴에 앉아 있었다.

몸 아래로 다리를 꼬고 앉아 있는 그녀의 모습은 요정이나 소년처럼 보였다.

내게 등을 돌린 채 앉아 있던 그녀는 우습게 생긴 작은 털모자를 쓰고 있었다. 그녀의 자세가 재미있어서 얼굴을 보고 싶어 했던 기억이 난다. 나는 올가를 불러 그녀에게 소개해달라고 부탁했다.

인형

"리베카, 리베카, 얼굴 좀 보여줘."… 모자를 벗어 던지며 그녀가 고개를 돌렸다. 야만인처럼 머리칼이 얼굴 주변으로 확 퍼지면서 눈을 크게 뜬 그녀가 입술을 깨물며 내게 미소를 지었다.

그녀 곁에서 바닥에 앉아 하염없이 이야기를 하던 내가 떠오른다. 무슨 말을 했었는지 무슨 상관이 있으랴, 당연히 따분하고 말도 안 되는 이야기들이었지만, 리베카는 일종의 절제된 열의를 품고서 숨을 죽인 채 대화를 나누었다. 말을 많이 하는 건 아니었고 미소를 지었는데 … 예지력을 지닌 듯 광기 서린 그녀의 눈동자는 너무 많은 것을 꿰뚫어 보고 너무 많은 것을 요구하여, 스스로 그 눈빛에 빠져든 사람은 결코 거부할 수 없게 되었다. 물에 빠져 허우적대는 것과도 같았다. 그녀를 본 순간부터 나는 파멸할 운명이었다. 나는 그녀를 뒤로하고 빠져나와 주정뱅이처럼 강둑을 따라 걸었다. 수많은 얼굴들이 내게 말을 걸고 내 어깨를 스치며 지나갔지만, 나는 젖은 인도에 반사된 흐릿한 불빛도, 자동차들의 낮은 엔진음도 알아차리지 못했다. 내 눈에 보이는 건 온통 그녀의 눈빛과 주체할 수 없이 헝클어진 머리칼과 사내아이처럼 날씬한 그녀의 몸뿐이었다 … 지금도 모든 것이 선명하게 떠올라, 그날 일어났던 각각의 사건과 매 순간이 눈에 선하다. 나는 올가의 집으로 다시 찾아갔고 그녀는 그곳에 있었다.

곧장 내게로 온 그녀가 아이처럼 진지하게 말했다. "음악 좋아하세요?" 피아노 앞에 앉은 사람도 없었는데 그녀가 왜 그런 말을 했는지 나로선 알 길이 없다. 나는 막연하게 대답하며, 물처럼 깨끗하고 투명하면서도 크림을 넣은 연한 커피를 연상시키는 그녀의 피부색을 눈여겨보았다.

그녀는 일종의 벨벳 같은 천으로 된 갈색 옷을 입고 목에 빨간색 스카프를 두르고 있었던 것 같다.

그녀의 목은 백조처럼 아주 길고 가늘었다. 스카프를 조여 그녀의 목을 조르는 건 얼마나 쉬울까 생각했던 게 기억난다. 나는 죽어가는 그녀의 얼굴을 상상했다. 입술은 벌어지고 눈동자엔 의문의 표정이 담겨 있으리라. 얼굴이 하얗게 질리면서도 그녀는 두려워하지 않을 것이다. 이 모든 것은 아주 짧은 순간에, 그녀가 나에게 이야기를 하는 동안에 벌어진 일이었다. 나는 그녀의 신상을 아주 조금 이끌어낼 수 있었다. 그녀는 명목상 바이올리니스트에 고아였고 블룸즈버리에서 홀로 살고 있었다.

그렇다, 그녀 말로는 여행을 많이 다녔다고, 특히 헝가리에서 그랬다고 했다. 그녀는 음악을 공부하느라 3년간 부다페스트에서 살았다. 영국은 별로 마음에 들지 않는다며 부다페스트로 돌아가고 싶어 했다. 세상에서 그곳만이 유일한 도시였다.

"리베카." 누군가 부르자 그녀는 미소를 지으며 어깨 너머로 고개를 돌렸다. 리베카의 미소에 대해서라면 나는 끝도 없이 글을 쓸 수 있을 것이다! 굉장히 선명하고 몹시 강렬하여 생동감이 넘치면서도 아득하고 섬뜩한 그 느낌은 흔히 사람들이 말하는 미소와는 전혀 닮은 구석이 없었다. 그녀의 눈동자는 은빛 기둥처럼 돌변했다.

그날 리베카는 일찍 가버렸으므로 나는 그녀에 대해 올가에게 물으려고 방을 가로질렀다. 나는 모든 것을 알고 싶은 조바심에 고통스러울 지경이었다. 올가는 내게 해줄 말이 별로 없었다. "헝가리 출신이라는데 부모가 누군지 아무도 모른대, 내 생각엔 유대인인 것 같아." 올가가 말했다. "보르키가 이리로 데려온 거야. 파리에 갔을 때 러시아인이 운영하는 카페에서 바이올린을 연주하는 걸 찾아냈다더군. 하지만 그 사람하고는 아무런 사이도 아니고 그 아이는 전적으로 혼자 살고 있어. 보르키 말로는 리베카의 재능이 놀라운 수준이라 계속 노력만 하면 아무도 따라오지 못할 거래. 근데 리베카는 연습도 안 하고 관심이 없어. 보르키의 아파트에서 연주하는 걸 나도 들어봤는데 등줄기에 싸늘한 전율이 흘렀어. 머리칼은 사방으로 뻗쳐서 모피로 된 덤불을 뒤집어쓴 것처럼 하고서는 방 끝에 홀로 서서 연주를 했었지. 연주곡은 기묘했지만 오래도록 기억에 남을 것 같았고, 아무튼 그런 곡은 살다 살다 처음이라 설명을 못 하겠네."

나는 또다시 올가의 아파트를 빠져나왔다. 꿈속에서 헤매듯 리베카의 얼굴이 눈앞에서 아른거렸다. 그녀가 바이올린을 연주하는 모습도 그려볼 수 있었다. 아이처럼 곧고 단호한 자세로 서서 눈을 크게 뜨고 입술을 벌린 채 미소를 짓고 있었을 것이다.

다음 날 저녁 보르키의 아파트에서 리베카가 연주를 할 예정이었으므로 나는 그녀의 연주를 들으러 갔다. 빤하고 얄팍한 표현력으로 불성실하게 전하긴 했지만 올가의 말이 과장은 아니었다. 나는 약에 취한 사람처럼 자리에 앉아 꼼짝도 하지 못했다. 그녀가 연주한 곡은 알지 못했지만 엄청나게 충격적이고 대단한 연주였다. 세상에서 멀리 동떨어져, 말로 표현할 길 없는 환희 속에 오직 나와 리베카 단둘이 내던져진 것 같은 느낌 외엔 아무것도 생각나지 않았다. 우리는 산을 오르다가 이내 더 높이 날아가고 있었다. 점점 높이, 더 높이.

한번은 바이올린이 반항을 하는 것만 같았고, 마치 그녀는 나를 거부하는데 내가 그녀를 쫓아다니는 듯한 느낌이 들었다. 그러다가 소리가 급류처럼 쏟아져 나오면서, 받아들임과 밀어냄의 멜로디가 이어지고, 욕망과 다정함과 견딜 수 없는 쾌락이 뒤섞인 선율이 혼란스럽게 흘러나왔다. 거대한 함선의 뱃고동처럼 요란하게 뛰는 심장 소리와 함께 관자놀이에선 솟구쳐 나올 듯 뿜어대는 피의 흐름

인형

이 느껴졌다.

리베카는 나의 일부였고 내 자신이었다. 감당할 수 없을 만큼 너무도 벅차고 너무도 황홀했다. 우리가 함께 정상에 도달해 더는 갈 곳이 없는 지경에 이르자 햇빛이 내 눈을 찌르는 것 같았다. 고개를 드니 리베카는 내게 미소 짓고 있었고, 바이올린은 돌연 절묘하게 아름다운 선율로 옮아갔다. 놀라운 성취였다.

나는 감각의 소용돌이 속에서 기진맥진해 소파에 기댔다. 너무도 훌륭하고 너무도 장엄했다. 3분이 지나서야 비로소 나는 온전히 의식을 되찾았다. 칠흑 같은 영원한 잠의 심연 속에 풍덩 빠졌다가 다시 깨어나 이승으로 돌아온 느낌이었다.

그런 나를 알아차린 사람은 아무도 없었다. 보르키는 돌아다니며 술을 권하고 있고 리베카는 피아노 옆에 앉아 악보를 뒤적였다. 사람들이 그녀에게 다시 연주를 청하자 그녀는 피곤하다며 거절했다. 사람들이 애원하자 결국 그녀는 바이올린을 집어 들고 한 곡 더 연주했다. 꽤나 짧은 곡이었지만 아이의 기도처럼 아주 사랑스럽고 순수한 멜로디였다.

그날 저녁 한참 뒤에 리베카가 다가와 내 곁에 자리를 잡고 앉자 나는 순간적으로 너무 감동한 나머지 말을 할 수가 없었다. 그러다 바보 같은 자신을 저주하며 그녀 쪽으로 몸을 돌린 나는 리베카의 얼굴을 쳐다보았다.

내가 그녀에게 말했다. "당신의 연주는 나에게 놀라운 감흥을 불러일으켰어요, 너무 아름다워서 음악에 취하는 기분이었죠. 절대 잊지 못할 겁니다. 당신은 드문 재능, 아니 대단히 위험한 재능을 지녔군요." 그녀는 잠자코 있다가 절제된 작은 목소리로 숨 가쁘게 말했다. "당신을 위해 연주했어요. 남자에게 연주를 해주는 기분이 어떤 건지 알아보고 싶었거든요." 그녀가 말했다. 나는 그녀의 말에 어리둥절했다. 나로선 도무지 이해할 수 없는 말 같았다. 내 눈을 똑바로 쳐다보며 미소를 짓고 있는 그녀의 말은 분명 거짓이 아니었다.

"그게 무슨 말이에요?" 내가 그녀에게 물었다. "예전엔 누군가를 위해 연주한 적이 없어요? 자신을 만족시키기 위해서만 재능을 써먹는다는 건가요? 난 이해가 안 되네요."

"어쩌면요." 그녀가 느릿느릿 말했다. "어쩌면 그런 걸지도 몰라요, 나도 설명을 못 하겠어요."

"당신과 다시 만나고 싶어요. 당신과 나 단둘이 만나서 이야기를, 진짜 이야기를 나눌 수 있는 곳으로 내가 가겠습니다. 올가의 집에서 당신을 본 이후로 계속 난 당신만 생각했어요, 당신도 알고 있죠? 그러니까 오늘 밤 나를 위해 연주를 해준 거 아닙니까?"

인형

나는 그녀의 입에서 대답을 끄집어내고 싶었다. 강요를 해서라도 그녀에게 그렇다는 말을 듣고 싶었다. 리베카는 어깨를 으쓱할 뿐 확실한 대답을 거부했고 나는 짜증스러웠다.

"난 모르겠어요. 모르겠어요." 그녀는 이렇게 말했다. 그러다 내가 그녀의 주소를 묻자 그녀는 내게 집 주소를 알려주었다. 그녀는 바쁘다면서 그 주가 끝날 무렵까진 나를 만날 수 없다고 했다. 곧 파티는 끝났고 그녀는 사라졌다.

끝나지 않을 것 같은 날들이 지나갔고 난 그녀를 다시 만날 날을 몹시 고대했다. 내 생각은 온통 리베카뿐이었다.

금요일이 되자 나는 더 견딜 수가 없어서 그녀를 만나러 갔다. 그녀는 블룸즈버리 어딘가에 있는 기묘한 공동주택 같은 곳에 살고 있었다. 그녀는 꼭대기 층에 세를 들었다. 외관이 칙칙하고 음울한 집이어서 나는 리베카가 어떻게 그런 집에서 사는 걸 견딜 수 있는지 의아했다.

직접 문을 열고 나를 맞이한 리베카는 작업실처럼 황량하고 넓은 실내로 나를 데리고 들어갔고, 그곳엔 석유난로가 켜져 있었다. 나는 그곳의 음산한 분위기에 놀랐지만, 리베카는 아무것도 눈치채지 못한 듯 허름한 안락의자에 나를 앉혔다.

"이곳이 내가 연습도 하고 식사도 하는 곳이에요. 방이 참 밝은 것 같지 않아요?" 리베카가 나에게 설명했다. 내가 그 말에 아무런 대꾸도 하지 않자 그녀는 찬장으로 가서 마실 것과 오래된 쿠키 몇 개를 가져왔다. 본인은 아무것도 먹지 않았다.

나는 리베카가 좀 이상하고 정신이 딴 데 팔린 것 같다는 느낌을 받았다. 그녀는 나의 방문을 따분해하는 듯했다. 억지로 이어진 우리의 대화는 자꾸 끊겨 침묵이 흘렀다. 내가 하려던 말을 하나도 꺼낼 수가 없는 분위기였다. 그녀는 한동안 나를 위해 연주를 해주었지만, 하나같이 나도 잘 아는 클래식 곡이었고, 보르키의 집에 갔던 저녁에 연주했던 곡과는 사뭇 달랐다.

내가 떠나기 전 그녀는 나를 데리고 아담한 셋집을 구석구석 안내해주었다. 주방으로 쓰는 작은 부엌방 같은 공간과 비좁은 화장실이 있고, 그녀가 기거하는 작은 침실은 수녀의 처소처럼 소박하고 가구도 없었다. 작업실에서 이어지는 다른 방도 하나 있었지만 그곳은 내게 보여주지 않았다. 나중에 거리에서 올려다본 창문으로 판단컨대 분명 꽤 큰 방이었는데, 그녀가 두툼한 커튼으로 창문을 가려두는 게 보였다 …

(주 : 여기부터 몇 페이지는 잉크 자국으로 뒤덮이고 변색되어 전혀 읽을 수가 없다. 이야기는 문장 중간부터 계속되는 듯하다. 스트롱맨 박사.)

… "별로 춥지 않아요." 그녀가 고집을 부렸다. "당신에

인형

게 계속 설명하려고 애를 썼던 것처럼 어떤 면에선 내가 좀 이상한 사람이겠죠. 나는 애정을 품을 만한 사람을 만나본 적도 없고, 사랑에 빠져본 적도 없어요. 난 사람들에게 매력을 느낀다기보다는 언제나 사람들을 싫어했어요."

"그것으론 당신 음악이 설명되지 않아요." 나는 성급하게 끼어들었다. "당신은 모든 것을 아는 사람처럼 연주하잖아요, 모든 걸."

자연스러운 반응이 아니라 철저히 계산된 행동인 그녀의 무관심에 나는 화를 내고 있었다. 그녀는 늘 무언가를 내게 감추고 있다는 인상을 풍겼다. 그녀의 마음속에 무엇이 들어 있는지, 그녀가 잠든 아이나 활짝 피어난 꽃 같은 존재인지 아니면 철저하게 나를 속이고 있는지 절대 알아낼 수 없을 거란 기분이 들었다. 그런 경우라면 모든 남자들이 전부 그녀의 연인이었을지도 모른다. 모든 남자들이 전부 다.

나는 고문을 당하듯 의심과 질투심에 사로잡혀 다른 남자들에 대한 생각으로 미쳐가는 중이었다. 그런데도 그녀는 내게 아무런 위안을 주지 않았다. 그녀는 물처럼 순수하고 투명한 커다란 눈으로 그저 나를 빤히 쳐다볼 뿐이었고, 그러다가 결국 나는 그녀가 아무도 손댄 적 없는 존재라고 맹세할 수 있었다. 하지만 그렇다 하더라도, 혹시나? 표정 하나, 미소 한 번, 뒷모습조차도 나를 고문하고 고통에 빠뜨렸다. 그녀는 손에 넣기 불가능한 사람이며 모든 유혹을 요리조리 피해갔지만, 그럼에도 내 마음을 갈가리 찢어놓고 나를 길들인 바로 그 치명적인 절제력 덕분에 급기야 그녀에 대한 나의 사랑은 집착이 되어 무시무시한 추진력을 발휘했다.

나는 리베카에 관해 올가에게 묻고, 보르키에게 묻고, 그녀를 아는 모든 사람들에게 물어보고 다녔다. 그 누구도 내게 무슨 말을 해주지 못했다, 아무것도.

이 글을 쓰고 있는 지금 나는 날짜도 요일도 다 잊어버려 모든 일의 앞뒤 순서도 전혀 맞아떨어지지 않는 것 같다. 온통 저주받은 나의 인생을 다시 살아내기 위하여 마치 죽음에서 살아 돌아온 듯, 마치 흙먼지와 재에서 환생하여 다시 살아가는 존재가 된 것 같은 기분이다. 리베카를 사랑하기 이전에 내 인생은 어떠했고, 어디에서 어떤 사람으로 살고 있었던가?

이제 그 일요일에 대해 적어두는 것이 낫겠다. 그 일요일은 진정한 파국이었으나, 당시 나는 그걸 알지 못했고 시작이라 여겼다. 나는 어둠 속을 걸어가는 사람 같았다. 아니, 눈을 빤히 뜨고 빛 속을 걸어가면서도 앞을 보지 못하는, 일부러 스스로 눈을 멀게 한 사람이었다.

일요일, 행복이라 오판했던 공허한 날. 나는 밤 9시쯤 그녀의 셋집으로 갔다. 그녀는 메피스토펠레스•처럼 새빨간 옷을 입고 있었는데, 리베카만이 소화할 수 있는 이상하고 기묘한 옷이었다. 그녀는 흥분하고 취한 사람 같았다. 요정처럼 방 안을 뛰어다녔다.

그러다 내 발 옆 바닥에 다리를 접고 앉더니 깡마른 갈색 손을 뻗어 난로의 온기를 쬐었다. 어린아이처럼 깔깔웃다가 키득거리는 그녀의 모습이 내 눈엔 무언가 못된 짓을 꾸미는 장난꾸러기 아이처럼 보였다.

그러다 갑자기 그녀가 낯설게 이글이글 불타오르는 눈빛과 창백한 얼굴로 나를 돌아보았다. 그녀가 말했다. "누군가를 너무 많이 사랑해서 아픔을 느낄 만큼 기쁨을, 헤아릴 길 없는 기쁨을 주는 것이 가능할까요? 질투로 인한 아픔을 안겨주면서 동시에 자신도 상처를 받는다는 의미예요. 그냥 실험을 하듯이, 드물게 느껴보는 감흥처럼 기쁨과 고통을, 똑같은 크기의 기쁨과 고통을 뒤섞어서 느끼는 거랄까?"

어리둥절했지만 나는 그녀에게 사디즘의 의미가 무엇인지 설명하려고 애를 썼다. 그녀는 이해를 한다는 듯 생각에 잠겨 한두 번 고개를 끄덕였다.

이윽고 리베카는 자리에서 일어나더니 천천히 실내를 가로질러 내가 한 번도 열려 있는 것을 본 적이 없던 방문

•　　　독일의 파우스트 전설에서 인간과 영혼을 거래하는 악마.

으로 다가갔다. 요란하게 사방으로 뻗쳐 헝클어진 머리칼을 후광처럼 거느린 채 그곳에 서서 한 손을 손잡이에 올려놓은 그녀의 얼굴은 이상하게 창백했다. "당신을 줄리오에게 소개하고 싶어요." 그녀가 말했다. 나는 의자에서 일어나 그녀를 향해 다가갔지만, 무슨 말을 하는지 이해하지 못했다. 그녀는 내 손을 잡은 다음 문을 열었다. 천장이 낮고 둥근 형태의 방에는 벽마다 온통 소음을 방지하기 위함인지 벨벳 같은 천이 드리워져 있고, 창문에도 길고 두툼한 커튼을 쳐놓았다. 장작을 때는 벽난로가 있었지만 불길은 아주 낮았다. 벽난로 근처엔 등받이와 팔걸이가 없는 장의자에 사방에서 주워 모은 듯한 쿠션이 뒤덮여 있고, 갓을 씌운 작은 램프가 유일한 조명이라 방 안은 절반쯤 어둠에 휩싸여 있었다.

방 안엔 의자가 하나뿐이었는데 방향은 장의자를 향해 놓여 있었다.

무언가 그 의자에 앉아 있었다. 마치 유령이 출몰하는 방에 들어선 것처럼 심장에 섬뜩한 냉기가 느껴졌다. "저건 뭐예요?" 내가 속삭여 물었다.

리베카는 램프를 들어 의자 위를 비추었다. "이쪽이 줄리오예요." 그녀는 부드럽게 대꾸했다. 좀 더 가까이 다가서자, 정찬용 재킷과 셔츠, 조끼, 스페인풍의 긴바지를 입은 열여섯 살쯤 되어 보이는 사내아이의 형상이 눈에 들어

인형

왔다.

그의 얼굴은 내 평생 보아온 것 중 가장 사악한 모습이었다. 피부색은 잿빛으로 창백했고 관능적이고 타락한 입술은 선홍색 상처처럼 벌어져 있었다. 좁은 콧날 끝엔 구부러진 콧구멍이 뚫려 있고 가늘게 뜬 눈매 사이로 드러난 번득이는 눈동자는 잔인하고도 이상스레 침착했다. 모든 것을 꿰뚫어 보는 듯한 매의 눈이었다. 매끄러운 검은 머리칼은 새하얀 이마 위로 반듯하게 빗어 넘긴 모습이었다.

그것은 반인반수 사티로스의 얼굴, 혐오스러운 사티로스의 웃는 얼굴이었다.

이윽고 나는 묘한 실망감을 깨달으며, 도무지 이해가 안 되어 무기력해진 감각과 함께 아득한 불신에 사로잡혔다.

의자에 앉아 있는 사내아이 따위는 존재하지 않았다. 그것은 인형이었다. 기분 나쁠 정도로 지독하게 인간과 똑같은 생김새를 하고 있었지만 그래도 그것은 인형이었다.

인형에 불과했다. 눈빛은 나를 똑바로 응시했지만 인식하지 못했고 입은 바보처럼 헤벌어져 있었다.

리베카를 쳐다보니 그녀는 내 얼굴을 지켜보고 있었다.

"이게 다 무슨 영문인지 통 모르겠군요." 내가 말했다. "혐오스러운 이 장난감은 어디에서 났어요? 나를 놀리는 겁니까?" 나는 신랄하게 이야기하며 불쾌감과 섬뜩함을 느꼈다. 다음 순간 방 안은 어둠에 휩싸였다. 리베카가 램프를 꼈기 때문이다. 그녀가 내 목에 팔을 두르는 것이 느껴졌고 그녀의 입술이 내 입술에 닿았다.

"이제 당신을 사랑한다고 말해도 될까요? 해도 돼요?" 그녀가 속삭였다.

무언가 뜨거운 파장이 나를 휩쓸며 발밑에서 바닥이 흔들리는 것 같았다. 내게 매달려 목에 입을 맞추느라 목덜미를 스치는 그녀의 손가락이 느껴졌다. 나는 그녀의 손이 내 몸을 여기저기 어루만지도록 내버려두었고, 그녀는 다시 내게 키스했다. 그것은 엄청난 타격이었고, 광기였고, 죽음과도 같은 것이었다.

우리 둘이 거기 얼마나 오래 서 있었는지는 모르겠다. 그때 했던 말도, 생각도, 스쳐 갔던 꿈도 전혀 기억나지 않는다. 어두웠던 방 안의 고요함과, 벽난로의 희미한 불빛, 귓가에서 노래를 부르던 내 심장의 박동, 그리고 리베카, 리베카─. 몇 시간이 지났는지 몇 년이 지났는지 나로선 알 수 없지만, 어쨌거나 내가 그녀의 머리 위로 시선을 들어 올렸을 때, 그때 나는 그의 시선과, 빌어먹을 인형의 시선과 정면으로 마주쳤다.

놈은 눈을 가늘게 뜨고 나를 노려보며 한쪽 눈썹을 들어 올린 채 음흉한 미소를 짓듯이 선홍빛 입술을 한쪽으로 씰룩이고 있는 듯했다. 나는 당장이라도 몸을 날려 웃고 있는 놈에게 달려들어 불쾌하게 웃는 얼굴을 뭉개버린 뒤 인간의 형상을 한 흉측한 몸뚱이를 짓밟고 싶었다. 그런 장난감을 곁에 두다니 리베카가 미친 걸까, 그녀의 속셈은 뭘까, 저런 물건을 어디에서 구했을까? 그러나 리베카는 내 질문에 대답하지 않을 것이다.

"나가요." 그녀는 이렇게 말한 뒤 나를 끌고 그 방에서 나와 다시 황량한 작업실의 눈부신 조명 속으로 들어섰다. "이제 그만 가보세요. 시간이 늦었어요. 그걸 잊고 있었네요." 그녀는 숨 가쁘게 말했다. 나는 한 번 더 그녀를 껴안으려 애를 썼고, 또 한 번 거듭 그녀와 키스하고 싶었다. 나더러 지금 가라는 말은 설마 진심이 아닐 것이다.

"내일." 그녀는 조바심을 내며 말했다. "약속할게요, 내일 해요, 하지만 지금은 싫어요. 난 피곤하고 얼떨떨해요, 보면 모르겠어요? 오늘 밤만은 나 혼자 있게 해줘요, 너무 고단한 날을 보내서 아무것도 생각할 수가 없어요."

안달하듯 그녀는 발을 굴렀고 어딘가 아픈 사람 같았다. 나는 가망이 없음을 알아차렸다. 나는 소지품을 들고 밖으로 나와 걷고 또 걸었다. 밤새도록 걸었던 것 같다.

햄프스테드히스 공원 위로 동이 터 해도 없이 잿빛으로 밝아지는 하늘을 지켜보았다. 낮게 깔린 하늘에서 굵은 장대비가 쏟아졌다.

몸은 추웠지만 머릿속엔 불이 타고 있었다. 리베카가 나에게 거짓말을 했다고 나는 또 한 번 확신했다. 나는 그

045

녀가 내게 키스한 순간부터 거짓말을 했음을 알고 있었다.

숫자 따위가 무슨 상관인가 싶지만 그녀는 분명 다섯 명, 열 명, 스무 명의 연인들을 알고 지냈을 테고, 나는 그 중에 포함되지 않았다.

그렇다, 나는 그들 축에 끼지도 못했다.

정신을 차려보니 캠던타운 근처였고 육중한 버스들이 요란하게 도로를 달려갔다. 아직도 비가 내리고 있었기에 우산을 쓴 채 웅크린 사람들이 나를 스쳐 지나갔다.

어딘가에서 택시를 잡아탄 나는 집으로 갔다. 옷도 벗지 않은 채로 침대에 들어가 잠이 들었다. 몇 시간이나 잠을 잤다. 깨어났을 땐 다시 어두워진 뒤였고, 저녁 6시쯤 된 것 같았다. 기계적으로 썻고 나서 다시 블룸즈버리 방향으로 걸어갔던 기억이 난다.

그녀의 셋집에 도착한 나는 초인종을 눌렀다.

리베카는 말없이 나를 집 안으로 들이더니 작업실 석유난로 앞에 자리를 잡고 앉았다. 나는 그녀의 연인이 되겠다고 말했다. 그녀는 아무 말도 하지 않았다. 울고 있었던 듯 눈 밑에 붉은 자국이 생겼고, 입 주변엔 가늘게 주름이 패었다. 나는 키스를 하려고 그녀에게 몸을 수그렸지만 그녀는 나를 밀어냈다.

그녀는 빠르게 말을 쏟아내기 시작했다.

"어젯밤 일은 부디 잊어줘요. 오늘 깨닫고 보니 내가 실수를 저질렀네요. 몸이 좋질 않고 잠도 못 잤어요. 이 모든 상황이 나에겐 상당히 염려스러워요. 날 좀 혼자 있게 내 버려둬요."

나는 리베카를 붙잡고서 무쇠 같은 그녀의 자제력을 무너뜨리려 애썼다. 망치로 강철 벽을 두드리는 것 같았다. 그녀는 차갑게 식어 내 품 안에서도 꼼짝하지 않았다. 그녀의 입술은 얼음장 같았다. 나는 절망감에 빠져 그녀를 두고 나왔다. 그러고는 의심에 시달리느라 고문과도 같았던 일주일이 이어졌다. 리베카는 가끔 나와 뚝 떨어져 말 없이 앉아 있었지만, 때로는 그녀가 나를 사랑하는 게 틀림없다고 맹세할 수도 있었다. 그러다간 또 내가 손도 대지 못하게 밀어내면서 그럴 기분이 아니라고 말했다. 그녀가 다시 나를 원할 때까지 기다려야 했다. 긴장과 번민 속에서 기다려야 했다. 그녀는 절대로 줄리오를 입에 올리지 않았다. 우리는 두 번 다시 그 방에 들어가지 않았다. 나는 그를 어떻게 했는지 리베카에게 물었다. 그 일의 모든 배경과 영문을 알고 싶었다. 그러면 그녀는 애매하게 대답하며 화제를 바꾸었다. 그녀를 압박하는 건 쓸모없는 짓이었다. 그녀는 불같이 화를 냈다. 그런 일은 참아주지 않았다.

그런데도 나는 리베카를 멀리할 수가 없었다. 그녀 없이는 살 수 없었다.

어느 날 저녁 리베카는 다정하고 애정이 넘쳤다. 그녀

는 내 발 옆에 앉아 자신의 음악과 장래 계획에 대한 이야기를 했다. 그녀는 언제나 변화무쌍했다. 절대로 똑같은 적이 없는 사람이었다.

나는 무기력함을 느꼈다. 내 처지가 우스꽝스러웠다. 하지만 나더러 어쩌란 말인가? 그녀는 나에게 하나의 광기, 집착이 되었다.

이제 나는 마지막 저녁, 끝장의 밤을 맞이했다. 이어 충격—공허—지옥의 바다—그리고 적막함—극한의 적막함.

명확하게 설명해보겠다. 그때가 언제였더라, 몇 시였더라? 아마 7시나 8시였을 것이다. 기억은 나지 않는다. 나는 아파트를 나서는 중이었고 리베카는 나와 함께 문까지 나와 배웅했다.

갑자기 리베카가 나를 껴안더니 키스를 했다…… 뜨거운 태양이 내리쬐는 황량한 사막 한가운데 갈증에 허덕이며 새까맣게 그을고 뒤틀리고 갈가리 찢겨 공포의 존재로 돌변한 남자들이 있었다. 그들의 눈엔 핏발이 섰고 혀는 하도 깨물어 남아나질 않았다. 그러다가 비로소 그들은 물을 만난다.

내가 그 기분을 아는 이유는 나 역시 그 남자들 중 한 사람이었기 때문이다.

이런 비유를 웃어넘기고 싶다면 그렇게 하라, 나를 미

친놈이라 불러도 좋다, 하지만 웃음은 내 편이다.

세상에 여자는 많지만, 리베카와 키스한 적이 없다면 당신은 알 수 없다.

당신은 잠들어 있는 바보다. 당신은 결코 상상조차 시작하지 못했을 것이다 …

(주 : 이 부분은 대부분 도저히 해독이 불가능하고, 이어지는 페이지의 4분의 1은 쓰다 만 문장과 덜 익은 생각에 불과한 내용으로 가득하다. 그러다가 서술이 계속된다.)

그것은 세상이 산산조각 나는 듯한 충격이었다. 리베카는 내게 키스를 허락하고 또 허락했다. 나는 그녀의 얼굴을 감싸 쥐고 눈을 들여다보았다.

"대체 누구누구가 당신 애인들이었죠? 얼마나 자주 이렇게 그자들과 키스를 했을까요? 이렇게 키스하는 법은 누가 당신에게 가르쳐준 거예요? 처음 한 사람, 맨 처음은 누구였어요? 말해봐요."

아득한 분노로 눈앞이 흐려진 내 손은 부들부들 떨렸다.

"맹세컨대 당신이 내가 난생처음 키스한 남자예요. 당신 이전엔 아무도 없었다고 맹세해요. 절대로 없었어요. 절대로."

리베카는 내 눈을 똑바로 쳐다보았다. 그녀의 목소리는 단호했다. 나는 그녀가 진실을 이야기하고 있음을 알아차렸다.

"이제 그만 가보세요. 내일 봐요, 내일 다시 오면 우린 서로 할 이야기가 아주 많을 거예요, 엄청 많겠죠."

리베카는 나에게 미소를 지었다. 나는 그녀가 앞세운 자제력의 벽을 곧장 뚫고 들어가, 얼음장을 꿰뚫고 들어가 안에 감추어져 있던 이글이글 타오르는 불길을 보았다.

셋집을 나와 어디에선가 저녁 식사를 했던 걸 기억한다. 머리에 불이 붙은 것 같았다. 신들과 나란히 걷고 있는 기분이었다. 리베카가 나를 사랑한다는 사실이 믿어지지 않았고, 내가 그토록 지극한 행복을 누린다는 사실이 믿어지지 않았다. 고래고래 소리를 지르고 싶었다. 지붕 꼭대기에서 뛰어내리고 싶은 심정이었다.

집으로 간 나는 방 안을 이리저리 서성거렸다. 잠을 잘 수가 없었고, 온몸의 신경이 살아 날뛰는 듯했다.

그러다 자정이 되자 문득 더 견딜 수가 없었다. 리베카를 찾아가야 했다, 꼭 가봐야 했다.

그녀에 대한 내 사랑이 너무도 강렬해 본인도 알 것이라고 느꼈다. 리베카도 나를 기다리고 있을 것이다. 그녀도 이해해줄 것이다. 이해해줄 수밖에 없을 것이다.

어떻게 그녀의 집으로 갔는지는 모르겠다. 순식간에 시간이 흘러 어느새 나는 거리에 서서 창문을 올려다보고 있었다.

나는 집 안으로 들여보내달라고 밤 근무를 하는 도어맨

을 설득했고 그는 잠이 덜 깬 채로 나를 위로 올려 보냈다. 문 앞에서 귀를 기울였다. 안에서는 아무런 소리도 새어 나오지 않았다. 무덤으로 향하는 입구 같았다.

문고리에 손을 올린 나는 천천히 손잡이를 돌렸다. 놀랍게도 문은 잠겨 있지 않았다. 리베카는 내가 떠난 뒤 자물쇠를 잠그는 걸 까먹은 모양이었다.

안으로 들어서자 사방이 캄캄했다. "리베카." 나는 낮은 소리로 그녀를 불렀다. "리베카." 아무 대답이 없었다.

침실 문은 열려 있고 안에는 아무도 없었다.

이어 부엌과 욕실을 둘러보았지만 둘 다 비어 있었다.

그제야 나는 깨달았다. 무언가 내 심장을 움켜잡는 듯했다. 싸늘하고 음습한 공포였다.

나는 다른 방 쪽을 쳐다보았다. 그의 방, 줄리오의 방이었다.

나는 리베카가 그곳에 인형과 함께, 줄리오와 함께 있다는 걸 알아차렸다.

더듬더듬 실내를 가로질러 방문을 두들겼다. 문은 잠겨 있었다. 나는 발로 문짝을 걷어차며 손톱으로 문고리를 잡아 뜯었다. 나의 체중을 이기지 못한 문이 왈칵 열렸다. 분노에 찬 리베카의 외침이 들려오더니 그녀가 램프를 켰다.

오! 하느님 맙소사, 나는 그녀의 눈빛을, 그 끔찍한 눈빛과 회색빛 얼굴을 절대 잊지 못할 것이다. 그녀의 눈에 떠오른 사악한 황홀경과 회색빛 얼굴을.

나는 모든 것을—그 방과 장의자를—보았고 모든 것을 알아차렸다. 나는 소름 끼치는 메스꺼움과 끔찍한 절망감에 사로잡혔다.

그러는 내내 사악하고 추잡한 그의 얼굴은 나를 쳐다보고 있었다. 생기도 없고 유리알처럼 고정된 그의 눈은 결코 흔들림 없이 나를 응시했다. 축축한 선홍빛 입술은 비웃음을 머금었고, 매끄러운 검은 머리칼은 뺨 위로 흘러내렸다. 그는 나사로 작동되는 일종의 기계였다. 그는 살아 있지도 않았고 인간도 아니었지만 끔찍이도 섬뜩했다.

이윽고 리베카가 나를 돌아보았다. 차가운 그녀의 목소리는 먼 곳에서 들려오는 듯 기괴했다.

"이런 나에게 당신을 사랑하길 기대하다니. 그럴 수 없다는 걸, 나는 그럴 수 없는 사람이란 걸 보면 모르겠어? 내가 어떻게 당신이나 다른 남자를 아무나 좋아할 수 있겠어? 가버려, 날 두고 가버리란 말이야. 난 당신이 혐오스러워. 당신들 모두 혐오스러워. 난 당신 필요 없어. 당신을 원하지 않아."

내 마음속에서 무언가 쪼개졌다. 나는 돌아서서 나왔다. 그들을 버려두고 떠났다. 둘만 있도록 내버려두었다. 나는 거리를 내달렸다. 눈물이 쏟아져 얼굴을 적셨다. 나는 큰 소리로 흐느꼈다. 나는 별을 향해 주먹질을 했다 …

그렇게 끝이 났다, 더는 할 이야기도 없고, 더는 들려줄 사연도 없다. 다음 날 가보니 그녀는 떠나고 없었다. 둘 다 사라진 뒤였다. 리베카의 행방을 아는 사람은 아무도 없었다. 만나는 사람마다 물어보았지만 아무도 내게 이야기를 해주지 못했다.

　　모든 것이 흐릿하고 모든 것이 쓸모없다. 나는 두 번 다시 리베카를 만나지 못할 것이다. 그 누구도 다시는 그녀를 보지 못할 것이다. 늘 리베카와 줄리오만 존재할 것이다. 날이 가고 밤이 지나겠지만 아무것도 달라지는 것은 없다. 그들은 나의 뇌리에서 떠나지 않을 테고, 나는 결코 잠들지 못할 것이다. 나는 저주받았다. 내가 지금 무슨 말을 하는지, 무슨 이야기를 쓰고 있는지도 모르겠다. 난 어떻게 해야 할까? 오! 맙소사, 난 어떻게 해야 좋을까? 나는 살 수가 없다, 감당할 수가 없다 …

그러므로 이제
하늘에 계신
우리 아버지께

어퍼체셤가에 위치한 세인트스위딘 성당의 주임 사제인 제임스 홀러웨이는 거울로 자신의 모습을 비춰 보았다. 본인 모습이 어찌나 마음에 꼭 드는지 그는 화장대에 거울을 내려놓기 전까지 한참이나 뜸을 들였다.

이마가 훤하고, 약간 곱슬거리면서 관자놀이를 덮은 멋들어진 진회색 머리칼 덕분에 나이보다 젊어 보이는 쉰다섯 살가량의 사내가 한눈에 들어왔다.

콧대는 곧고, 얇은 입술은 감미로워 보였으며, 깊은 눈매 덕분에 유머 넘치면서도 위협적이고 영성이 충만하다는 말을 많이 들었다. 그는 키가 크고 어깨가 넓었다. 고개는 한쪽으로 약간 기울인 채 강인해 보이는 턱은 허공으로 살짝 쳐들고 다녔다.

무언가를 캐묻는 듯 오만하게 고개를 기울인 그의 이런 자세를 어떤 이들은 매력이라 여겼다. 또 다른 이들에겐 수시로 변하는 그의 풍부한 음성과 다재다능하고 튼튼해 보이는 손, 느리지만 경쾌한 그의 걸음걸이가 엄청난 인기의 비밀이었다.

하지만 그런 외적인 부분들은 그의 매너와 재치를 비롯하여, 수줍음이 무척 많은 사람도 편안하게 만들어주는 그의 재능이 뿜어내는 매력과 비교하면 아무것도 아니었다.

여자들은 그를 숭배했다. 그는 마음이 너무도 넓고 관대하여 늘 여자들이 본인 심중을 이해하는 것보다 훨씬 더 여자 마음을 잘 간파한다는 인상을 풍겼다. 게다가 그는 언제나 대단히 유쾌한 친밀감을 선사했다. 남자들은 그를 놀랍도록 훌륭한 벗이라고 생각했다. 그가 내놓는 와인은 훌륭했고 절대 종교 이야기를 하는 법이 없었으며, 기막히게 재미있는 이야기를 끝도 없이 풀어냈다. 이 모든 자질이 합해져 그는 런던에서 가장 인기 높은 교구 사제가 되었다.

그는 머잖아 주교가 될 인물이었다. 세인트스위딘 성당은 최우수 신자들로 붐볐다. 일요일 아침 미사에 참석하는 것이 대유행이었고, 성당과 나란히 붙어 있는, 조지 왕조풍 인테리어로 아름답게 꾸며놓은 사제관 오찬에 초대받을 수 있는 것을 대단한 영광으로 여겼다.

그러므로 이제 하늘에 계신 우리 아버지께

그곳에 가게 되면 틀림없이 잔뜩 모여 있는 유명한 사람들을 만나게 되었다. 두각을 드러내는 정치인, 유명 여배우 부부, 떠오르는 젊은 예술가, 물론 요란한 작위를 지닌 귀족들까지.

사람들은 만장일치로 '짐' 홀러웨이가 완벽한 집주인이며, 그의 대화는 강론만큼이나 기발하다고 인정했다. 그는 신에 관해서라든지 당혹스러운 주제에 대해서는 어떤 것도 절대 언급을 하지 않도록 조심하는 반면, 간밤에 본 신작 연극이나 최근에 읽은 책, 최신 패션, 심지어는 가장 최근에 떠도는 스캔들까지도 기꺼이 논했다. 포커 게임에 심취할 뿐만 아니라 열정적인 춤꾼이라는 점 이외에도 그는 지나칠 정도로 앞서가는 현대인이라는 점을 과시했고 젊은 세대는 그의 자유로운 의사 표현에 열광했다. 성직자에게 충격을 받는다는 사실은 어쩐지 아주 독특하다고 생각되었다. 물론 성당에서 보이는 그의 모습은 달랐고 사람들은 그 점을 높이 평가했다.

우람한 체형, 빼어난 목소리와 눈빛, 능수능란한 언변과 제스처, 그 모든 효과는 엄청났다. 사람들은 영국 성공회에서도 로마 가톨릭교회에 더 가까운 그의 고高교회파 성향과, 일반적으로 11시에 거행되는 성공회식 아침 예배 대신에 미사를 올리는 것도 금세 용서해주었다. 게다가 미사는 볼거리도 더 풍부했다.

남자들은 할 일이 그것밖에 없었으므로 노래를 들으러 성당에 갔다. 여자들은 꽃 장식과 불을 붙인 양초, 향내가 만들어낸 아늑하고 감동적인 분위기, 그리고 무엇보다도 모두들 절반쯤은 사제와 사랑에 빠져 있었기 때문에 성당을 찾았다.

용기를 내어 고해성사에 나선 사람들은 그의 다정함과 진지함, 무엇보다도 탁월한 이해심에 깊은 감명을 받았다. 그의 성도들 중에서도 좀 더 열심인 사람들 몇몇은 목요일 오후 티파티에 참석했다.

마침내 그곳에선 종교를 논했지만, 신부는 어색함이 조금도 없도록 모임을 이끌었으므로 일말의 거부감도 존재하지 않았다. 그는 불안한 영혼을 위로해주는 놀라운 수완을 지닌 데다, 하느님의 놀라운 인간적 면모를 강조하면서 매우 온화한 빛으로 창조주를 묘사했다.

사람들은 하느님이 죄인들을 용서할 뿐만 아니라 좋아한다는 사실을 깨닫고 안도했으며, 사실은 하느님이 99명의 정의로운 사람보다 오히려 죄인들을 선호하는 것 같다고 받아들였다. 물론 신부는 그들 모두가 아직은 엄청난 발전 가능성을 지닌 씨앗에 불과하며 언젠가는, 아주 먼 훗날엔 궁극의 완벽함을 알게 되어 가장 위대한 형태가 지닌 아름다움을 깨닫겠지만, 그날이 오기까지 살아가는 동안엔 자연스럽게 죄를 짓고 또 용서를 받고 다시 죄를 지

그러므로 이제 하늘에 계신 우리 아버지께

으면서, 타고난 자질과 사회적 지위에 따라 살아가는 것이 순리라는 암시를 넌지시 풍겼다.

또한 거의 2천 년 전에 살았던 방식과는 상황이 매우 다름을 명심해야 한다고 설명했다. 그 모든 이야기는 매우 위안이 되는 철학이었다. 부드럽고 듣기 좋은 신부의 음성으로 전해지면 무척 신성하게 들리기도 했고, 그가 아름답고 연민 어린 눈빛으로 모임에 참석한 모든 이들을 한 사람 한 사람 쳐다보면, 사람들은 그가 특별히 자신들에게만 들려준 이야기라고 여기며 마음속 비밀도 읽어낼 수 있을 거라 믿었다.

나중에 애틀버러 공작 부인의 다과회 겸 무도회에서 만났을 때나, 새해 전야에 회중석 첫 번째 줄에 앉아 있을 때, 신부는 분별력을 흐리게 만드는 멋들어진 미소를 지으며 사람들의 귓가에 무엇이든 재미난 이야기를 속삭여주었지만, 사람들은 신부의 눈빛에서 "난 알아요, 다 이해합니다"라고 말하는 것 같은 느낌을 받았다.

물론 그는 미혼이었으나 아마도 언젠가는 결혼할 수도 있을 거라는 지독한 갈망을 항상 품고 있었다. 그러나 아직 아무에게도 반한 적은 없었으되, 성직의 신성함을 아랑곳하지 않고 떠도는 풍문에 따르면 그의 이름이 아름답고도 언제나 지체 높은 숙녀들의 이름과 여럿이나 엮여 있다고 했다.

화장대에 거울을 내려놓기 직전, 스스로 생각하기에도 소년 같은 손길로 매끄러운 잿빛 머리칼을 무심히 쓸어 넘기며 신부는 자신에게 미소를 지어 보였다. 그렇다, 그는 보기 좋게 나이를 먹었고 아직 퍽이나 잘생긴 남자였다.

그는 아래층으로 내려가 서재로 들어갔다. 큼지막한 방은 눈이 부시도록 놀라운 취향으로 꾸며졌다. 책상엔 영국에서 가장 아름다운 여배우의 대형 사진이 놓였고, 그 위엔 '짐에게, 사랑을 담아, 모나'라는 글귀와 함께 2년 전 여름 날짜가 적혀 있었다.

벽난로 선반은 '당신이 애정하는 노라'라고 적힌 애틀버러 공작 부인의 사진으로 장식되었고, 창문 옆 작은 테이블 위엔 유스터스 케리슬레이터 영애가 '장해요! 제인으로부터'라고 근사하게 휘갈겨 쓴 서명이 든 놀라운 습작 그림이 놓여 있었다. 신부는 편지들을 훑어본 뒤 종을 울려 집사를 불렀다.

"나에게 전할 소식 있나, 웰스?" 그가 물었다.

"네, 있습니다. 두 숙녀분께서 끔찍한 상황에 처했다면서 꼭 신부님과 몇 마디라도 상의하고 싶다고 전화를 걸어왔습니다. 몹시 바쁘시니 보좌 신부님을 찾아뵈라고 제가 말씀드렸고요."

신부는 고개를 끄덕여 수긍을 표했다. 몇몇 여자들은 꽤나 성가시게 굴었다.

그러므로 이제 하늘에 계신 우리 아버지께

"그리고 크랜리 경이 오전 중으로 아무 때나 찾아뵙고 싶다고 전화를 걸어오셨습니다. 바쁘지 않으시니 당장 건너오시라고 제가 말씀드렸고요."

"잘 처리했네, 웰스. 다 됐군, 고맙네. 신문 좀 가져다주겠나?" 웰스는 믿음직한 고용인이었다.

내방객을 기다리는 동안 그는 출생, 결혼, 부고 기사 목록을 훑어보았다. 어이쿠, 키티 듀런드가 결혼을 한다는 소식인데, 앙큼하게도 그에겐 한 마디도 언질을 준 적이 없었다. 아무래도 선물과 축하 편지를 보내야겠다고 그는 생각했다. '키티, 이 요망한 아가씨야, 이게 무슨 영문이지? 엉덩이를 때려줘야겠구나. 겨우 열여덟 살에! 너의 약혼자는 운이 좋은 녀석이야, 내가 그에게도 그렇게 말해주마. 둘 다 축복한다.'

이런 정도의 내용에다 구디스에서 칵테일 잔 세트를 사 보내면 될 것이다.

"그래, 웰스, 무슨 일인가?"

"크랜리 경이 오셨습니다." 집사는 이렇게 알린 뒤, 금발 머리에 보기 좋게 야윈 얼굴을 지닌 스물두 살쯤 된 청년 뒤로 문을 닫고 나갔다.

"정말 송구하기 짝이 없습니다, 신부님. 정말로 저에게 잠깐 시간을 내줘도 괜찮으시겠어요?"

"어서 와서 앉게, 젊은이, 서두르지 말고." 신부는 이내 스스럼없는 동료를 대하는 듯한 태도를 취하며 담뱃갑을 내밀었다. 그는 책상에 앉아 다리를 꼬며 귀담아들을 준비를 마쳤고, 그러는 동안 청년은 안락의자에 자리를 잡았다.

"실은 제 상황이 아주 엉망진창입니다, 신부님." 어색하게 청년이 말문을 열었다. "누구에게 하소연을 할지 완전히 막막해하던 차에 신부님 생각이 떠오르더군요. 물론 보통 때 같으면 주임 사제께 조언을 청하는 건 절대 못 할 일이었겠지만, 신부님은 다르시니까요. 이렇게 말하는 저의 무례를 용서하십시오, 신부님은 빌어먹게도 워낙 마음이 넓은 분이시잖아요!"

흔히 듣는 칭찬에 신부의 마음은 훈훈해졌다. "나도 한때는 젊은 시절이 있었으니까." 그는 호의적으로 고개를 끄덕이며 방에 걸린 다양한 사진을 향해 막연히 시선을 옮겼다. 이 청년은 틀림없이 경험이 풍부한 전문가에게 털어놓는 것이라고 여겼을 테고, 사실……

"여자 문제입니다." 크랜리가 말을 이어갔다. "지난 학기에 긴 방학 직전에 옥스퍼드에서 만난 여자가 있어요. 그저 어떤 노부인의 말벗 노릇을 하는 게 전부인 보잘것없는 여자인데, 강가에서 빈둥거리다가 처음 만나게 되었습니다. 그 여자도 친구와 함께 있었고 저도 일행이 있었던 터라 우린 다 같이 친해졌어요. 그러고 나서는 꽤 자주 그 여자를 만나기 시작했고, 그 여자를 엄청 좋아하게 됐습니

그러므로 이제 하늘에 계신 우리 아버지께

다. 물론 런던에 있었더라면 그런 여자는 아마 거들떠보지도 않았을 거라고 말씀드리겠지만, 시골에선 상황이 다르니까요. 제 입으로 말하기 좀 뭣하지만 그 여자도 저한테 푹 빠졌었고, 그러다가…… 오 맙소사, 제 자신을 파렴치한으로 만들고 말았습니다. 신부님, 그게, 어느 날 밤에 문득 정신이 나갔던 모양이에요. 어떻게 그런 일이 생겼는지는 모르지만, 일이 생겼고…… 우린 배를 타고 있었거든요, 황홀한 밤이었고, 그래서 그만……"

"알 만하군." 신부는 온전히 진심을 담은 목소리로 말했다. "나도 20여 년 전에 옥스퍼드에 다녔다네."

청년은 미소를 지었다. 기대했던 것보다 일이 쉽게 풀리고 있었다. "신부님도 저를 이해해주시는군요, 저도 제 자신을 어쩔 수가 없는 상황이었어요. 그리고 난 다음에 금세 학교를 떠나온 터라 다시는 그 여자를 보지 못했습니다. 그런데 지난주에 그 여자한테서 편지를 받았어요. 정말 끔찍한 내용이더군요, 그 여자가 아기를 가졌다는 거예요."

신부는 나직이 한숨을 쉬었다. "그래서?" 그가 물었다.

"물론 저는 지난 화요일 저녁에 그 여자를 만나러 갔습니다. 틀림없는 사실이더군요. 이미 병원에도 다녀왔고 모든 걸 확인했대요. 저는 끔찍한 수렁에 빠지고 말았고, 그래서 그 여자에게 돈도 주고 어디로든 떠나서 살 수 있도록 돕겠다고 말했죠. 하지만…… 끔찍한 상황은 이제부터입니다. 그 여자가 돈은 원치 않는다며 저더러 자기와 결혼을 해달라는 겁니다."

신부는 눈썹을 들어 올렸다. "그래서 자네는 그 여자에게 뭐라고 했나?"

"그야 당연히 그건 불가능하다고 했죠. 제가 어떻게 그런 여자랑 결혼을 하겠어요? 예쁘고 상냥하긴 해도 그 여자가 과연 숙녀이긴 했는지도 자신이 없고, 정말로 그 여자를 사랑하진 않습니다. 게다가 우리 가문에서 뭐라고들 하겠어요? 노친네 돌아가시면 제가 작위를 물려받을 텐데, 지독한 속물처럼 들리겠지만 그런 모든 상황을 염두에 두어야죠. 메리와 결혼하는 건 미친 짓입니다, 신부님도 제 말의 요점을 아시겠죠?"

"친애하는 벗이여, 물론 알다마다. 내가 알게 된 이상 결혼 문제는 없을 걸세. 그 여자가 돈을 거부했다고 했나?" 이제 그의 목소리는 세상 물정에 밝은 약삭빠른 남자처럼 사무적이고 계산적이었다.

"그렇습니다. 제가 그런 제안을 하니까 얼굴이 하얗게 질리더라고요. 겉보기엔 아기를 낳는 것도 아랑곳하지 않는 것 같았고, 말로는 아기를 위해 살겠다면서, 아기에게 이름을 줄 수 있도록 저에게 결혼을 해달라더군요. 그 여자는 아직도 끔찍이도 저를 사랑하고 있는 터라 제 쪽에선

그러므로 이제 하늘에 계신 우리 아버지께

더는 관심이 없다는 걸 이해하지 못하는 것 같았습니다. 그 여자가 저희 집안사람들을 찾아가기라도 하는 날엔 엄청난 소동이 벌어질 거예요. 천만다행으로 아직은 아무한테도 말을 안 했답니다. 신부님, 저 좀 봐주십시오, 전 대체 어떻게 해야 할까요?"

신부는 빠르게 머리를 굴렸다. 그가 이런 곤경에 빠진 청년을 도와준다면 당연히 무척 고맙게 여길 것이다. 그는 청년의 가문이 부유하다는 것과 백작의 건강이 몹시 나쁘다는 소문이 도는 걸 알고 있었다. 크랜리성은 영국에서도 아름다운 풍광으로 이름이 높은 곳인데, 앞으론 그곳으로 자주 초대를 받게 될 것이다. 백작 부인 또한 열정적인 정치인이었다. 그렇다, 모든 일이 비교적 쉽게 해결될 것이다. 그는 의자에서 일어나 청년에게 다가가 어깨를 두들겼다. "친애하는 벗이여, 자네가 나를 믿어준다면 내가 자네의 끔찍한 사정을 틀림없이 해결할 수 있을 걸세. 자네의 장래 지위를 생각해야 하니, 가문에서 이런 일을 알 필요는 없네. 내가 요령 있게 설명을 잘하면 그 여자도 전반적인 사정을 이해해줄 거야. 그 아가씨는 내가 돌봐주겠네. 더는 아무 걱정 하지 말고, 자넨 그저 나한테 그 여자 주소나 알려주게."

"메리 윌리엄스입니다, 신부님. 세인트존스우드에 있는 하숙집에서 살고 있어요. 전화번호부엔 대칫이라는 이름

065

으로 나와 있습니다, 그 여자 언니가 운영하는 곳이거든요. 오! 하느님 맙소사, 신부님은 정말 든든하고 위대한 벗이십니다. 앞으로도 어떻게 제대로 감사 인사를 드려야 할지 모르겠네요."

신부는 미소를 지으며 한 손을 내밀었다. "난 그저 자네가 겪었을 맘고생을 너무도 잘 이해하기 때문이라네." 그가 다정하게 말했다.

성직자치고는 본분에 안 어울리게 젊은 시절에 분명 꽤나 저질이었던 모양이라고 청년은 생각했다. "저는 모든 상황이 잠잠해질 때까지 잠시 떠나 있도록 하겠습니다. 하지만 제가 돌아오는 대로 신부님은 잊지 마시고 곧장 크랜리에 들러주십시오. 함께 새 사냥이나 하시죠."

청년이 떠나자 신부는 서재로 돌아가 전화 수화기를 집어 들었다. 그는 만사를 즉각 처리하는 편이었다.

그는 전화번호부에서 번호를 찾아냈다.

"대칫 부인 댁이죠? 윌리엄스 양과 통화할 수 있을까요? 네. 고맙습니다…… 여보세요? 윌리엄스 양인가요? 내 이름은 홀러웨이, 제임스 홀러웨이라고 합니다. 체셤가에 있는 세인트스위딘 성당의 주임 사제입니다. 크랜리 경과는 절친한 친구고요. 그 친구는 방금 갔습니다…… 그래요. 오늘 저녁 6시에 나를 만나러 이리로 와주는 호의를 베풀어주시겠습니까? 진심으로 부탁하는데 아가씨와 꼭

그러므로 이제 하늘에 계신 우리 아버지께

대화를 좀 나누고 싶군요, 댁을 돕고 싶어서 그래요. 맞아요, 그 친구가 나에게 모든 것을 털어놓았습니다. 아니에요, 겁낼 건 전혀 없습니다. 그럼 그렇게 정해진 거죠? 어퍼체섬가 22번지입니다. 고마워요. 끊겠습니다."

그는 수화기를 내려놓고 어슬렁어슬렁 책상으로 걸어가《더 타임스》지를 살폈다.

어이쿠, 조지 위너슬리가 드디어 죽었군. 롤라에게 편지를 보내야겠다. 물론 이제는 롤라도 약간 한물갔지만 여전히 사랑스러웠다. 우습게도 그녀는 갑자기 신앙심이 깊어졌다. 실망스러운 결말에 대한 일종의 반작용이 틀림없었다. 그녀는 한때 늘 세인트스위딘 성당에서 살다시피 했었다. 그는 그때를 기억할 수 있었다. 하지만 다 지나버린 일이었다.

그는 전통적인 위로의 글귀를 머릿속으로 떠올리기 시작했다. '이루 헤아릴 수 없는 슬픔' '말로 다 할 수 없는 상실감'. 그리고 '하느님의 위로'였다.

그는 펜을 집어 들며 작게 하품을 했다.

'그리스도의 따님이신 친애하는 자매님께'라고 그가 편지를 시작했다.

"홀러웨이 신부님은 내 마스코트로서 주기적으로 모습

을 보여줘야 합니다, 신부님과 이런 대화를 나누었으니 이 제 나도 훨씬 더 자신감이 생긴다는 얘기를 털어놔야겠군요. 시가 피우시겠소?"

신부는 사양했다. "죄송하지만, 시간이 없습니다. 아시 다시피 저는 바쁜 사람이고, 곧 빈민가 병원에 가봐야 합니다. 친애하는 대령님께 제가 도움이 되었다니 정말 기쁘군요, 귀하께서 어떤 일을 겪고 계시는지 저도 너무나 잘 이해하고 있으니까요."

그의 목소리는 깊디깊은 연민으로 가득했다.

칼튼 호텔 오찬은 대단히 성공적이었다. 오찬을 청한 사람은 웨스트스토어포드 지역 보궐선거에서 보수당 후보로 나선 에드워드 트레이시 대령으로, 경선 투표일이 다음 주 월요일로 다가온 상황이라 초조하고 불안해했다.

웨스트스토어포드는 중요한 의석이고 대령은 막강한 인물이었다. 만일 그가 당선된다면 그의 가장 열렬한 선거 운동원 가운데 한 사람이었던 홀러웨이에게 많은 표를 빚 지는 셈이 될 것이다.

그리고 이번 선거에선 그가 당선될 것이라고 신부는 확신했다. 홀러웨이는 스스로에게 아주 흡족했다. 그가 다정하게 말했다. "대령님의 당선에 관해서는 일말의 의구심도 없습니다. 웨스트스토어포드의 유권자 대다수는 지적으로 뛰어난 남녀거든요. 그런 사람들은 리더를 한눈에 알아봅

그러므로 이제 하늘에 계신 우리 아버지께

니다, 그것이 바로 그들이 추구하는 것이니까요. 그 사람이 보수당원이든, 자유당원이든, 사회당원이든 상관하지 않습니다. 대령님이 보수당 후보인 건 그들에겐 행운이죠. 친애하는 대령님, 전 대령님의 연설을 들어보았고 제가 지금 하는 말도 잘 알고 하는 이야기입니다. 대령님은 의회에 입성하시면 게을러빠진 동료 의원들이 벌떡 일어나 앉도록 만들 분이에요. 활기 넘치는 시대가 오는 거죠! 장관이 되시는 날까지 한번 두고 보십시오!" 그는 목소리를 낮추고 의미심장하게 윙크를 보냈다.

대령은 기쁨으로 온 얼굴이 시뻘게졌다.

이 사제는 놀랍도록 좋은 친구로군. 그러니 의회에 들어가게 되면 꼭 기억해두었다가 감사를 표해야겠어. 그는 계산서를 청했고 웨이터가 접시에 담긴 하얀 종잇조각을 가져왔다. 신부는 사려 깊게 고개를 돌려, 이제 막 식당을 빠져나가던 시사풍자극 여배우에게 정중한 목례를 보냈다. "그 어느 때보다 예쁜 것 같군요, 안 그래요?"라고 말하는 듯한 눈빛이었다. 그러고는 테이블에서 일어났다. "친애하는 대령님, 전 이제 그만 가봐야겠습니다. 시간이 이렇게 늦은 줄 몰랐군요. 대단히 즐거운 시간 보냈습니다. 그리고 월요일 밤에 제가 제일 먼저 축하 인사를 전하도록 하지요. 아닙니다, 굳이 나오지 마세요."

그는 머리를 한쪽으로 약간 숙이고 턱을 치켜든 채로

천천히 실내를 걸어 나왔다.

많은 사람들이 고개를 돌려 그가 지나가는 모습을 지켜보았다.

신부는 자신이 일으킨 소란을 잘 알고 있었다. 영국 왕립미술원 개원식에서는 그를 유명 배우로 착각하는 사람들도 있었다.

그는 물품 보관소 직원에게 반 크라운짜리 동전 하나를 건넨 다음, 울슬리 자동차가 기다리고 있는 도로로 나섰다. "장애인 및 마비 환자를 위한 이스트런던 요양병원으로 차를 몰게, 서둘러야 하네." 그가 운전기사에게 말했다.

자동차가 도시를 빠르게 달려가는 동안 그는 느긋하게 뒤로 기대어 긴장을 풀었다. 매주 이어지는 이런 연설은 은근히 정신적인 압박감을 주었다. 남자들은 종종 무례하게 굴며 귀담아듣기를 꺼렸지만, 그는 전반적으로 좋은 인상을 남겼다고 자평하며 의기양양했다. 지난해 펜턴빌에 갔을 때 어린 청년이 그에게 반했던 일이 떠올랐다. 그 모든 상황은 대단히 즐거운 경험이었을 뿐만 아니라 그도 역시…… 하지만 자동차가 요양병원 앞에 정차했고 꼬리를 물고 이어지던 그의 생각은 중단되었다.

간호사가 미소를 지으며 그를 맞이했다. "안 오시는 줄 알고 걱정하던 참이에요, 홀러웨이 신부님."

"나도 아주 힘들게 빠져나왔답니다, 자매님. 정치적으로

그러므로 이제 하늘에 계신 우리 아버지께

대단히 중요한 오찬을 어쩔 수 없이 도중에 박차고 나오느라 모두들 언짢아했지요."

이곳 간호사들은 모든 이야기를 당연하게 받아들였으므로, 손님은 그가 유일했다는 언급을 할 필요는 없었다.

"대형 병동에 환자 스물다섯 명을 대기시켜놓았습니다. 환자들에게 한 시간 정도만 할애해주시면 대단히 감사하겠습니다. 워낙 축 처지고 활기 없는 환자들이지만 신부님이라면 그 사람들의 기분을 북돋아주실 거라 믿어요."

신부는 병동으로 들어가며 약간 의구심을 느꼈다. 4분의 1쯤 되는 사람들은 침대 등받이를 세워 기댄 채 누워 있는 형편이었고, 나머지 환자들도 베개를 괴어 간신히 휠체어에 앉혀놓은 모습이었다.

체구가 작은 의사 하나가 서둘러 다가왔다.

"존경하는 신부님, 정말 잘 오셨습니다. 환자들이 성심을 다해 신부님이 방문해주시기를 고대하고 있었답니다." 그가 목소리를 낮추어서 덧붙였다. "신부님은 모르실 겁니다. 이런 말씀을 듣는 게 얼마나 좋은 결과를 낳는지 말입니다. 저들에게 새로운 삶을 심어주어 저희에게도 이루 말할 수 없이 도움이 됩니다. 가끔은 환자들이 정말 힘들게 굴거든요, 안 그래요, 간호사?"

의사가 고개를 돌리자 간호사가 고개를 끄덕여 동감을 표했다. 신부는 간호사의 손을 잡았다. "여러분이 어떤 고난을 겪고 있는지 나도 아주 잘 압니다." 그가 중얼거렸다.

그러고 나자 의료진은 신부를 홀로 환자들과 남겨두고 가버렸고, 그는 유머가 넘치는 사람이자 위로해주는 사람 역할에 빠져들었다. 쾌활한 그의 목소리와 유쾌한 성품은 이내 소수이긴 해도 남은 평생 누워서 지내며 천장만 올려다보아야 할 운명인 환자들의 관심을 얻는 데 성공을 거두었다.

"내가 성직자라는 이유로 부끄러워할 필요는 없습니다, 여러분." 잘 알려진 대로 전염성이 강한 웃음을 터뜨리며 그가 말했다. "나도 한창 때는 참 많은 일을 겪었고, 살아오면서 하늘 아래 온갖 종류의 사람들과 이야기를 나누었죠. 여러분께 신의 축복을 빕니다, 나 역시 여기 계신 여러분들 모두와 똑같은 감정을 느끼며, 여러분이 간호사와 의사에게 말하지 못하는 모든 것들을 이해합니다.

오늘 오후에 여러분을 찾아뵙고 이야기를 나누게 된 것이 제게 얼마나 기쁜 일인지 여러분은 모를 겁니다. 프랑스에서 지내던 옛 시절이 떠오르는군요." (아, 파리의 추억들이여!) 곧 그는 세계 곳곳에서 주워 모은 이야기들로 모든 사람들이 웃음을 터뜨리게 만들었다.

기분 좋고 건강한 유머라고 스스로 자부하며 그는 강연 주제에 열을 띠었다. 4~5년 전에 유행하던 화젯거리도 이곳에선 새롭다는 걸 그는 깨달았다. 이런저런 이야기로 시

그러므로 이제 하늘에 계신 우리 아버지께

작해서 그는 당대의 사건들로 넘어갔다. 자동차 경주, 권투 경기, 크리켓 시합, 심지어는 좀 더 진지한 정치 이야기까지 언급했다.

정치 이야기가 시작되자 요즘 같은 국정 상황에서 교회가 무기력해 보이는 문제로 단계를 옮겨 가는 건 쉬운 일이었고, 그다음엔 그가 정말로 하려는 이야기인 종교 문제로 넘어갔다.

물론 환자들은 그걸 예상하고 있었다. 어차피 그는 성직자인 데다 다른 주제에 관해서도 이미 의견을 들어보았으므로 이젠 기꺼이 남은 반 시간 동안 묵묵히 그의 이야기에 귀를 기울였다.

오늘따라 신부의 화술은 평소 자신의 능력을 훨씬 뛰어넘었다. 선한 사람들의 인생이 이토록 가능성으로 충만한 삶으로 여겨진 적은 없었으며, 상대적으로 죄지은 사람들의 삶이 그토록 따분하게 들린 적도 없었다.

"오늘날 세상은 눈부시게 아름다운 기회로 가득합니다." 설득력 있는 풍부한 음성으로 그가 말했다. "스스로 더 나은 사람이 되고, 정신을 바로잡으며, 최선을 위하여 최선을 포기하는 기회가 우리에겐 항상 존재합니다.

지금 우리에게 활짝 열려 있는 훌륭한 기회를 즐기다 보면 종종 만물의 창조주를 잊는 경향이 있지요." 환자들은 그가 무슨 이야기를 하고 있는지 영문을 몰라 어색하게 얼굴을 붉혔다. 신부는 그들의 수준 밖으로 살짝 벗어났음을 깨닫고 좀 더 안전한 영역으로 되돌아갔다.

그는 눈부신 미소를 지으며 말했다. "예수님께서 우리 같은 인간의 모습으로 지상에 내려오셨다는 사실을 우린 잊고 있습니다. 그분은 우리가 느끼는 모든 고통과 고난을 느끼셨습니다. 그분은 우리가 겪는 문제와 분노를 고스란히 겪으셨지요. 우리가 더는 그런 사실을 기억하지 못하기 때문에 우리는 그 누구보다도 우리를 이해하고 도와줄 수 있는 분의 도움으로 우리가 짊어지고 있는 짐을 내려놓지 못하는 것입니다. 그리스도처럼 철저하게 인간이셨던 분은 아무도 없습니다. 그분은 30년이 넘는 세월 동안 다른 인간들 속에서 한 사람의 인간으로, 가난한 노동자로, 목수의 아들로 사셨습니다. 예수님의 어린 시절에 대해서 우리가 무얼 알고 있나요? 실질적으로 전무합니다. 하지만 그분의 삶 역시 우리 모두가 대부분 겪었던 것과 똑같은 기쁨과 슬픔이 어우러진 인생이었을 것이라고 확신합니다. 은혜로운 복음서를 통해 우리에게 알려진 예수님의 삶을 들여다보아도(이 대목에서 그는 적절히 목소리를 낮추었다) 그분의 감정이 인간의 감정이었음을 가리키는 확고한 증거가 가득합니다.

성모 마리아를 향한 그분의 사랑과 나사로에 대한 애정, 열두 사도에 대한 우정, 가난한 막달레나에 대한 이해

　　　　그러므로 이제 하늘에 계신 우리 아버지께

심까지, 전부 다 그분의 영광스러운 인간성에 대한 증거가 아닙니까? 그분은 동물과 아이들을 좋아하셨습니다. 그분은 죄인들과 이야기를 나누셨습니다.

예루살렘 성전에서 예수님이 보이신 분노와 바리새인들의 불신을 기억하십시오. 그 모든 사실은 우리에겐 너무도 소중한 예수님의 인간적인 면모를 나타냅니다. 그리고 마지막으로 십자가에 못 박히셨을 때 고통과 죽음 속에서 들려온 그분의 마지막 외침 또한 인간의 음성이 아니었습니까?" 약간 숨이 가빠진 신부는 말을 멈추었다. 환자들은 확실히 감동받은 듯했고 그는 또 한 번 승리를 거두었다.

그런데 먼 구석 쪽에서 목소리가 들려왔다. 대화에 전혀 참여하지 않고 있던 심술궂은 얼굴의 노인이었다.

"그리스도는 신의 아들인 걸로 알고 있소." 노인이 말했다. 어색한 정적이 흘렀고 잠깐이지만 신부는 약간 어안이 벙벙했다.

이윽고 그가 부드럽게 말했다. "맞습니다, 그렇지요." 그러나 너무 늦은 대답이었다. 마법은 깨져버렸다. 그는 패배감을 느끼며 그곳을 떠났다.

"윌리엄스 양이 찾아왔는데 만나시겠습니까?" 6시가 지난 직후에 집사가 서재로 들어오며 말했다.

"아! 그래야지, 웰스. 안으로 들이게. 약속을 해놓고 자네에겐 이야기하는 걸 잊었군."

소다수를 넣은 위스키 한 잔이 몹시 요긴했던 신부는 남은 술을 홀짝 다 마시고는 특별히 그럴 용도로 맞춘 작은 장식장에 빈 잔을 넣어두었다.

메리 윌리엄스가 방으로 들어왔다.

체구가 아담하고 머리칼이 검은 그녀는 최상의 미모를 뽐내지 않은 차림인데도 아주 미인이라는 걸 알 수 있었다. 깔끔하고 소박한 옷차림이었고 눈 밑엔 어두운 그림자가 드리워졌다.

"앉으시겠습니까?" 그가 정중하게 말했다.

아가씨는 묵묵히 시키는 대로 하고는 그가 입을 열기를 기다렸다. 흥미진진한 상황이라 여기며 신부는 헛기침을 했다.

그는 부드럽게 말문을 열었다. "친애하는 자매님, 날 오라비처럼 여겨주길 바랍니다. 세상을 그대보다 훨씬 더 잘 알기에 주변의 모든 책임을 해결하려고 매일매일 최선을 다하는, 애석하게도 가장 가련한 방법으로 최선을 다하는 사람으로 말이오. 나를 오라비처럼 생각하더라도 그대가 반드시 기억해야 하는 점은 내가 그대의 세속적인 안녕뿐만 아니라 그대의 영혼을 인도해줄 수 있는 능력이 있다는 것이오."

그는 말을 멈추었다. 아가씨는 아무 대답 없이 겁먹은

그러므로 이제 하늘에 계신 우리 아버지께

눈으로 그를 쳐다보았다.

"그러므로 오늘 아침 크랜리 경이 나에게 했던 이야기를 그대의 입장에서 설명해주기를 바랍니다. 그대에겐 귀찮은 일일지 몰라도 소상하게 빠짐없이 이야기해봐요." 그가 덧붙였다.

아가씨는 얼굴을 붉히며 시선을 내리깔았다. "토미를 처음 만난 건 지난 학기 어느 날이었어요." 그녀가 낮은 목소리로 이야기를 시작했다. "제 친구도 함께 있었고, 우린 배를 빌렸어요. 그 사람이 벌써 이런 얘기는 전부 다 말씀드렸겠죠. 당시 저는 옥스퍼드에 살고 계신 그레이 부인의 말벗 도우미로 일했는데, 대학교가 방학에 들어가자마자 부인께서 홀로 여행을 떠나셨어요.

그날 갑자기 세찬 소나기가 쏟아져 모두 나무 아래에서 비를 피하고 있던 터라 토미와 친구분이 우리에게 말을 걸었고 우린 곧 친해져서 함께 웃고 농담을 주고받았어요. 제 기억으론 다 같이 차를 마셨을 거예요.

그러다가 다시 만날 약속을 잡았고 그 뒤로는 시간이 날 때마다 항상 토미와 함께 외출을 했습니다. 얼마 지나지 않아 그 사람이 저를 사랑한다고 말했어요. 지금 생각해보면 그 사람 말을 귀담아듣지 말았어야 했는데 그땐 저도 어쩔 수가 없었고, 그 사람이 처음으로 키스했을 때 전 세상 그 무엇보다도 그 사람을 사랑한다는 걸 알게 되었어요. 우린 방학 동안 할 수 있는 온갖 멋진 계획을 세웠고, 제 생각으론, 저로선 이해 못 할 일이었지만 저와 결혼하고 싶다는 그의 말이 진심이라고 생각했어요.

매일매일 저는 조금씩 더 그 사람을 사랑했던 것 같아요. 그러다가 강가에 갔던 그날 밤, 그 사람이 저에게 키스하기 시작하자 저는 모든 것을 까맣게 잊었어요.

토미한테 말씀 들으셨겠죠, 정말 부끄러운 일이지만, 어떻게 그런 일이 일어났는지 모르겠습니다." 메리는 말을 더듬었다.

신부는 미소를 숨기느라 손으로 입을 슬쩍 가렸다. 뻔한 변명이었다. 어떻게 그런 일이 일어났는지 모르겠다니! 당연히 그렇겠지, 안 그랬으면 지금 이 아가씨가 앞에 앉아 있는 일도 없었을 것이다.

"그렇군요." 그가 눈을 감고 한숨을 쉬며 중얼거렸다. "그래서요?"

"그 일 이후로 하루인가 이틀 뒤에 토미가 방학을 맞아 집으로 떠났어요. 그레이 부인은 해외여행을 갔고 저는 친구들과 시골에서 지냈죠. 저는 거의 매일 그 사람에게 편지를 썼는데 답장은 한 통도 받지 못했어요. 왜 토미가 답장하지 않는지 이해를 할 수가 없었지만 그가 저와 결혼할 생각이라는 것만은 철석같이 믿고 있었죠. 비참하고 불행한 기분이 동시에 들기 시작했고, 친구들은 제가 창백해

그러므로 이제 하늘에 계신 우리 아버지께

보인다고 말했어요.

토미한테서는 아직 아무 소식도 없었지만 런던에 있다는 건 알았기에 어디선가 댄스를 즐기고 있는 모습이 눈에 선하더군요. 그러던 어느 날 전 정신을 잃었어요. 다행히 주변엔 아무도 없었지만 곧장 겁에 질렸던 저는 남몰래 런던으로 상경해 의사를 찾아갔습니다.

거기서, 뭐가 문제인지 의사가 말을 해주었어요. 제 잘못이 너무 크다는 건 알지만, 어쩐지 상관없다는 심정이 들었습니다. 이젠 토미가 저와 결혼해줄 거란 걸 알고 있었으니까요. 그 사람에게 편지를 쓰고서 세인트존스우드에 살고 있는 언니 집으로 가서 지냈어요. 그런데 저를 만나러 온 토미는 도저히 결혼할 수 없다고 말하더군요.

지금도 저는 이해가 안 되고, 저의 마음은 그 말을 받아들이기를 거부하고 있어요. 제발 부탁드립니다, 홀러웨이 신부님, 오늘 아침에 그 사람이 신부님께 무슨 말을 했는지 알려주시겠어요? 아시다시피 전 그 사람을 너무도 끔찍이 사랑하고 그 사람 없이는 살 수가 없어요, 이제는."

신부는 아가씨가 걷잡을 수 없는 눈물의 홍수에 빠져들 준비가 되어 있다는 걸 알아차렸다.

"자 자, 걱정하지 말고 스스로 마음을 다잡으려고 노력해봐요. 내가 아가씨한테 모든 상황을 설명하는 동안 묵묵히 앉아서 들어주기 바랍니다. 난 아가씨를 도와줄 거고,

그대가 겪고 있는 상황을 그 누구보다 더 정확하게 이해합니다. 하지만 동시에 깨달아야 할 점은 하느님께서 우리가 기쁨과 슬픔을 모두 알도록 세상에 던져놓으셨다는 겁니다. 우리의 기쁨이 죄악이었다면 그에 대한 대가를 눈물과 고통으로 치러야 할 것입니다.

뿌린 대로 거두는 법이니까요.

그대는 이제 배에서 보낸 그날 밤과 그 이전에 벌어졌던 일까지 대가를 치르는 겁니다.

애당초 전혀 알지 못하는 청년과 그토록 절친하게 지낸 것 자체가 죄를 저지른 것이라는 생각은 해본 적이 없나요?"

"전혀 해본 적 없어요." 더듬거리며 아가씨가 대꾸했다.

"물론 그렇겠지만, 그런 소홀함에 대한 대가를 치러야겠지요. 그대는 미처 알아차리지 못했을지 모르지만 세상에 이 사실이 알려진다면, 그대가 크랜리 경의 부와 지위, 그 밖에 여러 다른 조건들을 노리고 쫓아다녔다고 말들이 많을 겁니다."

"그건 사실이 아니에요, 사실이 아니라고요!" 메리는 숨을 헐떡이며 외쳤다.

"아닐 수도 있겠지만 나 이외에 누구든 그대의 이야기를 듣는다면, 예를 들어 그 청년의 가족한테 사실을 털어놓는다면 그들은 분명 그렇게 말할 겁니다. 심지어는 그대가 품행이 단정치 못한 아가씨라고 의심하면서 매춘부 신세를 모면하려고, 실제로는 그의 자식도 아닌 아이를 빌미로 너그럽고 충동적인 청년의 발목을 잡아 아버지로 삼으려 한다고 생각할지도 모르겠소."

"아니, 아니에요! 어떻게 그런 말씀을 하실 수 있죠?"

"안타깝지만 난 그저 아주 냉혹한 세상 사람들이 하게 될 말을 전하는 것뿐이오.

그대가 연인의 가족들에게 찾아가 정당한 호의를 요청했을 때 그대가 스스로 어떤 위치에 놓이게 될지 이해하기를 바랍니다. 크랜리 경은 머잖아 해버섬 백작이 될 사람이라는 것을 명심해야 해요. 그 친구는 사회에서 중요한 인물이 될 테고 수많은 의무와 책임도 맡아야 합니다. 그 가운데는 자신의 빛나는 지위에 걸맞은 가문과 혼사를 맺는 일도 포함되지요. 그 친구의 장래를 망치고 싶습니까? 아가씨가 나서서 더 해를 입히기도 전에 이미 그대의 사랑을 입증하는 가장 위대한 증거가 곧장 그 친구의 인생을 빼앗을 수도 있다는 걸 모르겠어요?"

아가씨는 이제 죽은 사람처럼 창백해졌고, 신부는 그녀가 기절할까 봐 걱정되었다.

"네." 느릿느릿 그녀가 말했다. "그 사람을 포기해야 한다는 걸 알겠습니다. 전 어쩌면 좋죠?" 그녀는 완전히 망연자실해 생각을 할 수가 없는 듯했다.

"형편 넉넉하게 지낼 수 있도록 내가 조치를 취할 겁니다." 낮고 너그러운 말투로 신부가 대답했다. "내가 잘 아는 두 숙녀분이 윔블던에 살고 있는데, 아주 인정 많고 다정한 분들이니 문제가 끝날 때까지 그대를 돌봐줄 겁니다.

그대의 언니도 이번 일에 대해서는 알 필요가 없겠지요, 친구들과 지내게 되었다고만 넌지시 일러둬요.

건강이 다시 회복되고 나면 아마도 외국으로 떠나는 것이 더 나을 겁니다. 인도에서 선교 활동을 하고 있는 지인의 부인이 계신데 매력 넘치고 정도 많은 여인이라 그대를 벗으로 돌봐줄 겁니다."

"제 아기는 어쩌고요?" 눈빛에 미묘한 공포의 그림자를 드리우며 메리가 물었다.

"물론 아기도 포기할 마음의 준비를 해야 합니다. 아이는 내가 운영위원으로 있는 서리의 아름다운 고아원에서 자라게 될 거요. 꼭 필요한 조치란 걸 그대도 분명히 알아들었겠지요?"

아가씨가 의자에서 일어났다.

"모든 노고에 감사드립니다. 전 이만 가보는 게 좋을 것 같네요. 뭐든 바라는 게 있으면 편지로 알려드리겠습니다." 나직이 그녀가 말했다.

신부는 어깨를 으쓱했다. 딱히 그에게 고마워하는 것 같지도 않았고, 여자가 더 바라는 게 뭐가 있을지도 의아

그러므로 이제 하늘에 계신 우리 아버지께

했다.

"잘 가요. 그럼 며칠 내로 소식 기대하겠소."

아가씨가 나가고 문이 닫혔다. 곤혹스러운 면담이었지만, 여자가 더 이상 크랜리를 귀찮게 할 것 같지는 않았다.

어쨌거나 그 청년은 곤경에서 완전히 벗어났다. 그는 오후에 전화를 걸어와 밤 기차를 타고 스코틀랜드로 떠날 예정이라면서 그곳에서 아마도 6주쯤 머물 것이라는 메시지를 남겼다. 스코틀랜드에서 그는 곧 이번 일을 깡그리 잊을 것이다. 신부는 시계를 흘끔 쳐다보았다. 어이쿠! 시간이 이렇게 늦은 줄도 모르고 있었다. 그는 8시 15분까지 애틀버러 공작 부인 댁에서 열리는 소규모 댄스파티에 참석할 예정이었다.

"제임스, 부끄러운 줄 아세요. 어떻게 감히 그런 이야기로 나를 웃길 수가 있죠! 당장 저리 가요!"

공작 부인은 스스로 악동 같은 행동이라 여기는 손짓으로 신부를 밀어냈다.

그녀는 신부에게 푹 빠져 있었지만, 그에게 충격받은 척하기를 매우 즐겼다. 부인이 달아나도록 내버려둘 수는 없는 일, 신부는 그녀의 손을 잡았다.

그는 나무라듯 말했다. "노라, 나한테 어쩌면 그렇게 매정할 수가 있죠? 일부러 나를 옆에 앉혀놓으시고선 내가 즐겁게 해드리려고 애쓸 때마다 불평을 하시다니요. 차라리 저를 내치시어, 저쪽에서 분홍색 드레스를 입고 우리를 쳐다보고 있는 아주 매력적인 젊은 숙녀분 옆에 앉게 하시지요?"

만찬 때 처음 만난 그 아가씨는 그의 말을 듣고 얼굴을 붉혔다. 그녀는 신부가 끔찍이도 매력적이라고 생각했다.

공작 부인은 사람 좋은 웃음을 터뜨렸다. "예절 바르게 처신하지 않으면, 저 아가씨한테 말 한 마디도 못 걸게 할 거예요."

그가 귓가에 무언가 속삭이자 공작 부인이 큰 소리로 웃어댔다. "안 돼, 안 돼요. 당신은 정말 못 말리는 사람이에요, 이래놓고서 세인트스위딘 성당에 미사를 드리러 가면 당신을 진지하게 받아들이길 기대하다니. 내일은 어떤 설교를 할 거예요?"

"아직 결정하지 않았습니다." 태평하게 그가 대답했다.

설교 내용을 절대 미리 준비하지 않는다는 것은 언제나 그가 으쓱하게 여기는 부분이었다. 공작 부인은 그를 보며 고개를 절레절레 젓다가 곧이어 그만 일어나자는 신호를 보냈다.

"악단이 준비되어 있으니 신사분들께서는 꼭 춤을 추러 와주시기 바랍니다. 딱 10분만 더 여기서 꾸물댈 시간을 드리지요." 그녀가 선포했다.

그러므로 이제 하늘에 계신 우리 아버지께

남자들은 웃음을 터뜨리며 어색하게 의자에서 일어났다. 부인이 사랑스러운 여인들 무리를 이끌고 방에서 나가자 그들은 다시 자리를 잡고 느긋하게 기대앉아 파티 주최자에 대해 논하기 시작했다. 부부 동반으로 참석한 여인들은 적절한 분량의 칭찬과 관심을 받은 반면, 남편을 동반하지 않은 여인들은 신체적으로 도덕적으로 조각조각 난도질을 당했다.

　누군가 상류사회에서 회자되고 있는 스캔들에 관해서 몇 마디 재치 있는 언급을 했고, 다른 남자는 오래된 도자기에 대해서 아주 지루한 이야기를 시작했다. 그러나 그가 말문을 열자마자 춤을 추러 2층으로 올라가자는 결정이 내려져 따분한 화젯거리는 말하던 도중에 중단되었다.

　몇몇 여인들은 춤을 추지 않고 한쪽 구석에 앉아 다른 사람들을 구경하고 있었다. 신부는 즉각 그들을 향해 다가가 런던에서 가장 재미있는 남성들로 손꼽히는 한 사람으로서 자신의 평판을 유지하기 시작했다.

　그는 진중하면서도 재치 있고 친근감 넘치는 모습을 차례차례 보여주었다. 마침내 공작 부인이 다가와 그에게 춤을 추라고 명령을 내려 구제해주지 않았더라면 신부는 저녁 내내 그들에게 붙잡혀 있었을 것이다.

　소수의 주요 인물들과 춤을 추는 의무를 다한 뒤 그의 시선은 이내 분홍색 드레스를 입은 아가씨를 찾아 헤맸다.

그는 빼어난 춤꾼이었고, 가장 최신 유행 하는 스텝까지 모두 섭렵하긴 했지만 왈츠를 추는 솜씨가 가장 멋지단 걸 스스로 잘 알고 있었다. 경쾌한 리듬과 바이올린의 선율은 어딘가 그의 마음을 끄는 구석이 있었다. 무대 중앙에서 두 사람이 회전을 하면 모두의 시선이 자신들에게 집중되리란 걸 그는 의식하고 있었다. 사람들이 어떤 말을 할지도 상상할 수 있었다. "어쩜 저렇게 잘 어울리는 커플이 다 있을까."

그 비슷한 말들이 오갈 것은 확실했다. 공작 부인은 문가에서 그들을 지켜보고 있었다. 노라는 여러 방면에서 상당히 독특하고 훌륭한 여인이었다. 인생을 아는 사람이 있다면 바로 그녀였다. 공작 부인과 나누었던 대화—와 다른 것들까지—를 그는 기억할 수 있었다. 오! 둘 사이엔 놀라운 우정이 존재했다. 이 아가씨는 깃털처럼 가벼웠다. 구석 쪽으로 사이드스텝을 밟으며 그는 아가씨가 약간 자신에게 몸을 기댄다는 낌새를 포착했다. 마음에 꼭 드는군! 그는 아가씨의 손을 살짝 더 세게 움켜쥐고 곡조를 따라 낮게 흥얼거리기 시작했다.

자정 직후에 신부는 파티장을 떠났다.

그는 늦은 밤까지 노닥거리는 것을 신봉하지 않았다. 두뇌가 피로해지고 고약한 성미가 드러나기 때문이었다.

그러나 저녁 시간은 한껏 즐겼다.

그러므로 이제 하늘에 계신 우리 아버지께

귀여운 아가씨는 아주 미인인 데다 상대하기에도 즐거웠다. 그는 매우 확실한 인상을 남겼을 거라고 여기며 스스로 뿌듯해했다.

어차피 그 아가씨는 세인트스위딘 성당으로 오게 되어 있었다.

털썩 잠자리에 몸을 눕히며 그는 다음 날 8시 평미사를 보좌 신부가 대신 집전할 예정이라는 사실을 떠올리고 안도했다.

기도를 올려 하루 동안 지은 죄를 인정한 그는 은혜로운 마음으로 잠이 들었다.

다음 날 아침에 일어나 서재로 내려간 그는 강론 준비를 하지 않았다는 사실을 떠올렸다.

무언가 영감이 떠오르기를 바라며 닥치는 대로 일요일자 신문을 훑어보았다.

관심을 끄는 기사가 두 건 있었고 마음이 언짢아졌다.

하나는 사회주의 계열 신문에 실린 기사를 옮겨놓은 것이었다. 사교계에 진출한 총명한 여성들에 대해서 평생 일상의 노동을 해본 적도 없고 대체로 게으름과 부도덕, 악덕 속에서 살아온 값비싼 장식품에 불과하다고 선언하며 그들을 공격하는 내용이었다.

다른 기사는 더 짧았고 내용은 다음과 같았다.

'어젯밤 리전트파크 운하에서 시신으로 발견된 젊은 여

성은 동생의 행방을 몰라 노심초사했던 친언니 대칫 부인의 신원 확인을 거쳐, 세인트존스우드 클리프턴가 32번지에 거주하던 메리 윌리엄스 양인 것으로 밝혀졌다. 집으로 걸어오던 길에 어둠 속에서 발을 헛디뎌 순식간에 익사한 실족사로 보인다. 사인 규명은 화요일에 이루어질 예정이다.'

신부는 격한 감정에 휩싸인 얼굴로 눈을 빛내며 한동안 묵묵히 서 있었다.

"하지만 이건 말도 안 되게 부당한 일이야!" 그가 큰 소리로 외쳤다. 그는 사회주의 계열의 신문기사를 떠올리고 있었다.

세인트스위딘 성당의 일요일 오전 11시 미사는 언제나 사람들로 가득했다.

대부분의 교인들은 저마다 지정석을 보유하고 있었기에 지정석이 없는 사람들은 대체로 자리를 잡기가 어려웠다. 11시 20분 전쯤부터는 대규모 줄서기가 시작되었다.

성가대도 당연히 유명하여, 음악을 하는 사람들은 찬송가만을 들으러 오기도 했다.

성당에 들어서면 유쾌한 약에 취한 듯한 분위기가 느껴졌고, 짙은 꽃향기와 굽이치는 향냄새가 뒤섞여 실내에 퍼졌다. 그리고 나면 장중하고 관능적인 진동과 함께 부드럽

그러므로 이제 하늘에 계신 우리 아버지께

고 낮은 음색으로 오르간 연주가 시작되어, 차츰 커진 음악 소리가 예배당 전체에 메아리치다가 이내 높은 천장 서까래 사이 어둠 속으로 속삭이듯 스며들어 사라졌다. 소년 성가대원들의 달콤한 목소리는 남성 중창의 화음 속에서 끝 간 데 없이 높은 음으로 청아하게 울려 퍼졌다.

그러고 나면 저 멀리 제단 앞에서 붉은 제복 차림으로 향을 흔들며 머리를 조아리는 시동들 무리에 에워싸인 신부가 제의를 입은 위풍당당한 모습으로 등장해 자리를 잡았다.

그는 사제의 역량 속에서 진짜 자신을 찾았다. 영혼의 양치기이자 인간성의 구원자라고 느꼈다.

미사를 드리러 온 어마어마한 인파 속에서 사람들은 신부가 건넬 위로의 말씀을 갈망하며 그의 목소리에 귀를 기울였다.

미사는 그가 주연을 맡은 한 편의 드라마였다. 각각의 기도는 가장 풍성한 표현력과 깊이 있는 색채와 의미심장한 세상을 담아내도록 그가 익혀온 웅변이었다.

성가대와 오르간은 그가 지닌 고유한 목소리를 보완해 줄 뿐이었다. 그러다가 고백 예식 차례가 되어 그가 전례 말씀대로 "형제자매 여러분, 그동안 지은 죄를 진심으로 정성을 다해 뉘우치십시오"라고 전했을 때 그의 목소리는 근엄하고 무자비할 뿐만 아니라 스스로는 단 하나의 흠결도 없는 판관의 음성이었다.

그러고는 뒤이어 하느님의 용서를 선언하며 교우들을 대하는 그의 태도는 또 어찌나 연민과 동정심으로 가득한지! 무릎을 꿇었던 교우들은 이제 모든 것이 다 원만해졌으니 편안한 기분으로 자리에서 일어났다.

물론 그가 가장 좋아하는 미사 순서는 따로 있었다.

"감사와 찬양을 드림은 참으로 옳은 일이며 우리의 기쁨이자 의무입니다"라는 말도 가장 공들여 외치는 말씀이기는 했으나, 그가 승리감과 희열의 순간을 만끽하며 추종자들 무리 역시 가장 열렬히 고대하는 순서는 이것임을 그는 잘 알고 있었다. 바로 "그러므로 우리는 하늘의 모든 천사와 성도들과 함께 주님의 거룩하시고 영광스러운 이름을 소리 높여 찬양하나이다"라는 대목에 이어 "거룩하시다, 거룩하시다, 거룩하시도다"라는 외침이 이어지면서 성가대의 합창이 접목되어 그의 목소리를 더욱 풍성하게 해주는 순간이었다.

흡족하고도 장엄했다.

그러나 오늘 최종 승리는 강론 연단에서 그를 맞이할 예정이었다. 그는 전투적인 눈빛을 띠며 계단을 내려갔다.

강론은 사회주의자들의 기사에서 너무도 무자비하게 공격당한 아름다운 여성들을 간접적으로 옹호하는 내용이었다.

그러므로 이제 하늘에 계신 우리 아버지께

그의 말씀은 탁월했다. "들판에 핀 백합을 떠올려보십시오. 그들은 땀 흘려 일하지도, 실을 잣지도 않습니다."

그의 첫마디부터 청중의 귀를 사로잡았다.

비난의 대상이 된 상당수의 여성들이 앞쪽에 자리 잡고 있었기에, 그는 그들의 뺨에 피어오른 기쁨의 홍조를 눈으로 본다기보다는 몸으로 느낄 수 있었다.

그들은 모두 신부가 자신들을 한 사람 한 사람 개인적으로 언급해주기를 바랐고, 마음속으로는 그를 가장 사적인 친구 목록에 포함시키겠다는 다짐을 하고 있었다.

신부도 그것을 감지했고 그의 승리감은 완성되었다.

장엄한 목소리의 깊고 풍부한 음색을 방해하는 소음은 단 하나도 없었으며 공기마저 숨을 죽였다.

왜소한 보좌 신부는 고개를 수그리고 앉아 있었다. 의사는 그의 아내를 스위스로 보내야 한다고 말했다. 오른쪽 폐가 이미 심각하게 감염된 탓에 다른 기후의 혜택을 누리지 못하는 한 의사도 생명을 장담할 수가 없다는 말이었다. 하지만 스위스 요양은 곧 수백 파운드의 돈을 의미하는데 그가 어떻게 그 비용을 감당한단 말인가?

일주일 내내 그는 잠도 자지 못했고, 생각에 생각을 거듭하는 고통으로 머리가 거의 쪼개질 지경이었다.

그런데 순식간에 주임 신부가 불행한 여인들을 돕기 위한 바자회 관련 모든 업무를 그의 손에 넘기면서 벌어진 상황에 그는 어안이 벙벙했다. 그가 의지할 수 있는 사람이 누구라도 있다면 좋으련만⋯⋯

그가 고개를 드니 숨죽여 킥킥거리고 있던 성가대 소년들이 눈에 보였다. 아이들은 삼목 놀이를 하고 있었다. 그가 아이들에게 인상을 쓰자, 아이들은 무례하게 그의 발을 빤히 쳐다보는 것으로 응수했다.

보좌 신부는 얼굴을 붉혔다. 신발 밑창에 구멍이 난 것은 그도 알고 있었다. 그런 상황을 전혀 알지 못한 채로 주임 신부는 강론을 이어갔다. 설교는 이제 끝을 향해갔고 그는 비할 데 없이 화려한 불꽃같은 웅변을 마무리했다. 그의 야망을 열렬히 실현해줄 도구인 사람들의 얼굴이 바다처럼 펼쳐져 그를 우러러보았다.

메리 윌리엄스는 죽었고 그는 그녀를 잊었다⋯⋯ 눈앞엔 그가 잘 아는 사람들이 버티고 있고, 고결한 옹호를 천명한 그에게 그들은 보답을 할 것이다. 아첨과 칭찬의 말들이 그의 머릿속에 소용돌이쳤다. 그는 거의 황홀경에 빠져 자신에게서 급류처럼 쏟아져 나오는 음성을 들었다.

그는 아름다운 자신의 목소리에 홀딱 반했다. 마침내 그는 잠시 뜸을 들였다가 최고조의 승리감에 벅찬 음성으로 강론을 마쳤다. 세상은 그의 것이었다. 마지막 손짓과 함께 그는 의기양양하게 고개를 돌렸다.

"그러므로 이제 하늘에 계신 우리 아버지께⋯⋯"

그러므로 이제 하늘에 계신 우리 아버지께

성격 차이

그는 신경질적으로 주머니에 든 동전을 짤랑거리며 벽난로 선반에 몸을 기댔다. 또 한판 소동이 벌어질 참이었다. 그가 그녀를 동반하지 않고 혼자 외출하는 것을 못마땅해하는 그녀의 태도는 너무도 불합리했다. 남자는 어쩌다 특별한 이유 없이 탈출해야 한다는 걸 그녀는 절대 깨닫지 못하는 듯했다. 하지만 그런 외출은 그에게 자유로운 기분을 안겨주기 때문에 되풀이되었다. 그는 등 뒤로 현관문을 쾅 닫고서 지팡이를 휘두르며 버스를 타러 거리를 걷는 것이 좋았다. 오롯이 혼자라는 그 느낌에는 그 누구에게도, 함께 사는 그녀에게조차 설명할 수 없는 어떤 남다른 기분이 존재했다. 철저한 무책임과 완벽한 이기심이 주는 달콤한 기분. 손목시계를 볼 필요도 없고,

"4시엔 돌아오겠다고 약속할게"라고 장담했던 말을 기억하면서도 정작 4시엔 여자가 모르는 전혀 다른 일을 하고 있다는 것. 가장 사소한 일. 택시를 타고 그가 드라이브를 한다는 것도 그녀는 본 적 없는 일이었다. 느긋하게 등받이에 몸을 기대고선 옆에 앉은 그녀를 의식해 고개를 돌릴 필요 없이 담배를 피우는 기분이란. 저녁에 집에 돌아오면 그러고 돌아다닌 일에 대해서 그녀에게 이야기를 할 것이다. 둘이 벽난로 앞에 앉아 웃음을 터뜨리겠지만, 그러려면 최소한 혼자 보내는 오후가 선행되어야 했다. 두 사람이 함께 보낸 것이 아니라 그 혼자서.

하지만 그녀가 분개하는 것도 바로 그 부분이었다. 그녀는 모든 것을 공유하고 싶어 했다. 그녀는 그와 따로 떨어져서 무언가를 한다는 걸 결코 상상할 수도 없었다. 게다가 그녀는 묘하게 그의 생각을 읽을 줄 알았다. 그가 무언가 그녀와 관련 없는 생각을 할라치면 그녀는 곧장 알아차렸다. 다만 머릿속에서 그것을 과장하는 것이 문제였다. 그녀는 즉각 그가 자신을 따분하게 여기고 있으며 더는 자신을 좋아하지 않는다고 생각했다. 물론 그런 것은 아니었다. 전혀 그렇지 않았다. 당연히 그는 세상 그 누구보다도 그녀를 사랑했다. 실제로도 그녀 이외엔 아무도 존재하지 않았다. 왜 그녀는 이 사실을 깨닫고 고맙게 여기지 않을까? 어째서 약간의 거리감조차 못 견디고, 그의 가장 사소

성격 차이

한 부분까지도 벗어나는 걸 용납하지 못한 채 그의 마음과 육신, 영혼까지 자신에게 속박해야 하는 걸까? 그는 절대로 도를 넘지 않으리라는 것을, 그녀의 시야에서 사라지는 일은 절대 없으리라는 것을 그녀도 알아주어야 했다. 은유적으로는 그렇다는 뜻이지만, 어쨌든 그는 그저 언덕 꼭대기에 올라 반대편에 무엇이 있는지 보고 싶을 뿐이었다. 그런데 그것조차도 그녀는 그와 함께해야 직성이 풀렸다.

그녀의 변명은 이러했다. "무엇을 보든, 무슨 일을 하든, 그걸 나 혼자만 간직해서는 아무런 기쁨도 없다는 걸 당신은 모르겠어? 난 모든 걸 당신에게 주고 싶어. 혼자 있을 때 마음에 드는 그림을 본다거나, 책에서 좋은 구절을 발견했을 때 당신도 나와 같이 그걸 알지 못한다면 아무 의미가 없다는 생각이 저절로 든단 말이야. 당신은 완전히 내 일부가 되어버려서, 나 홀로 있으면 말도 못하고 보는 눈도 없는 바보가 된 기분이야. 양손을 잃은 사람처럼, 갓 돋아난 가지가 달린 나무 신세라고. 아름다움도, 추함도, 고통도, 당신과 모든 것을 나눌 수 없다면 인생은 가치가 없어. 우리 사이엔 그늘이 있으면 안 돼, 우리 마음속에 서로가 모르는 구석이 있어선 안 된다고."

웃기시네! 그래, 무슨 의미인지는 그도 알지만 그렇다고 공감할 순 없었다. 두 사람은 다른 차원에 존재했다. 그들은 우주에서 빛나는 두 개의 별이었다. 그녀는 더 높은 곳에서 꾸준하게 빛을 발하며 타고 있는 항성인 반면, 그는 언제나 약간 앞서서 불안정하게 깜박거리다가 결국 지상으로 떨어져 내리며 순간적으로 하늘에 빛줄기를 남기는 별똥별이었다.

그가 돌연 그녀를 향해 돌아섰다.

"아무래도 난 오늘 시내에 나가서 점심 식사를 하는 게 좋겠어. 떠나기 전에 다시 만나기로 그 친구와 약속했는데, 친구를 언짢게 하고 싶진 않네. 물론 일찍 돌아올 거야." 그는 약간 너무 진지하게 미소를 지었다.

편지를 쓰고 있던 여자가 고개를 들었다. "지난번에 둘이 만났을 때 전부 다 정리한 줄 알았는데?"

"응, 대강 그런 편이긴 하지. 하지만 한 번만 더 꼭 다시 만나야겠어. 오늘이 좋은 기회잖아, 안 그래? 우리 둘이 같이 해야 할 일도 전혀 없으니 말이야, 당신도 바쁘고." 그녀가 꺼릴 문제는 아무것도 없다는 듯이 편하고 자연스럽게 그가 말했다.

그러나 그녀는 단 한순간도 속아 넘어가지 않고 있었다. 왜 그는 그녀에게 절대로 솔직하게 굴지 않을까? 그녀와 함께 있는 것이 더는 흡족하지 않으므로 꼭 밖에 나가서 어떤 식으로든 머리를 식혀야 한다는 걸 왜 인정하지 않을까? 그녀에게 상처를 주는 건 진실을 털어놓기를 거부하는 그의 과묵함이었다. 상처 입은 짐승처럼 그녀는 자신을 방어하기 위하여 발톱을 세웠다.

"안 지 겨우 3주밖에 안 된 사람을 만나는 게 그렇게 즐거운 일이야?" 그녀의 목소리는 딱딱하고 날카로웠다.

이런 목소리를 그는 잘 알았다. "달링, 말도 안 되는 소리 하지 마. 그 친구를 만나든 말든 어차피 별 상관 없다는 거 당신도 알잖아."

"그렇다면서 왜 나가?"

이런 말엔 논쟁이 불가능했다. 그는 의식적으로 하품을 하며 여자의 시선을 피했다.

그녀는 아무 말 없이 기다렸다. 그는 버럭 화가 난 척했다.

"그 친구를 언짢게 하고 싶지 않다고 말했잖아. 좀 지긋지긋하다. 외출할 때마다 언제나 이렇게 똑같은 말싸움을 하잖아. 맙소사, 고작해야 몇 시간이야! 당신 방식대로 하면 난 이 세상에 친구 한 사람도 없는 존재가 될 거야. 당신은 내가 강아지한테 말을 걸어도 질투하는 것 같아!"

질투라니! 여자는 모욕을 주듯 웃음을 터뜨렸다. 그는 또다시 그녀를 오해했다. 마치 그가 아는 사람들에게 질투심을 품는 게 가능하다는 듯이. 그럴 만한 가치가 있는 사람이 있다면 그건 또 다른 문제일 것이다. 그러나 다시는 만나지 않을 수도 있는 하찮은 존재와 인물 때문에 그녀를 버려두고 나가겠다는 무심하고도 이기적인 태도! 그녀는 그가 스스로 책임을 내던지는 나약한 방식을 경멸했다.

여자가 말했다. "생판 남이나 다름없는 사람의 마음을 거스르는 게 그렇게 고통이라면, 그럼 가. 그래도 알려줘서 다행이야. 앞으로는 내가 기억해둘게. 아마 당신은 지난 월요일에도 다시는 이런 일 없게 하겠다고 약속했던 걸 잊은 모양이야. 결국 당신은 내가 기댈 수 없는 사람이었다는 걸 이제야 깨닫겠어. 당신한테 매달린 내가 엄청난 바보였어, 안 그래? 나간다면서 왜 안 나가?"

여자의 눈빛은 차가웠다. 그녀는 갑옷으로 스스로를 감쌌다.

그는 등을 돌리고 창밖을 내다보았다.

"아무짝에도 쓸모없는 이유로 참 대단한 장면을 연출하는군." 그는 가볍게 웃음을 흘렸다. "이렇게 사는 거 참 유쾌하지 않아? 집안에서 이토록 매혹적인 분위기를 만들다니. 일종의 토론을 거치지 않고는 좀체 단 하루도 보내질 못하지, 안 그래?" 그는 휘파람을 불며 발꿈치를 바닥에 댔다가 떼며 앞뒤로 체중을 옮겼다. 한 마디 한 마디 말이 칼날처럼 그녀를 찢어발길 것임을 그는 알고 있었다. 흐뭇했다. 그는 그녀에게 상처를 주고 싶었다. 상관없었다.

그녀는 종이 장수를 세는 체하며 가만히 앉아 있었다. 차분하고 냉정하게 그녀는 왜 그를 사랑하는지 생각해보았다. 잔인하고 이기적인 그의 성격과, 그녀에게선 모든

성격 차이

것을 가져가면서 아무것도 되돌려주지 않는 그의 태도. 그녀를 위해 중요하지 않은 것은 뭐라도 좀 포기하려 한다는 사소한 징후라든가, 아주 희미하게나마 마음을 알아주는 낌새라도 있다면, 그것만으로도 그녀의 마음에 홍수처럼 온기가 쏟아진다는 걸 그가 깨닫는다면 얼마나 좋을까. 그런데 그는 아무것도 하지 않았다. 그녀는 그와 점점 더 멀어져, 스스로가 상상의 기차에 홀로 탄 외로운 인물처럼 느껴졌다. 그림자 세상에 놓인 회색 그림자 하나. 작별 인사로 손을 흔들어줄 사람 하나 없었다.

그는 눈꼬리로 그녀를 지켜보았다. 그녀는 왜 꼭 그의 면전에서 언제나 고통을 과시해야 할까? 공공연하게 드러내는 것도 아니고, 무언가 얼굴에 떠오른 감정을 그가 콕 집어낼 수 있는 방식도 아닌, 그저 묵묵히 견디는 순교자의 체념 같은 표현이었다. 눈물이 한 방울 그녀의 뺨 위로 흘러내려 잉크를 흡수하는 압지에 떨어졌다. 오, 젠장! 그는 참아주지 않을 것이다. 그의 기분을 망치다니 빌어먹게 이기적인 여자였다.

그는 아무 일 없었다는 듯 말문을 열었다. "이봐, 이제 와서 모든 걸 취소하기엔 너무 늦었어. 당신이 좀 더 일찍 얘기해주었더라면 당연히 나도 그 말에 따랐을 거야. 오래 걸리진 않을 거라고 약속해. 점심 식사만 하고 곧 돌아올게."

분명 그것은 타협안이었다. 그는 그녀에게 잘 보이려고 꽤나 노력하고 있었다. 그는 그녀가 어떤 반응을 보이는지 보려고 기다렸다.

"잊지 말고 코트 입고 나가, 쌀쌀한 동풍이 분대." 여자는 그에게 말한 뒤 편지 쓰기를 계속했다.

그는 어떻게 할까 잠시 망설였다. 모든 게 다 원만해졌다는 의미일까? 아니다, 그는 그녀를 너무나 잘 알고 있었다. 그녀는 그가 돌아올 때까지 저주받은 사람처럼 고통에 시달릴 것이다. 그녀는 온갖 종류의 사고를 상상할 것이다. 그런 장면을 머릿속으로 떠올리며 실제로 일어난 사건보다 더 심한 경우로 짜 맞출 것이다. 그는 왜 이 하찮은 점심 식사 계획을 집어치우고 그녀와의 싸움을 중단하지 않았을까? 지금은 전혀 외출하고 싶지도 않았다. 진짜로는 늘 나가고 싶은 마음이 없었다.

압지에 눈물이 또 한 방울 떨어졌다.

"그냥 나가지 말까?" 눈물을 못 본 체하며 그가 힘없이 제안했다.

여자는 조바심에 몸을 움직였다. 이토록 쉽게 그녀의 마음을 얻을 수 있을 거라고 생각했던가? 그는 단지 스스로 모면할 길을 찾고 있을 뿐이었다. 그는 그녀와 화해를 하고 키스를 하고 어린아이처럼 다시 친해져서, 똑같은 일이 다시 일어날 때까지 이 모든 일에 대해서 얼른 잊고 싶

성격 차이

은 마음이 간절했다. 그는 정말로 그녀와 함께 있고 싶은 걸까? 여자는 그에게 한 번 더 기회를 주었다.

"당신이 최선이라고 생각하는 대로 해. 마음에도 없는데 괜히 집에 있으려고 하지는 마."그녀의 목소리는 쌀쌀맞고 인간미가 없었다.

빌어먹을, 그녀 쪽에서 조금이나마 솔직한 감정을 내보일 수도 있었을 것이다. 그는 싸움을 관두자고 청했는데 이것이 그녀가 제안을 받아들인 방식이었다. 아니지, 그는 왜 자신이 늘 그녀에게 져주어야 하는지 이해가 되지 않았다. 매사가 똑같다면 얼마나 따분한가. 그들은 왜 평화롭게 살 수 없을까? 모두 그녀의 잘못이었다.

"아무래도 나가는 게 좋겠어, 안 그럼 무례하게 보일 거야."그는 무심히 말한 뒤 방을 가로질러 일부러 쾅 소리를 내며 문을 닫았다. 코트를 입는 수고도 하지 않았다. 그가 폐렴에 걸린다면 그녀에겐 꼴좋은 인과응보였다. 그는 침대에 축 늘어져 기침하며 숨을 헐떡이는 자신의 모습을 그려보았다. 그녀는 고통스러운 공포의 눈빛으로 그를 내려다보고 있을 것이다. 그녀는 그의 목숨을 구하려고 덤벼들겠지만 실패할 것이다. 너무 늦었겠지. 잿빛 망토를 걸치고 외로운 자태로 그의 무덤에 제비꽃을 심는 그녀의 모습이 머릿속에 그려졌다. 얼마나 섬뜩한 비극인가. 그는 울컥 목이 메었다. 자신의 죽음을 떠올리면 그는 꽤나 감정적이 되었다. 이런 심정에 대해서 시를 한 편 써놔야겠다.

커튼 뒤에 숨어서 여자는 그가 길 끝으로 걸어가는 모습을 지켜보았다. 그가 이미 자기 따위는 잊었을 것이라고 그녀는 확신했다. 그가 무슨 행동을 하든 더는 상관없다는 기분이 들었다. 모든 것은 끝났다. 그녀는 벨을 울려 이유도 없이 하녀를 꾸짖기 시작했다.

그는 점심 식사가 괴로웠고 상대방 남자는 따분했다. 심지어 상대가 하는 말에 귀를 기울일 수조차 없었다. 몸도 좋지 않았다. 어쩌면 그의 소망이 이루어져 폐렴에 걸렸을지도 모른다. 그는 어쩌다 이토록 암담한 멍청이가 되었는가. 참으로 전혀 의미 없는 짓이었다. 아마도 바로 이런 식으로 살아왔기 때문에 인생을 망쳤을 것이다. 그가 이런 생각을 하는 내내, 일행 남자는 그가 결코 다시는 보고 싶지도 않은 저주받은 멍청이들로 가득한 세상에 대해서 주절주절 이야기를 늘어놓았다. 그는 앞으로 인생에서 모든 사람을 차단할 테고, 그녀 이외엔 아무도 상관하지 않겠다. 두 사람은 고약한 이 나라를 떠나 해외에서 살아갈 것이다. 어쩌면 집에 돌아갔을 때, 그녀가 영영 그를 버리고 떠난 상황을 마주할지도 모른다. 책상엔 쪽지 한 장이 핀에 꽂혀 놓여 있을 것이다. 그는 어떻게 해야 할까? 그녀 없이는 살 수 없을 것이다. 그는 스스로 강물에 몸

성격 차이

을 던져 자살을 기도할 것이다. 그녀라면 분명 이런 행동을 저지를 만큼 그를 사랑했다. 텅 비어 고요한 집과, 그녀의 드레스가 몽땅 사라진 옷장과 황량한 책상을 그는 상상할 수 있었다. 주소조차 남기지 않고 떠나버린 그녀. 아니다, 그녀가 그런 짓을 할 리는 없다, 그건 불가능한 일이었다. 그것은 그를 죽음에 이르게 할 잔인한 짓이었다. 도대체 이 멍청이는 무슨 말을 지껄이고 있는 걸까?

"그런 일은 찬성하지 않겠다고 솔직하게 그 여자한테 이야기했어요. 일단은 나한테 그럴 만한 돈도 없고, 게다가 내 평판도 생각해야 하니까요. 내 판단이 옳았다고 생각하지 않으세요?"

"아! 당연하죠, 전적으로 동감입니다." 그는 한 마디도 듣고 있지 않았다. 그럼에도 마치 이자의 거지 같은 평판에 관심이 있는 듯 대꾸했다.

"난 그만 가봐야겠군요, 출판사와 약속이 잡혀 있어요." 그는 거짓말을 했다.

그는 그럭저럭 빠져나오는 데 성공을 거두었다. 그가 무례했던들 무슨 상관이란 말인가? 어차피 그 남자는 그의 인생을 망쳐놓았다. 그는 택시에 뛰어올랐다. "악마처럼 달려주세요!" 그가 소리쳤다. 그러나 잠깐, 갑자기 그는 여자를 위해 무언가를 사고 싶은 갈망을 느꼈다. 가장 값진 보석이든, 가장 멋진 모피든, 뭐라도 좋았다. 그녀의 발밑에 선물을 홍수처럼 쏟아붓고 싶었다. 아무래도 그 모든 것을 다 살 시간은 없을 것이다. 결국 꽃을 주는 수밖에 없었다. 그녀에게 꽃을 사다 준 것도 몇 달 전 일이었다. 이렇게 고약한 놈이었다니. 그는 분홍색 봉오리가 맺힌 큼지막한 철쭉 화분을 선택했다. "물만 자주 주면 꽃이 한 달도 넘게 갈 거예요." 여인이 말했다.

"정말 그럴까요?" 그는 꽤나 들뜬 마음으로 화분을 껴안고 꽃 가게를 나섰다. 이걸 받으면 그녀도 기뻐할 것이다. 한 달이나! 값어치를 생각해도 꽤나 잘 산 물건이었다. 지금은 봉오리가 작아도 매일매일 조금씩 꽃도 피어나고 식물이 점점 더 자라면 작은 덤불을 이루겠지. '내 사랑의 상징이야'라고 그는 감상적으로 생각했다.

하지만 만에 하나 그녀가 떠나버렸다면, 스스로 목숨을 끊었다면? 그는 미쳐 날뛰다가 자포자기해 사납게 통곡하며 그녀의 시신에 철쭉 꽃잎을 뿌릴 것이다. 마지막 행동으로는 상당히 인상적인 행동이므로 그것을 꼭 기억해야 할 것이다. 아니지, 맙소사, 다시는 한 줄도 글을 쓰지 않고 온 일생을 그녀에게 바쳐, 오로지 그녀에게 헌신하리라. 오! 그는 얼마나 고통스러울까. 그가 어떤 시련을 겪을지 그녀가 알아주기만 한다면 얼마나 좋을까. 그의 가슴은 터져버릴 테고, 그런 일은 이제껏 이 세상 그 누구에게도 일어난 적이 없었을 것이다. 그가 무슨 잘못을 했기에 그토록 고통을 겪어야 하는가? 그는 문밖에 앰뷸런스가 대기해 있고, 사람들이 축 늘어진 그녀의 시신을 들것에 실어 옮기고 있을 것이라고 확신했다. 택시에서 뛰어내려, 죽음으로 창백해진 그녀의 손에 입맞춤을 하는 자신의 모습을 상상했다. "나의 사랑하는 이여, 사랑하는 이여." 아니다, 집 앞 도로엔 아무것도 보이지 않았다. 집도 변함없어 보였다. 택시비를 낸 다음 그는 도둑처럼 소리 없이 현관문을 열었다. 살금살금 2층으로 올라간 그는 그녀의 방 밖에서 귀를 기울였다. 그녀가 움직이는 소리가 들렸다. 하느님 감사합니다! 그렇다면 아무 일도 일어나지 않았다는 의미였다. 기쁨의 환성을 지르고 싶었다. 그는 얼굴에 얼빠진 미소를 띠며 문을 벌컥 열었다.

가엾은 사람, 종일 편지를 쓰고 있었던 것일까? 그녀의 얼굴은 창백하고 경직되어 있었다. 도대체 그녀는 왜 이토록 불행한 표정일까? 그가 돌아온 것을 보고도 기쁘지 않나?

"있잖아, 당신 주려고 철쭉을 사 왔어." 그는 바보처럼 더듬거렸다.

여자는 미소도 짓지 않았고 꽃은 본 체도 하지 않았다. "고마워." 맥 빠진 음성으로 그녀가 말했다. 그는 어쩜 이렇게도 하는 짓이 빤할까. 어쩜 이렇게 무심하고 아둔할까. 그녀를 이해하는 날이 결코 있기는 할까? 그녀의 가슴을 찢어놓고 그대로 나가서 혼자 즐겁게 지낸 다음에 화해의 선물로 이런 화분을 가지고 들어오면 다 해결될 거라고 생각했을까? 그가 이렇게 혼잣말을 하는 모습이 머릿속에 그려졌다. "아! 내가 꽃이나 사가지고 들어가서 건네며 키스를 해주면 그녀는 오늘 아침에 있었던 일을 다 잊어버릴 거야."

일이 그렇게 쉽다면 얼마나 좋을까. 그의 태도는 여자에게 상처를 입혔고 돌이킬 수 없을 만큼 비탄에 빠뜨렸다. 그는 인정도 없고 섬세한 배려심도 없었다.

"마음에 안 들어?" 그는 버릇없는 아이처럼 그녀에게 물었다.

이 끔찍한 물건은 왜 사 왔을까? 점심 식사 동안 느낀 그의 괴로움, 택시 안에서 겪은 끔찍한 조바심은 그녀에게 아무런 의미도 없었다. 모든 것이 실패였다. 큼지막한 화분에 담긴 철쭉은 어리석고 교만해 보였다. 가게에서 봤을 때와는 사뭇 달랐다. 이제 그 꽃은 그를 조롱했고, 색도 너무 진한 분홍이라 천박했다. 전체적으로 흉물스러운 종류의 꽃이었다. 향기조차 없었다. 그는 꽃을 바닥에 팽개치고 싶었다.

"당신 앞으로도 으레 이렇게 꽃을 사 올 건가? 나에게 상처를 줄 때마다 그 기념으로?" 여자가 그에게 물었다.

성격 차이

그녀는 자신이 혐오스러웠으며, 자신이 한 말을 증오했고, 내심으론 전혀 다른 말을 하고 싶었다. 분위기는 끔찍했다. 어째서 그들은 다시 예전으로 돌아갈 수 없었을까? 그로선 먼저 손길을 내미는 수밖에 없었다. 그러나 여자의 말은 비수가 되어 그를 찔렀고, 그녀는 고집스레 남자가 했던 말을 모두 무시했다.

"맙소사." 그는 버럭 소리쳤다. "그런 일은 절대 다시는 없을 거야. 빌어먹을 그 짓거리는 이걸로 끝이야, 끝이라고. 알아들었어?"

방을 나온 그는 집 밖으로 나왔다. 그의 뒤에서 현관문이 쾅 닫혔다.

'하지만 내가 하려던 말은 그게 아닌데, 내가 하려던 말은 절대로 그게 아닌데'라고 그는 생각했다.

절망

그녀와 약혼한 지 7년이 지나자 그는 더 이상 기다리는 것이 불가능하다고 느꼈다. 인간의 인내심을 극한까지 시험당한 기분이었다. 7년 동안 그는 탁 트인 들판에서 울타리를 넘어 다닐 때 조용히 그녀의 손을 잡아주긴 했지만, 드디어 그것도 시들해지기 시작했다.

틀림없이 인생엔 그런 것들보다 더 많은 행복이 있는 듯했다.

멀리서 그녀를 보았다는 단순한 사실만으로도 몇 주간 열과 흥분에 휩싸였던 적도 있고, 테니스코트에서 그녀와 가볍게 스쳤을 뿐인데도 초조한 탈진 상태에 빠져들었던 적도 있었음은 그도 인정했다.

그런 어리석음은 먼 과거의 일이었다. 이제 그는 열여

넓이 아니라 스물네 살이었다. 영혼의 아이러니 속에서 그는 누군가 나폴레옹에게 장난감 병정 한 상자를 주겠다고 제안했더라면 나폴레옹이 어떤 반응을 보였을지 궁금해했다. 전성기의 수잔 렝글렌*도 배드민턴 채와 셔틀콕을 억지로 쥐여주고 경기를 시키면 거부했을 거라는 생각이 들었다.

그는 절실했고, 필사적이었고, 몹시 사랑에 빠져 있었다.

저녁마다 9시 반에 그녀에게 잘 자라는 인사를 하는 건, 스페인군에게 취조를 당하며 받는 오싹한 고문에 맞먹는 현대판 가혹 행위였다. 그쯤 되면 그는 다리가 저절로 막 꼬이고 공기라도 움켜잡으려는 듯 손가락을 말아 쥐었으며 혀는 목젖에 가 들러붙었다.

목구멍에선 낮은 신음 소리가 새어 나오면서 그는 벽이라도 기어오르고 싶었다. 한 가지 해결책은 결혼밖에 없는 것 같았다…… 새빨개진 얼굴로 주먹을 꽉 쥐고 이를 꾹 깨문 채 그는 약혼녀의 아버지에게 선언했다.

"어르신, 더는 이런 상태로 못 견디겠습니다. 꼭 결혼을 해야겠어요."

아버지는 그를 위아래로 훑어보았다.

"그 말은 충분히 믿어지는군, 하지만 그건 내가 결정할

• 1899~1938. 프랑스 출신의 전설적인 테니스 선수. 당대 최연소 세계챔피언에 올라 장기간 명성을 떨쳤다.

절망

일이 아니야. 개인적으로 자네 같은 청년은 긴 약혼 기간을 견뎌야 나의 신뢰를 얻을 수 있지. 약혼한 지 7년이 되었군. 약혼 기간을 7년 더 연장하는 건 어떤가?"

"저희는 더 이상 못 기다리겠습니다. 서로를 쳐다볼 때마다 저희가 느끼는 건……"

어르신은 야박하게 그의 말허리를 잘랐다.

"나는 자네가 느끼는 감정에 대해선 전혀 관심이 없어. 자넨 아내를 부양할 수 있겠나?"

"아뇨, 네, 최소한 일자리를 찾아보겠습니다."

"자네가 할 수 있는 일이 뭐라도 있긴 한가?"

"저는 자동차를 고칠 수 있습니다."

"그렇군. 그 일이 내 딸을 행복하게 만들기에 충분할까?"

"저는 나름……"

"자네는 돈도 없고 직업도 없고 자격증도 없고, 할 줄 아는 건 스패너를 다루는 것뿐인데 한 여자를 행복하게 만들겠다고 기대하고 있어."

"어르신, 저는……"

"아주 훌륭해. 더는 할 말 없네. 내 딸은 스물네 살이니 본인이 하고 싶은 대로 할 수 있는 나이지. 결혼 비용은 내가 대주겠지만, 그 이후로는 두 사람 다 나한테 한 푼도 받을 생각 말게. 자네가 일을 하면 되겠지. 두 사람의 결혼이 성공적일 거라는 느낌이 드는군."

"그럼 저는, 제가……"

"맞아, 결혼해도 좋아."

결혼식답게 예식은 근사했다. 교회 종소리, 새하얀 드레스, 베일, 주황색 꽃, 찬송가 〈에덴에 불어오는 목소리〉도 좋았다.

신랑은 제 발에 걸려 넘어질 뻔했고, 서툰 손길로 반지를 끼워주며 당황했고, 혼인 서약 글귀를 까먹었지만, 초콜릿 덩어리를 바라보며 사족을 못 쓰는 페키니즈 강아지처럼 신부를 뚫어져라 쳐다보았다.

샴페인과 축하 연설, 눈물 바람이 이어졌다. 오후 시간은 구름처럼 쏟아지는 색종이 조각과 누군가가 낡은 구두 한 짝을 던지는 것으로 끝이 났다. 신부와 신랑은 단돈 5파운드와 여행 가방 몇 개뿐인 맨몸으로, 빌려온 오스틴세븐 자동차를 타고 길을 떠났다.

가구랄 수 있는 살림은 딱 하나, 텐트뿐이었다.

"달링, 내 능력으론 주말 동안만이라도 자기를 해변 호텔에 데려가서 묵을 여유가 안 돼. 우린 별빛 아래에서 자는 수밖에 없겠어." 그가 신부에게 말했다.

신부는 신랑보다는 좀 더 현실적이었다.

"빌려온 차로 런던까지 가자, 거기서 방도 구하고 일자리도 찾는 거야. 하지만 우선 신혼여행은 꼭 가야겠지. 걸

절망

스카우트 때처럼 텐트에서 자면 돼."

그 말이 그에겐 인간의 뇌리에 뚫고 들어온 가장 낭만적인 아이디어처럼 여겨졌다.

이상하게 꾸룩꾸룩하는 소리를 내며 그가 손사래 쳤다.

"자기랑 함께라면 돼지우리도 천국이겠지만, 자기를 텐트에서 재워야 한다고 생각하니……"

"달도 비출 테고, 나무는 속삭일 테고 개울은 졸졸 흐를 거야." 여자는 아련하게 한숨을 쉬었다.

"아침 식사로는 내가 들짐승을 잡을게." 그가 갈라진 목소리로 외쳤다. "이글이글한 모닥불에 사냥감을 구워 먹는 거야. 자긴 그 털가죽을 덮으면 혹독한 추위도 거뜬하겠지."

여자가 재빨리 대꾸했다. "지금 6월이란 걸 잊지 마, 버크햄스테드 공원에서 야영하는 것뿐이라는 점도."

"달링, 어쩌면 이렇게 멋진 사람이 다 있냐!"

"내가?"

오스틴세븐 자동차는 시골길을 따라 덜컹거리며 달려갔다. 저녁 무렵 거친 황야에 당도하고 보니, 원래 그들의 목적지와 별로 다를 것도 없다고 여겨졌다.

"길에서 너무 가까운 데다 텐트를 치면 안 돼. 문명에서 멀리 동떨어진 곳에, 엉클어진 가시금작화 덩굴 말고는 우리 주변에 아무것도 없는 곳에서 자기랑 단둘이 있는 기분을 느끼고 싶어."

"울퉁불퉁한 황야를 차로 어떻게 지나가려고?" 여자가
물었다.

"차는 길가에 세워두고 저쪽 숲으로 들어가서 부딪쳐봐
야지. 텐트는 내가 등에 지고 갈게."

"자기 선사시대 인간처럼 열정 넘치는 야만인 같아." 여
자가 그에게 말했다.

"내 기분도 그래, 달링."

적당한 야영지를 찾기도 전에 날이 어두워져 힘겹게 텐
트를 세웠다. 오른쪽으로 기우뚱하게 완성된 텐트는 과거
시대의 유물처럼 보였다.

"우리 유목민 같아." 통조림 고기를 입 안 가득 물고 씹
으며 들릴 듯 말 듯 여자가 말했다. 날씨가 추워서 더 따뜻
한 외투를 입었더라면 좋았겠다는 생각이 들었다.

"멋지지 않아?" 진저비어 병목을 깨려고 애쓰며 그가 말
했다. 그는 병따개를 챙기는 걸 까먹었다.

저녁 식사 후 그들은 펄럭거리는 텐트 밖에 앉아 도통
뜨지 않는 달을 기다렸다. 큼지막한 구름이 몰려와 하늘을
온통 뒤덮었다.

"달링, 이 순간을 위해 우리가 7년을 기다렸다는 걸 생
각해봐." 그가 속삭였다. "드디어 단둘이만 있게 됐어, 진짜
우리 둘만. 나도 더는 못 기다렸을 거야."

절망

"맞아, 나도 마찬가지야. 지금이야말로 평생 가장 낭만적인 순간 아닐까?"

두 사람은 몇 분 더 앉아 있었다.

"난 텐트로 들어갈래." 여자가 말했다.

여자는 모습을 감췄고, 남자는 밖에 서서 담배를 피웠다.

다리가 후들거리고 손은 덜덜 떨렸다. '내 평생 지금이 가장 아름다운 순간이야'라고 그는 생각했다.

갑자기 불어온 돌풍이 그의 머리칼을 휘날렸다. 숲에서 후드득 요란한 소리가 들려오고, 머리 위에 뜬 구름은 소리 없이 빠른 속도로 한바탕 쏟아낼 듯 낮아졌다.

"달링." 부드럽게 여자가 그를 불렀다.

그는 살금살금 안으로 들어갔다. 또 한 번 돌풍이 황야에 휘몰아쳤고 곧이어 폭우가 쏟아졌다.

2분 뒤 텐트가 무너졌다.

하늘이 잿빛 여명으로 살그머니 물들었다. 너덜너덜해진 하얀 캔버스천의 잔해는 오래전에 죽은 탐험가의 낡은 누더기 옷처럼 흉물스럽게 바람에 펄럭거렸다. 젊은 남자 하나가 대단히 흔들림 없는 결연한 동작으로 텐트 고정 핀에 망치질을 해댔다.

옷은 흠뻑 젖었고 신발은 엉망진창이었다. 그의 신부는

나뭇가지 아래 웅크리고 앉아 멍한 눈으로 그를 지켜보았다. 마침내 패배를 인정한 그는 상대적으로 오히려 더 아늑해 보이는 가시금작화 덤불에 무릎을 꿇고서 제임스 조이스 작품의 한 구절 같은 독백을 이어갔다.

그러자 비가 쏟아지고 바람이 불었다. 나뭇가지 아래서 좀 전까지 차분했던 작은 목소리가 들려왔다.

"달링, 따져보니까 우린 본머스에 있을 때 더 행복했던 것 같아."

런던 근교 도로에 두 사람의 형체가 나란히 서 있었다. "우리가 차를 두고 간 데는 분명 여기였어." 남자가 열두 번째로 같은 말을 반복했다. "이런 돌무더기가 있었던 게 기억나."

"분명 더 뒤쪽이었어. 갈라진 나무 밑동이 있었단 말이야." 여자가 말했다.

"글쎄, 어디였든 지금은 사라졌어. 도난당한 거야, 그뿐이라고."

그의 목소리엔 날카로운 짜증기가 담겨 있었다. 세상 모든 남자들이 가시금작화 덤불에서 결혼 첫날밤을 보내는 건 아니다. 그런데 이젠 자동차도, 그 안에 실려 있던 여행 가방 두 개도 함께 사라져, 두 사람에겐 당장 입고 있는 옷가지 외엔 아무것도 남지 않았다.

절망

"어쩌면 이건 우릴 시험하려고 하늘이 내려주신 역경일 거야." 여자가 넌지시 말했다.

남자는 욕설을 내뱉고 또 내뱉었다.

"그런 욕을 한다고 해서 우리한테 도움이 되진 않아." 여자가 그에게 말했다. "더욱이 내가 보기엔 욕설로 도움을 받을 방법이 아예 없거든. 그러니까 달링, 유일한 길은 미소를 지으며 용감해지는 거야. 어쨌든 우리에겐 서로가 있잖아."

"달링, 용서해줘." 그가 말했다.

두 사람은 손에 손을 잡고 도로를 따라 방황했다.

인간의 가슴엔 끊임없는 희망이 샘솟았다……

그들은 몇 시간을 걸었지만 하필 엉뚱한 방향이었다. 알고 보니 그들이 당도한 곳은 트링*이었다. 그들은 점심을 먹고 다시 걸어 왓퍼드에 이르렀다.

그들은 버스를 잡아탔다가 또 기차를 타고 런던에 도착했다.

또다시 저녁 9시였다. 그날 하루는 느릿느릿 끔찍하게 흘러갔지만 미묘하게 빠른 구석도 있었다.

숲에서 길을 잃은 사람들답게 두 사람은 유스턴가를 오르락내리락하며 방황했다. 추레한 옷차림에 비에 쫄딱 젖

* 런던에서 북서쪽으로 60킬로미터 거리에 위치한 소도시.

117

은 데다 씻지도 못한 그들의 행색은 단식투쟁 행진의 낙오
자 같았다.

갑자기 여자의 신발 여밈 단추가 풀렸다. 새어 나오는
신음 소리를 참으며 여자는 끈을 다시 고정시키려고 고단
한 허리를 숙였다.

그러는 사이 결혼반지가 손가락에서 빠져나와 하수구
로 굴러 들어갔다……

그들은 허름한 하숙집 현관에 서 있었다.

"아내와 내가 하룻밤 묵을 방이 필요합니다. 우린 어제
야영을 했는데 그러다가 자동차를 도난당했고 짐도 잃어
버렸습니다." 남자가 말했다.

여인은 여자의 왼손을 흘끔 쳐다보았다.

"아내는 반지도 잃어버렸어요." 그가 덧붙였다.

여인은 코웃음을 치더니 어깨를 으쓱했다.

"댁들은 참 많은 걸 잃어버린 것 같네요."

"사실대로 얘기한 겁니다." 남자는 퉁명스럽게 말했다.

"당신 이야기는 한 마디도 믿지 않지만, 이렇게 밤늦은
시간에 돌려보낼 순 없겠지요." 여인이 대꾸했다.

그들은 얌전히 여인을 따라 2층으로 올라갔다.

"숙녀분은 이 방을 쓰고, 신사분은 복도 끝에 있는 저 방
을 쓰세요. 여긴 점잖은 곳이고, 나도 점잖은 여성입니다."

여인은 양손으로 허리를 짚고 서서 두 사람에게 인상을 썼다.

"그리고 난 잠귀가 아주 밝아요."

더는 할 말이 없는 듯했다.

휙 돌아선 여인은 둘만 복도에 남겨둔 채 가버렸다.

"하느님 맙소사! 도둑처럼 남몰래 숨어들어서 내 아내한테 가야 한단 말이야?" 남자는 발끈해서 속삭였다.

"조용히 해! 들으면 어쩌려고 그래." 여자도 속삭여 대꾸했다.

"달링, 자기 방으로 들어가서 기다려줘. 나도 내 방으로 들어간 척했다가 그 방으로 따라갈게."

"바닥에서 삐걱 소리가 나면 어떡해?"

"그 정도 위험은 감수해야지. 달링, 사랑해."

"나도."

방에 들어간 그는 옷을 벗기 시작했다. 숙소는 불편할지 몰라도 가시금작화 덤불보다는 형편이 나았다.

얼마나 처참한 하루였던가! 하지만 아내의 언행은 놀라울 지경이었다. 다른 여자였다면 집으로 돌아가 가족 품에 안겼을 것이다.

그녀를 위해 7년을 기다렸다고 생각하니……

그가 창문을 열자 그와 동시에 남자가 묵은 방의 출입문이 쾅 소리를 내며 닫혔다.

무언가 소리를 내며 바닥으로 떨어졌다. 돌아보니 문손잡이가 바깥쪽 복도로 떨어져 나갔고 쓸모없는 문고리만 그의 발밑에서 뒹굴었다……

다음 날 아침 그는 울워스*에 가서 아내에게 결혼반지를 사주었다.

그들은 주인여자의 귀가 안 들리고 방문에 이중 자물쇠가 달린 곳으로 하숙을 옮겼다.

두 사람에겐 세상이 그들만의 것인 듯했다. 유일한 문제는 둘의 수중에 돈이 없다는 점이었다.

그는 일자리를 찾으러 다니는 동안 아내를 홀로 남겨두었는데, 그가 등을 돌리고 떠나자마자 여자는 몰래 빠져나가 직업소개소를 찾았다. 둘이 함께 안락한 삶을 누리고 싶다면 둘 다 일하는 수밖에 없었다.

그들의 삶은 얼마나 근사해질 것인가. 조용한 저녁 식사, 긴 저녁 시간……

그리고 좀 지난 뒤엔 바닥에서 뛰노는 아이들까지.

6시 반에 두 사람이 만났을 때, 남자는 턱을 꽉 문 채 눈빛을 이글거렸다.

"달링, 나 일자리를 찾았어." 그가 말했다.

"정말 멋지다!"

* 10페니 이하의 초저가 상품만 취급하는 서민용 상점.

"내가 할 수 있는 일이 그것밖엔 없었지만 무직보다는 낫잖아. 어쨌든 일한 다음 날 낮 시간은 같이 보낼 수 있으니까, 다음 날 내내 같이 있는 셈이야."

"어머! 이걸 어째." 여자가 그에게 말했다. "나도 일자리를 구했어. 난 골더스그린에 사시는 어느 숙녀분에게 매일 말벗을 해주기로 했어. 근무시간은 9시부터 7시까지야."

그는 사형 선고를 받은 사람처럼 여자를 빤히 쳐다보았다.

"설마 진심으로 하는 말은 아니겠지!"

"왜! 뭐가 문젠데?"

"내 근무시간은 그 정반대야. 7시부터 9시까지."

"그게 무슨 뜻이야?"

"달링, 난 액튼에 있는 은행의 야간 일꾼이야."

피카딜리

여자는 의자 끝에 앉아 다리를 흔들었다. 입고 있는 검은색 새틴 드레스는 그녀에게 너무 꽉 끼고 너무 짧았다. 그녀가 의자에 앉은 채로 몸을 숙이자 치맛자락이 무릎 위로 올라가, 스타킹의 올이 풀리기 시작한 부분을 대충 수선하느라 뒤죽박죽 실로 감쳐 매듭을 지어놓은 게 눈에 들어왔다. 머리칼은 부자연스럽게 탈색되었고 지나치게 곱슬거렸다. 선명한 빨간색 립스틱은 두텁게 번진 데다, 연보라색 파우더를 찍어 바른 얼굴의 창백함에 어울리지 않게 겉돌아 보기 흉했다. 에나멜 구두는 바닥이 얇아서 걷기엔 무리인 싸구려였다. 구두코는 너무 뭉툭하고 뒷굽은 너무 높았다. 깃과 소매에 가짜 모피가 요란하게 달린 검은색 코트는 벗어두었고, 뒤통수에 얹고 있던

123

작은 벨벳 모자는 지금 그녀의 발밑에 놓여 있었다. 목에 두른 선홍색 구슬 목걸이는 입술 색과 어울리지 않았다. 얼굴형은 좁고 피부를 광대뼈 쪽으로 바싹 잡아당긴 것 같은 인상에, 파란색 도자기로 만든 인형의 멍한 눈동자 같은 눈빛으로는 시무룩하게 앞을 응시했다.

이따금씩 그녀는 아이처럼 입술을 오므리고 담배를 피우며, 허세를 부리듯 쓸데없이 담배 연기로 고리 모양을 만들었다. 일부러 향수를 넉넉히 뿌렸는데도, 좀처럼 몸을 씻지 않고 옷도 세탁하는 일이 드물며 영양실조에 걸린 사람의 몸에서 나는 특유의 냄새를 완전히 가릴 순 없었다. 그녀는 속눈썹 아래로 나를 쳐다보다가 어깨를 으쓱하더니 담배를 내던지고서 외모와 어울리지 않는, 죽은 지 오래된 게 틀림없는 사람이나 지을 법한 미소를 보였다. 나는 남자가 아니라 인체 모형처럼 감정 없이 손에 수첩을 들고 있을 뿐이란 걸 깨달은 여자는 그제야 드디어 입을 열기 시작했고, 딱딱한 금속성의 목소리가 흘러나왔다. "신문기자로군, 내 말 맞지?" 그녀가 말했다. "나와 똑같이 당신들도 밥벌이를 해야겠지. 참 더러운 직업이야, 안 그래? 어떤 놈팡이가 새로 생긴 여자 때문에 아내를 버리면, 어디에서 벌어진 일이고 누가 연루되었는지 조사를 해 오라고 상사가 당신을 내보내잖아. 혹은 아이가 전차에 치여 죽으면 애가 피를 얼마나 많이 흘리고 죽었는지 캐내려고 애 어머니를 찾아가겠지. 내 짐작엔 일이 안 풀리는 집을 찾아가면 당신들도 인기가 꽤 괜찮을 거야. 사람들 인생에 파고들어 시시콜콜 간섭을 하는 건 당신들에게 일종의 쾌감을 줄걸? 안 그래? 뭐든 남모르는 비밀로 남겨두어야 할 일이라면 어차피 당신 같은 인간들이 짓밟아주지 않더라도 충분히 문제가 많았다고 생각할 테니까.

그게 다 뭘 위한 건지, 당신은 말해줄 수 있나? 그런 기사를 봐야 스미스 씨란 작자는 속으로 전율을 느끼며 '여차하면 내가 그 친구 꼴이 났을지도 몰라, 불륜남'이라고 생각하게 되고, 스미스 부인은 '우리 애한테도 저런 일이 일어났을지 모르잖아?'라고 생각하나? 아니야, 난 똑똑하지도 않고 현명하지도 않아. 하지만 간혹 만사를 생각해볼 시간은 있는 편이지. 그래서 댁은 나한테 듣고 싶은 이야기가 뭐야? 내가 아는 비밀은 없어, 요즘엔 그렇더라고. 살해당했거나, 뺑소니 사고를 당했거나, 갑자기 버림을 받았다거나, 임신 중인 사람은 전혀 알지 못해. 딱히 언급할 친구도 없어. 그럭저럭 살아가려면 나 혼자인 게 더 낫거든. 댁도 알겠지만 난 다른 사람들 이야기가 우스꽝스러워. 사람들이 무슨 얘기를 하건 땡전 한 푼의 가치도 없는 것 같고, 차라리 입 다물고 있었던 게 낫다 싶어. 요즘 날씨는, 어휴! 뭐랄까, 그건 좀 다른 문제야. 날씨는 나한테 의미가 크거든. 설마 그건 댁도 이해하겠지? 난 비가 질색이야. 비가 오는 건 견딜 수가 없어. 안개도 싫어, 겨울도 싫고. 죄다 나한텐 안 좋은 시기야. 하지만 모피 코트에 자동차를 타고 다니는 거만한 숙녀에겐 날씨가 상관없겠지. 그런 여자는 아무래도 괜찮아. 계산대 뒤에서 스타킹을 파는 깍쟁이 아가씨도 괜찮아. 세상의 절반은 비가 내려도 걱정하지 않아.

하지만 나는 이런 창문으로 밖을 내다보다가 물이 흘러넘치는 양동이 같은 하늘이 눈에 들어오면 속으로 이런 말을 하지. '밤이 되기 전에 비가 그칠까?' 그리고 '신발이 또 새서 다 젖을까?' 그래, 햇빛 가리개를 파는 친구도 있겠군, 우린 걱정이 돼. 부디 세상은 그런 온갖 종류의 사람들로 이루어지는 거라고 말 좀 해줘. 학교에선 나도 그렇게 들었어. 왜 나한테 물어볼 게 있다는 건지 모르겠군. 신문에 「위대한 인물의 고백」이라는 제목으로 나오는 칼럼 기사를 쓰려는 거 아냐? 나도 전에 그런 기사 본 적 있어. 플로리 개수작 양의 「내가 여배우가 된 사연」이라든지 허풍쟁이 대주교의 「교회를 향한 나의 첫걸음」 같은 거. 하기야 댁들은 나처럼 소박한 사람들의 인생도 들여다보고 싶어 하지. 장의사는 '어렸을 때부터 시체를 다루는 걸 좋아했다'고 말했다. 뭐 그런 건가? 그러니까 나더러 후끈하고 강렬한 이야기를 아주 솔직하게 당신한테 털어놓기를 바라는 거잖아.

잘 들어, 잉크 묻은 손가락으로 수첩을 들고 있는 우스꽝스럽고 왜소한 기자 양반. 내가 이야기 하나를 들려줄 거야. 어쩌면 사실일 수도 있고 아닐 수도 있어. 잘 듣고 당신 입맛대로 인용해서 「일요일 개소리」 특별판에 큰 글씨로 실어도 좋아. 메이지의 고백, 「무엇이 나를 이 직업세계로 이끌었는가」.

모든 일은 얼마간 미신 때문에 벌어졌다고 할 수 있어. 난 늘 미신에 광분했거든. 사다리 아래로 지나가기, 소금 뿌리기, 달 보고 고개 숙여 인사하기, 성경책에서 첫눈에 들어오는 구절 찾기. 지금도 그건 똑같아. 매일 아침 나는 운 좋은 날이 될지 아닐지 성경책을 펼쳐서 알아봐. 날 비웃는 건가? 장담하는데 난 진심이야. 내가 알던 어떤 여자는 '여호와께서 네 몸에 염병이 들게 하시리라'는 구절을 찾고는 보름 만에 전염병에 걸렸어. 그 여잔 웃지 않았어. 그 여자가 아는 거라곤 그 병을 하느님이 보내진 않았다는 것뿐이었지…… 우리 같은 사람들은 다 그런 식이야. 전설을 믿고, 상징을 믿고, 계시를 믿지. 우리가 믿지 않는 유일한 건 요정의 존재뿐이야.

들어봐, 내가 미신에 얽매이지 않았다면 지금쯤 파크레인 같은 부촌에서 하녀로 일하고 있었을 거야. 그건 사실이야. 머릿수건을 쓰고 앞치마를 둘렀겠지. 과식을 일삼는 어느 늙은 백작 부인의 음식 찌꺼기를 비우고 있었을 거야. 목요일 밤엔 가로등 밑에서 남자 친구를 만나, 입장료로 푼돈을 낸 만큼은 껴안고 있을 요량으로 영화관에 갔겠지. 그런데 지금 나를 봐. 난 그 누구에게도 아무런 빚도 지지 않은 자유인이고, 나 혼자 앞가림만 하면 돼. 내 한 몸 눕힐 방이 없겠어? 나도 한때는 아무것도 모르던 철부지 어린애일 때가 있었어. 군인 고아원에서 나오자마자 일을 시작했지. 켄싱턴에서 일하던 부엌데기 식모가 바로 나였어. 아니, 나에겐 친척이 없었어. 부모가 누군지도 전혀 몰랐어. 안개 낀 밤에 내 어머니를 만난 남자가 군복을 입고 있었던 모양이야, 안 그랬으면 날 군인 고아원에 보냈을 리도 없겠지. 난 아는 게 없었기 때문에 행복했어. 매일같이 비누로 깨끗이 몸을 씻고 속옷도 없이 맨살에 거친 플란넬 옷을 입곤 했지. 뭘 더 아는 게 없었거든. 하급 하녀에서 상급 하녀로 승진하면 혹시 쉰 살쯤 시골에서 조용히 살 수 있을 만큼 저축을 할 수도 있을 거라고 생각했지.

결혼도 하고 싶었어. 남자에게 키스를 하게 되면 그 사람이 곧장 교회로 데려갈 거라고 생각했어. 그러다가 짐을 만났지. 짐은 날 교회로 데려가 결혼을 하지도 않았고 키스도 별로 해주지 않았지만, 하녀가 알 필요 없는 많은 일들을 내게 가르쳐주었어. 짐에게 내가 느낀 감정은 여자들이 흔히 책표지에 그려진 남자들에게 품는 감정이었어. 아 왜, 눈이 크고 머리칼이 구불구불한 남자 주인공 있잖아.

짐의 머리칼은 직모였고, 한쪽 눈은 의안이었지만 난 신경 쓰지 않았어. 짐과 나 사이를 부르는 이름이 딱히 있는지는 모르겠어. 영화에선 그런 걸 사랑이라고 부르더군. 신문에선 범죄행위라고 부르고. 난 그걸 뭐라고 이름 지어본 적 없지만, 내가 보기엔 괜찮은 것 같았어. 그 사람이 곁에 없을 땐 마음이 고통스러웠어. 난 빗속에서 마냥 기다리곤 했어. 제대로 일도 할 수가 없었지. 예쁘게 보이지 않으면 그 사람이 나를 떠나버릴지도 모른다고 생각했어. 그래서 씻기를 포기하는 대신에 향수와 분첩을 샀더니, 그 사람이 나더러 괜찮다고 했어. 그 사람은 종종 나에게 이렇게 말했지. '이것 봐, 메이지, 하녀 일은 당신한테 전혀 어울리지 않아. 당신은 너무 똑똑한 사람이야.' 그럼 난 이렇게 말했어. '글쎄, 내가 달리 할 수 있는 일이 있어야지.' '당연히 있고말고, 당신이 할 수 있는 일은 수두룩해. 시중드는 건 따분하잖아. 그런 일로는 아무래도 성공 못 해.' 언젠가는 상급 하녀가 될 수도 있다고 내가 말했을 때 그 사람은 웃음을 터뜨렸어.

'쉰 살이 됐을 때 어떻게 살지 계획하느라고 좋은 세월을 낭비할 거야? 좀 더 분별력 있는 사람인 줄 알았는데 실망이야'라고 그가 말했어.

못됐다고 그를 나무라긴 했지만 동시에 난 그 말을 곰곰이 생각해보았어. 계속 하녀 일을 한다면 그 사람이 나를 깔볼 수도 있겠다는 생각이 들더군. '지금 일하던 집을 관두면 당신이 다른 일자리를 찾아주어야 해'라고 내가 말했어. 그러니까 그 사람은 묘한 표정을 지으면서 별말을 하지 않았지만, 다음번에 만났을 때 그 사람이 나를 어루만져주니까 그 사람을 잃지 않을 수만 있다면 그가 원하는 일은 무엇이든 하겠다는 심정이 되더군. 그 남자는 말했어. '내가 당신한테 잘해주잖아, 안 그래? 내가 어떻게 돈을 벌어서 당신이랑 외출도 하고 좋은 시간도 보낸다고 생각해?'

'모르겠어. 당신도 일을 하겠지.'

'맞아, 메이지, 나도 일을 하지만 당신이 의미하는 식으로는 아니야.'

'음, 말해봐.' 내가 말했어.

그러자 그는 교활하게 웃음을 터뜨리며 나에게 윙크를 하더군. '이걸 봐'라면서 그는 주머니에서 목걸이를 하나 꺼내 내 눈앞에서 위아래로 흔들었어.

'그건 어디에서 났어?' 내가 그에게 물었어.

'어느 노부인한테서 낚아챘어'라고 그가 말하더군.

그제야 나는 이해를 했어. 짐은 도둑이었어. 더럭 겁이 났어. 나는 울면서 더 이상 그를 만나는 일은 없을 거라고 말했어. 난 정직한 사람이라고 말이야. '좋아'라면서 그는 껄껄 웃더니 가버렸고, 3주간 내 근처에도 오지 않았어.

그걸로 난 배운 게 있었어. 그 사람 없이는 안 되겠다는 걸 깨달았지. 나를 다시 받아주기만 한다면 그 사람이 원하는 대로 왕관 보석을 훔치더라도 상관하지 않겠다고 그에게 편지를 써 보냈어. 어쩌면 내가 그 사람을 교화시킬 수 있을 거라고, 그래서 언젠가는 그 사람을 곁에 둘 만큼 돈도 충분히 벌고 시골에 작은 집도 살 수 있을 거라고 생각했어. 나는 켄싱턴에서 일하던 집의 안주인에게는 관두겠다는 통보를 했어. 마침 파크레인의 어느 집에서 하급 하녀를 구한다는 구인광고가 신문에 난 걸 발견했어.

나는 그걸 짐에게 보여주며 말했어. '나한테 딱이야.' 그는 웃음을 터뜨렸어. '자기는 그런 일 하면 안 돼. 나만 따라오면 내 방식대로 부자가 될 거야'라고 그가 말했어.

나는 광고 기사를 가방에 넣었어.

'오늘 당장 찾아가볼 거야.' 나는 그에게 말했어.

'그건 두고 봐야겠지.' 그가 말했어.

그는 나랑 함께 가주겠다고 했어. 우린 지하철을 타러 가서 다운가행 표를 샀어. 구인광고대로 찾아가는 게 과연 옳은 일인지 알 수가 없어서 나는 안절부절못하면서 걱정했지.

짐이 말했어. '이봐, 결단을 내리자. 파크레인으로 가서 지내든지, 아니면 나와 함께 살면서 나랑 같이 일을 하든지 정해. 둘 다 할 순 없어. 지금 빨리 결정해.' 지하철에 함께 타면서 그 사람이 그렇게 말했어. 나는 눈을 질끈 감았어. 그러고는 생각했지. '어떤 결정을 내려야 하는지 나에게 알려줄 계시가 있다면 얼마나 좋을까.' 우릴 태운 열차가 떠나는 순간 나는 승강장을 흘끔 돌아보았어. 갑자기 전광판에 불이 번쩍 들어오면서 뜬 글귀가 보였어. '다운가역 무정차 통과.'

그 순간 내가 큰 소리로 짐에게 말했지. '좋아. 당신이랑 함께 갈게.'

맞아, 미신이라고 불러도 좋아. 나한테 일어난 모든 일은 그런 식이었어. 지하철에서조차 말이야. 우습지 않아? 하늘 높은 곳에서나, 세상 꼭대기에선 절대 그런 일이 없어. 언제나 저 아래, 땅 밑에서 벌어진 일이지. 난 짐과 여섯 달쯤 같이 지냈어. 그 사람은 여자들이 알아차리지 못하게 핸드백을 훔칠 수 있도록 나를 훈련시켰어. 꽤 쉽더군. 얼마쯤 지나자 난 전문가가 되었어.

우리는 지하철에서 일을 했어. 나는 모든 역과 모든 엘리베이터, 복잡한 환승통로를 모두 알아두어야 했어. 가끔은 짜릿하고 위험천만해서, 깔깔 웃고 싶어질 때도 있었지만 대개는 지옥이었어. 때로는 너무 떨려서 기절할 것만 같았지. 그러면 짐이 속삭이곤 했어. '정신 똑바로 차려, 너 때문에 둘 다 잡혀가길 바라는 거야?'

이따금씩 짐은 나를 혼자 보내기도 했어. 그러면 난 겁을 집어먹었어. 모든 사람들이 나만 쳐다보는 것 같고, 주변에 아무도 없고, 일이 잘못됐을 경우에 숨을 곳도 없이 나만 홀로 거기 남겨진 것 같았어.

'너는 충분히 과감하질 못해.' 짐이 나에게 말했어. '그렇게 소심하게 굴어서야 과연 어떻게 우리 둘이 부자가 된다는 거야? 핸드백은 운 좋게 대박을 치지 않는 한은 별로 돈이 되지 못해. 좀 더 민첩하게 낚아채는 법을 배워야 해. 요즘은 여자들이 대부분 팔찌를 찼더라. 팔찌를 노려보는 건 어때?' 그 사람은 언제나 나를 걱정했어.

'팔찌를 낚아채라니까 안 되겠어?' 그가 다그쳤어. 그 사람은 항상 불평불만이 많았어. 짐은 이제 게으름을 부리며 나한테만 일을 시켰어.

어느 날인가 온종일 내가 소매치기를 해 온 게 가방 하나뿐이던 날엔 저녁이 되자 고약하게 돌변하더군. '오늘 밤엔 너랑 나랑 같이 나가서 팔찌를 구해 올 거야.' 나는 울기 시작했어. '난 못 해. 손놀림에 자신이 없어'라고 내가 말했어.

그는 '내가 시키는 대로 하지 않으면 난 너랑 끝낼 거야'라고 했어.

우린 11시가 지난 직후에 센트럴런던 노선에서 일을 시작했어. 공연을 본 뒤에 극장에서 쏟아져 나온 인파를 노린 거였지. 옥스퍼드서커스역에서 모피 코트를 입은 노부인이 매표소로 걸어가는 걸 짐이 발견했어. 부인은 랭커스터게이트역까지 표를 끊었어. 짐은 나를 팔꿈치로 쿡 찌르더니 부인의 손을 가리켰어.

노부인은 새끼손가락에 큼지막한 반지를 끼고 있었지. 값이 비싸 보이기도 했어. 우리도 랭커스터게이트역까지 표를 끊었어. 나는 온몸을 덜덜 떨었고 땀에 젖은 양손은 미끌미끌했어. '못 하겠어.' 내가 속삭였어. '난 못 하겠어.' 그 사람이 내 팔을 어찌나 꽉 잡던지 하마터면 비명을 지를 뻔했어. 우리는 노부인과 나란히 열차에 앉지 않았어. 우리는 열차의 다른 칸에 타고 움직였어.

랭커스터게이트역에서 내리니 노부인은 승강장을 걸어가는 중이더군. 주변엔 사람들도 거의 없어서, 작업이 어려울 거란 걸 난 알고 있었어. 인파 속에서 몸을 부딪치며 핑계 댈 일이 없게 된 거지.

노부인은 이브닝드레스를 입고 있었어. 뒷자락이 길었지. 부인은 치렁치렁한 치맛자락을 제대로 감당하지 못하고 걸어갔어. 어쩌면 저러다가 발이 걸려 넘어질 수도 있겠다고 생각하다가…… 나는 슬쩍 부인과 몸을 부딪쳤고 부인은 가방을 떨어뜨렸어. 우린 둘 다 바닥에 떨어진 가방에 손을 뻗었어. 가방이 열려 분첩과 지갑, 잡동사니 물건들이 쏟아져 나와 엉망이 되었어. 나는 도와주는 척 호들갑스럽게 큰 소리로 말을 걸며 부인을 벽 쪽으로 밀어붙였지만 반지를 손에 넣었어. 그러고는 부인을 남겨둔 채

엘리베이터를 타러 달려갔고, 짐은 내 뒤를 바짝 따라왔
어. '뭔가 일이 생길 거야, 뭔가 일이 생길 거야……'라는
생각이 들었어. 눈앞에 형무소가 펼쳐져 보이면서 도망칠
수 없을 것 같단 생각이 들었어. 노부인이 엘리베이터에서
반지가 없어진 걸 알아차린다면 나는 그걸로 끝장이잖아.
돌아가서 반대편 승강장으로 빠져나가는 게 더 나을 걸 그
랬나 하는 생각이 들더군. 그 엘리베이터를 타고 올라가면
난 끝장이란 걸 알고 있었어. 그리고 그 생각을 증명이라
도 하듯이, 마치 미신에도 정말 진실이 담겨 있다는 듯이
나는 경고문을 발견했어. '문에서 멀리 떨어지시오.'

　나는 짐을 향해 돌아섰어. '난 돌아가야겠어'라고 내가
말했어. 그는 거칠게 변해서 내 팔을 잡고 흔들었어. '빨리
타기나 해, 멍청아'라고 그가 말했어. 하지만 그도 겁을 먹
은 눈치였어. 하얀 눈자위가 다 드러난 게 보였어. 짐은 나
를 엘리베이터에 밀어 넣었어. 노부인이 손을 흔들며 통로
를 달려오는 게 보였어. '소매치기를 당했어요, 소매치기
를 당했다고요. 그 여자를 잡아요.' 노부인이 소리쳤어.

　사람들이 나를 돌아보더군. 나는 엘리베이터 반대편 문
으로 빠져나가려고 했지만 그쪽은 잠겨 있었어.* 그러자
사람들은 나를 에워싸고 질문을 던지기 시작했지.

---

* 　　　　영국 지하철 엘리베이터는 흔히 타는 문과 내리는 문이 서로
　　　　반대 방향이다.

형무소에 대한 얘기는 별로 듣고 싶지 않지? 그런 얘기는 다른 사람들한테서도 끄집어낼 수 있잖아. 댁들이 신문에 내고 싶을 만한 전과자는 차고 넘치겠지. 난 아무것도 할 말이 없어…… 오! 맞아, 거기선 날 친절하게 대해줬어. 그건 맞는 말이야, 안 그래?

그리고 어떤 숙녀분이 매주 한 번씩 찾아와서 혹시 내가 타락한 여자였는지, 예수님을 영접한다면 더 행복해지지 않겠냐고 묻더군. 난 그 여자한테 '아뇨'라고 말했어. 짐이 나한테 얼마나 추잡하게 굴었든 상관없이 난 그 사람만 있으면 되고 다른 사람은 아무도 필요 없다고 말이야. 그 말은 진심이기도 했어. 그 사람이 나를 실망시켰을지는 몰라도 난 그 사람 여자니까. 출소하면 다시 그와 지내게 되기만 바랄 뿐이었어. 그 사람도 나와 같은 마음이라고 말했어. 한번은 짐이 나를 면회하러 왔었어. 사방에 창살이 있는 공간에 서 있으면 면회객을 들여보내서 이야기를 나눌 수 있게 해주거든. 그가 말했어. '있잖아, 메이지. 너를 여기 들어오게 만들려던 의도는 없었어, 그건 너도 알지?'

'괜찮아, 나 실토 안 했어.' 내가 말했어.

'나한테 앙심 품은 거 아니지, 메이지? 그냥 일이 그렇게 된 거야, 어쩔 수 없는 상황이었다고. 나까지 잡혀 들어갈 순 없으니 피했을 뿐이야. 우리가 같이 일했다는 거 여기 있는 사람들한테 털어놓진 않을 거지?' 그가 말했어.

나는 그에게 걱정할 필요 없다고 말해줬어.

'넌 참 다정한 여자야. 난 널 좋아해. 네가 없으니까 외로워.'

그러고 난 다음 짐은 더 말이 없더니 가버렸지. 그는 두 번 다시 찾아오지도 않았어. 하지만 나는 어쩐 일인지 밖에서 나를 기다리고 있는 그의 모습을 상상했어. 그의 물건을 만지작거리며 주변에서 얼씬대던 존재인 내가 없으니 그도 속수무책이었을 것이라고 짐작했어.

남자는 여자를 난폭하게 다루며 대놓고 면전에 욕이나 하면서도 곁에 여자를 두는 걸 좋아해, 내 말 맞지? 그러면 묘하게도 일종의 안도감을 느끼나 봐. 그리고 여자를 사랑하면 남자는 자기가 왜 태어났는지 의아해하는 걸 잊게 되거든.

어쨌거나 짐에게는 그랬던 것 같아. 그래서 감방으로 돌아간 나는 다시 바깥세상으로 나갔을 때 우리가 어떻게 할지 계획을 세웠어. 출소하면 당분간은 약간 쥐 죽은 듯이 지내야겠다고 여겼지. 같이 지내던 여죄수들한테 들으니 당국에서 출소한 사람들을 예리하게 주시한다더라고. 당국의 감시가 소홀해지기 전까지는 예전에 하던 일로 돌아가겠다는 생각은 쓸모없다는 거야. 나 역시 짐을 곤경에 빠뜨리고 싶지도 않았어.

나와 함께 지내던 동료 죄수 중엔 풀려나면 반듯하게

살겠다고 말하던 아이가 하나 있었어. 그 아인 우릴 면회 오던 숙녀가 건네준 유인물을 철석같이 믿었어. 하지만 난 현명했지. '넌 절대로 이런 처지에서 자유로울 수 없을 거야, 진흙처럼 너한테 들러붙어 따라다닌다는 걸 모르겠어?' 내가 말해주었어.

'오! 메이지.' 그 아이는 울면서 말했어. 나이가 어린 아이였거든. '메이지도 나와 함께 가면 좋겠어요, 둘이 같이 식민지로 가면 되잖아요.'

'뭐라고? 거기 가서 하인보다도 못한 취급을 받으면서 바닥이나 문지르다 사람들을 우러러보자고? 바닥 문지르는 건 여기서도 충분히 했고 그거면 평생 할 일은 다 했어. 바깥세상에 나가면 나는 공주처럼 살 거야. 날 기다리는 남자도 있거든.' 내가 말했어.

그 아이는 나보다 먼저 출소했어. '난 캐나다로 갈 거예요. 새롭게 시작해야죠.' 그 아이가 말하더군.

웃기는 건, 사람들이 그 아이를 브리스틀에 사는 성직자 부인에게 소개해주었는데 알고 보니 한 달 만에 그 애가 옛날에 하던 짓을 다시 시작했고, 그래서 3년 형을 선고받았다는 점이야.

그것만으로도 알 만하지 않아?

난 봄에 출소했어. 형을 마치고 나오기 전에 사람들은 나에게 의무와 시민정신, 인간성, 신에 대한 이야기를 해

피카딜리

주더군. 손에 돈도 좀 쥐여주었어. 밖에 나온 나는 캐미솔과 속바지가 한데 붙은 형태에 레이스 장식이 달린 속옷을 장만했어. 짐한테 멋지게 보이고 싶었거든. 출소한 날처럼 근사한 날은 결코 없었을 거야. 하늘은 새파랗고 태양은 빛나고 사람들은 이유 없이 미소를 지었어. 춤이라도 추고 싶고 기뻐 소리치며 날뛰고도 싶고, 사람들의 시선을 한 몸에 받고 싶다가도 동시에 구석으로 달아나 울고 싶은 심정이었어.

난 계속해서 혼잣말을 했지. '곧 그를 만나게 될 거야, 곧.' 스스로 만들어낸 일종의 흥분 상태였던 것 같아. 당연하잖아? 그 사람은 주변 어딘가에 있을 게 확실했어. 그건 나도 알고 있었지. 그곳으로 가서 그를 찾아내기만 하면 되는 일이고, 멀지 않은 곳에 있을 테니까.

그래서 나는 고개를 들고 하늘을 올려다보며 아기처럼 말했어. '이것 봐, 당신은 저리 가, 나한테는 전혀 쓸모없는 존재야.' 그러고는 내가 속한 세상인 지하 세계로 내려갔지.

나는 온종일 그를 찾아다니느라 지쳤고 다리도 아팠어. 난 또 미신에 사로잡혀서 이런 생각을 했던 것 같아. '앞으로 무슨 일이 일어날지 곧 계시 같은 게 나타날지도 몰라.' 맞아, 마침 시간은 6시였고, 지하철에선 러시아워라고 부르는 복잡한 시간대였지. 짐이 아직 일을 하고 있다면 한

창 바쁠 때라는 짐작이 들었어. 나는 본드가역에서 표를 끊었어. 줄을 서서 거의 5분은 기다려야 했지. 더워서 옷이 몸에 막 들러붙고, 모자는 뒤통수로 축 처졌어.

드러누워서 죽고 싶더군……

그런데 몰려든 인파가 나를 밀치고 들어와 내 목덜미에 숨을 내뿜으며 각자 제 갈 길을 가려고 몸부림을 쳤어. 나는 가까스로 에스컬레이터에 올라타 손잡이에 몸을 기댔어. 우리는 지상의 불빛에서 점점 멀어져 지하 승강장으로 점점 내려가는 중이었어. 그러다 갑자기 나는 짐을 발견했어. 같은 계단이지만 하필 반대편 방향에서 올라가고 있더군. 우린 점점 더 가까워져서 같은 높이에 도달했고 나는 우릴 갈라놓은 장애물 너머로 그의 이름을 크게 불렀어. '짐, 나 여기 있어, 짐.' 그는 쳐다보지 않았어. 말도 하지 않았어. 분명 내 목소리를 들었을 텐데 그 사람은 아무런 행동도 하지 않았어. 그 사람은 더 똑똑해진 듯 달라 보였고, 여자와 함께 있었어. 여자는 그의 팔에 매달려 있었지. 나는 몸을 돌려 거슬러 올라가려 했지만 내 뒤로 내려오는 사람들이 계속 있어서 전혀 소용없는 짓이었어. 나는 한 번 더 그의 이름을 외쳤어. '짐, 짐.'

내가 할 수 있는 일은 아무것도 없었어. 움직이는 계단이 원하는 대로, 아래로, 아래로 나를 실어가도록 내버려두는 수밖에. 그리고 내가 본 그의 마지막 모습은 계단 맨 꼭대기에 당도했을 때 여자를 배경으로 그림자 같은 형체가 공중으로 사라지는 장면이었지."

여자는 테이블 위로 손을 뻗어 매니큐어병을 집어 들었다.

"그래서 그게 나의 계시였어. 그 사람은 계단 위로 올라가고 나는 아래로 내려가고. 당신이 알고 싶은 게 그거잖아, 안 그래? 이런 얘기면 당신네 신문에 근사한 그림이 되겠네. 어디 말 좀 해봐, 이런 일을 하고서 월급은 많이 받아?"

여전히 그녀는 의자 끝에 위태롭게 앉아서 다리를 흔들었다.

"아직도 흡족하질 않은가? 자세하게 쓰레기 같은 부분까지 조목조목 다 알아야겠어? 내가 왜 하녀 생활로 되돌아가지 않았는지 물었던가? 풋내기 기자 양반, 하녀 생활로는 내가 원하는 걸 갖지 못하기 때문이야. 왜 도둑질을 계속하지 않았느냐고? 왜냐하면 난 겁이 났고 하기 쉬운 일을 택할 수밖에 없었기 때문이야. 세상에 그 많은 다른 직업을 다 놔두고 내가 왜 지금 하고 있는 일을 선택했느냐고? 기사 헤드라인에 꼭 넣고 싶은 게 그 이유인가?" 그녀는 껄껄 웃더니 어깨를 으쓱했고, 더는 자신의 이야기를 들려주던 메이지가 아니라, 추하고 더 늙고 매정하고 기만

적이며 아무 감정도 없는 현 순간의 메이지로 돌변했다.

그녀가 말했다. "왜냐하면 나는 움직이는 계단을 타고 바닥에 당도하자 지하철에 올라탔고 아무 역에서나 내려서 또 다른 지하철을 타고 또 다른 역으로 나왔어, 그러다가 승강장에 서서 열심히 하느님에게 계시를 내려달라고 기도를 했기 때문이야. 그랬더니 그분이 기도를 들어주더라고."

여자는 손톱칠을 끝냈다. 얼굴엔 파우더를 두들겼고 입술엔 빨간색 립스틱을 칠했다. 코트를 입고 모자를 쓰더니 가방을 바싹 당겨 어깨에 메고 준비된 차림으로 일어났다. 그녀는 입을 벌리고 웃음을 터뜨렸다.

"무슨 계시였느냐고?" 그녀가 말했다. "참 나, 신의 계시가 곧장 내 머리 위에 큼지막하게 적혀 있더라고, 승강장 끄트머리에 불꽃같은 글씨체로 말이야. '피카딜리로 가실 분은 붉은 등을 따라가시오.'"

집고양이[•]

그녀는 드디어 어른이 됐다는 사실을 믿기가 어려웠다. 평생 이 순간을 고대해왔는데, 이제 그날이 눈앞에 다가왔다. 어린 시절의 사소하고 하찮은 걱정거리는 영원히 뒤로 사라졌다. 프랑스어도, 인솔 교사와 함께 터덜터덜 루브르 박물관을 누벼야 했던 지긋지긋한 체험학습도, 역사책 뒤에 몰래 영어로 된 소설책을 감춘 채 프티 살롱^{••} 원탁에 앉아 있는 일도 이젠 끝이었다.

팡시옹^{•••}에서 보낸 삶은 벌써부터 희미하고 꽤나 비현

• 영어로 'tame cat'은 집고양이의 뜻도 있지만 '인기 많은 호인'이라는 뜻도 있다.

•• 소응접실. 이하 프랑스에서 받은 교육 과시용인 듯한 프랑스어 낱말은 일부러 그대로 두었다.

••• 기숙학교.

실적으로 느껴졌다. 선생님이 얼굴을 찌푸렸다는 이유로 잠자리에서 홀로 울었던 어린아이는 현재의 그녀에게 낯선 인물, 사라진 그림자였다. 소녀들 사이에 오가던 수다와 그날그날 기분에 따라 약간은 극성스러웠던 친밀감도 한때는 그토록 중요하게 여겨졌건만, 이제는 공허하고 좀처럼 기억나지도 않는 무의미한 행동이었다. 그녀는 어른이 되었다. 인생의 멋진 일들이 그녀 앞에 펼쳐졌다. 좋아하는 게 뭔지 스스럼없이 말하고, 마음에 드는 곳에 찾아가며, 새벽 3시까지 댄스파티에 머물다가 어쩌면 샴페인도 마시리라. 젊은 남자가 택시로 그녀를 집에 데려다주면서 키스를 하고 싶어 할 수도 있을 테고(물론 그녀는 거부할 것이다), 다음 날 아침엔 그가 꽃을 보내올 것이다. 오! 그리고 수없이 많은 새로운 친구와 새로운 물건과 새로운 얼굴을 접하게 될 것이다. 물론 노상 댄스파티와 극장에만 다닐 순 없다는 걸 그녀도 잘 알았다. 나중엔 진지하게 음악 공부에 매진해야 할 것이다. 하지만 당분간만이라도 이토록 새롭고 가슴 떨리게 훈훈하고 행복한 짜릿함의 홍수에 젖어 지내고 싶었다. 5월 아침에 근심 없이 날아다니는 나비처럼 그녀는 춤을 추고 노래를 부를 것이다.

"난 어른이 되었어! 어른이 되었다고!" 그 말이 귓가에서 노래처럼 울려 퍼졌고, 덜컹거리는 기차는 그 곡조에 맞춰 천둥 같은 경적을 여러 번 되풀이해 들려주었다. "난 어른이 되었어! 어른이 되었어!"

그녀는 자신을 기다리고 있을 환대를 떠올렸다. 황홀한 드레스 차림으로 매번 더 사랑스럽고, 본인이 인식하고 있는 것보다 훨씬 더 아름다운 모습으로 나타나 무심하게 딸을 껴안아준 뒤 머리칼을 헝클어놓으며, "달링, 살찐 강아지 같구나, 저리 가서 놀아라"라고 말하던 어머니. 하지만 어머니도 이번엔 그런 말을 할 수 없을 것이다. 왜냐하면 지난번 휴가 이후로 그녀가 엄청 날씬해진 데다, 머리도 구불구불 물결무늬를 넣어 얼굴형에 맞게 다듬어서 외모가 전혀 달라졌기 때문이다. 새 드레스도 입었고, 입술에도 살짝 색을 입혔다. 어머니는 마침내 딸을 자랑스러워할 것이다. 어디든 둘이 함께 다니고, 같은 일을 하고 같은 사람들을 만나면서 모녀는 얼마나 즐거운 시간을 보내게 될까! 어쩌면 이 순간은 그녀가 평생 가장 고대했던 미래였다. 어머니와 함께 지낸다는 것. 모녀는 둘도 없는 동반자가 될 것이다. 그리운 어머니, 어머니는 너무도 관대하고 도저히 감당할 수 없을 정도로 대단히 사치스러웠다. 정말로 어머니에겐 누군가 곁에서 건사해줄 사람이 필요했다. 두 사람은 자매처럼 지낼 것이다.

물론 존 삼촌이 있긴 했다…… 존 삼촌이 그들 곁에 없었던 적이 언제였는지는 기억도 나지 않았다. 실제로 친척 관계는 전혀 아니었지만, 그냥 친척이나 다름없는 사람이었다. 모녀가 그를 처음 만났던 건 그녀가 아주 어릴 적 어머니와 함께 프린턴 해변의 얕은 물에서 해수욕을 하던 때였던 것으로 알고 있었다. 하지만 그건 아주 까마득한 옛날 일이었다. 존 삼촌이 집안 식솔로 지내온 지도 이젠 여러 해째였다. 그는 여러모로 어머니에게 쓸모 있는 사람이었다. 어머니에게 온 편지에 답장을 쓰는 사람도, 청구서 비용이 너무 과할 때 장사꾼들과 언쟁을 하는 사람도 존 삼촌이었다. 여행을 떠났을 때 티켓을 알아보고 호텔 방을 예약하는 일도 존 삼촌 담당이었다. 실제로 집에 같이 살지는 않았지만, 식사 때는 거의 항상 함께했고, 그가 점심이나 저녁 식사에 오지 않았다면 그건 어머니를 데리고 레스토랑이나 극장에 갔다는 뜻이었다. 여러 번에 걸쳐서 어머니가 그토록 다양한 새 자동차를 여러 대 사게 만든 장본인도 존 삼촌이었는데, 물론 그는 아주 운전을 잘했다.

그렇다, 존 삼촌은 어머니에게 유용한 존재이고 다정했지만, 꽤 나이가 많아서 마흔을 훨씬 넘겼다. 가엾은 늙은이 존 삼촌! 여름에 두 분이 파리를 거쳐 칸에 가는 길에 잠시 들렀을 때 팡시옹에서 함께 지내던 친구 하나가 그에 대해서 뭐라고 했더라? "저 사람이 너희 어머니가 키우시는 집고양이야?" 얼마나 근사한 표현인지! 집고양이. 아마도 존 삼촌은 구석에서 조용히 가르랑거리다가 절대 발톱을 드러내는 일 없이, 평화롭게 후다닥 우유 접시로 달려가는, 다정하고 무해한 나이 든 수컷 얼룩고양이 같은 사람이었다. 음, 모녀의 코트도 들고 다니고 극장에도 데려가고 댄스파티에선 파트너 역할도 해줄 것이다. 그녀와 어머니, 존 삼촌은 너무도 행복하게 지낼 게 틀림없었다.

이제 그녀는 거의 너무 과도하게 흥분해서 가만히 앉아 있을 수 없는 지경이었다. 춥고 어두운 저녁 시간인 것도 상관없고, 답답한 특별 객차도 상관없었다. 기차가 빅토리아역에 가까워지고 있었다. 가슴이 두근두근 뛰어 관자놀이에서도 미세한 맥박이 느껴졌다. 익숙한 런던의 엄청난 소음, 요란한 버스의 굉음, 화려한 크리스마스 장식으로 넘쳐나는 상점들의 노란 불빛. 이것이 바로 어른이 된 느낌이라면, 그렇다면 그녀는 그동안 경험 부족이 낳은 희망과 난생처음 보는 낙원만큼이나 밝은 내면의 불빛을 끌어안은 아이처럼, 평생 스스로 생각했던 것보다 훨씬 더 어리게 살아왔던 셈이었다. 이제 기차가 빅토리아역으로 진입하면서, 결코 그 무엇도 범접할 수 없고 능가할 수도 없는 최고의 순간이 찾아왔다.

그녀는 간절한 마음으로 상기되어 새파란 눈동자를 밝게 빛내며, 벨벳 재질의 베레모를 옆머리에 살짝 얹은 채 승강장으로 내려왔다. "어머니, 어머니, 달링, 돌아와서 정말 행복해요, 정말 지독하게 행복해요!" 그러나 무언가 심상치 않은 일이 벌어졌다. 무언가 잘못되었다. 어머니는 깜짝 놀라며 거의 실망으로 경악한 듯 그녀를 쳐다보더니, 이내 화가 나고 두려운 표정을 지었다.

"베이비, 도대체……" 어머니는 말문을 열었다가 머뭇머뭇 목소리를 흐리더니 그제야 약간 너무 뜬금없이 밝고 약간은 너무 유쾌한 듯 웃음을 터뜨렸다. "너도 제법 무언가를 스스로 이뤄냈구나, 안 그러니?" 그러고는 돌연 딱딱하고 무심한 말투로 돌변했다. "가져온 짐이 엄청나게 많겠구나. 존, 가서 짐 좀 찾아와. 추워서 못 견디겠네. 난 차에서 기다릴게."

소녀는 어머니가 가버리는 모습을 지켜보며 가슴속에서 솟아난 실망감으로 약간 메슥거리는 느낌을 받았지만, 모자를 손에 쥐고서 자신의 얼굴에 시선을 고정하고 곁에 서서 기다리고 있던 남자에게 돌아섰다.

"안녕하세요, 존 삼촌!" 그런데 흔히 보던 졸린 표정은 어디 가고, 그가 새삼 정신이 번쩍 든 것처럼 낯선 얼굴로 기묘하게 눈을 빛내며 굳이 그렇게 빤히 쳐다보는 이유는 무엇일까?

기대했던 것과는 너무도 다른 나날이 이어졌다. 숨 막힐 듯한 기대감은 사라지고 그 대신 진저리 나게 맥 빠진 느낌, 거의 지루함에 가까운 분위기가 펼쳐졌다. 그녀는 외로움을 느끼며 혼자만의 세계에 갇혀 지냈다. 무언가 어

148   집고양이

머니와 관련이 있었다. 일단 어머니는 몸이 좋지 않았다. 그녀가 기숙학교에서 돌아온 이후로 줄곧 어머니는 냉정한 태도로 쉽사리 짜증을 부리며 퉁명스레 딸을 대했다.

게다가 그녀 쪽에서도 어머니를 즐겁게 해드리는 게 너무 어렵고 힘들었다. 그녀는 외모도 특별히 정성스레 가꾸고 어울리는 새 드레스를 입었으며, 수년간 '밖에 나가' 지냈지만 스스럼없이 어머니의 친구들과 담소와 웃음을 나누었다. 그녀가 보기엔 아주 멋진 사람들이 극진하게 대해주면서 무도회와 주말 모임, 하우스 파티에 그녀를 초대했고, 그녀가 기차에서 바랐던 모든 유쾌한 일들이 현실에서 일어났다. 그러나 어머니가 못마땅해한다는 이유로 이젠 모든 계획이 틀어졌다.

맨 처음부터 어머니는 그녀에게 차갑게 굴었다. 첫날 오전에 평소처럼 존 삼촌을 대동하고 이브닝드레스를 사러 나갔을 때, 그녀는 등이 깊게 파인 아름다운 복숭아색 벨벳 드레스가 마음에 들었다. "사랑하는 나의 베이비, 그렇게 바보처럼 굴면 어떡하니, 그건 너보다 훨씬 나이 든 사람에게나 어울리는 옷이야." 어머니는 그녀의 소심한 청을 무시했다. 그러고는 직원에게 말했다. "아니야, 루이즈. 하얀색으로, 좀 더 훨씬 단순한 디자인으로 가져와." 그러고는 버럭 짜증을 내며 존 삼촌에게 돌아서서 말했다. "근데 넌 뭘 그렇게 넋을 잃고 보는 거야? 타르트처럼 요란하게 치장한 어린아이를 보는 게 꽤나 즐거운가 봐?"

　그녀는 평생토록 어머니가 그런 식으로 말하는 걸 들어본 적이 없었다. 수치심에 사로잡힌 그녀는 속으론 몹시 싫으면서도 재빨리 속삭였다. "네, 하얀색으로 입어볼게요, 아주 예쁘네요." 허리에 달린 리본과 두툼한 어깨 끈 때문에 너무 여학생 같은 디자인이었지만, 입가에 깊게 주름살이 팬 어머니의 너무도 경직된 얼굴과 표정을 바꿀 수만 있다면 어떤 옷이든 입을 작정이었다.

　그러다가 어머니가 딴눈을 파는 사이, 존 삼촌이 그녀의 귀에 대고 속삭였다. "정말 유감이구나! 아까 그 벨벳 드레스를 입었을 때 넌 아주 사랑스러웠거든." 마치 둘은 한편이고, 은밀한 공범이라도 된다는 듯이 그는 옆으로 살며시 다가와 미소를 지으며 그녀의 손을 톡톡 두드렸다. 그날 나중에 집에 돌아와서도 그는 살짝 열린 문틈을 어깨 너머로 흘끔거리며 그녀를 구석으로 데려가 이렇게 말했다. "뭐든 원하는 게 있으면 나한테 오너라. 어머니는 걱정하지 말고, 그냥 나한테 찾아오면 돼." 잠깐이지만 그녀는 웃음이 터져 나올 것 같았다. 그의 모습이 정말로 잘 먹고 자라 털에 윤기가 자르르 흐르면서 나직이 가르랑거리며 등을 활처럼 굽히는 얼룩고양이처럼 보였다. "고마워요, 존 삼촌, 삼촌은 정말 순한 양이에요." 그녀는 충동적으로 그에게 키스를 하며 말했다. 놀랍게도 그는 붉게 얼

150　　　　　　　　　　　　　　　　　　　　　　집고양이

굴을 물들이며 잠시 망설이다 이내 그녀의 키스에 답했다. "우린 친구가 될 거야, 안 그러니, 베이비?" 그가 그녀의 손을 꼭 잡으며 말했다. "하지만 우린 예전에도 늘 친했었잖아요." 마치 그가 낯선 사람이라도 된 듯 난생처음 부끄럽고 불편한 감정을 느끼며 그녀가 대답했다.

기쁨과 새로운 흥밋거리로 충만했어야 마땅한 날들은 옛 학창 시절 방학처럼 느릿느릿 지나갔고, 모든 것이 달라졌는데도 그녀는 여전히 팡시옹에 다니는 어린아이에 머물러 있는 것 같았다. 어머니는 그들에게 쏟아진 수많은 초대에 양해를 구했다. 어머니는 "나중에나 혹시 모르겠네요"라며 막연하게 대꾸하고는 존 삼촌과 단둘이 나가버렸고, 홀로 남은 그녀는 학교 친구들에게 전화를 하거나 플라자 호텔에서 반 크라운짜리 동전 하나를 쓰며 보내야 했다.

크리스마스 당일은 평소처럼 시골에 내려가 할머니와 함께 보냈다. 푸짐한 오찬에 이어 오후엔 쏟아지는 빗속에서 산책을 했고, 크리스마스 다음 날은 그나마 서커스 관람과 저녁 만찬에 참석한 사촌 덕분에 수월하게 지나갔다. 그러나 그다음 날부터 새해 전야까지 일주일은 지겹게 이어졌다. 어쨌든 새해 전야를 망칠 일은 분명 없겠지? 우습게 구는 어머니의 기분도 그날이 되면 나아질 테고, 존 삼촌도 다시 본모습을 찾을 것이다. 그날은 사보이 호텔에서 대규모 파티가 열릴 예정이었다. 그녀가 어른이 되었고 더는 아이가 아니란 걸 주변 사람들이 전부 알고 있었으므로, 전적으로 그녀를 위해 개최되는 파티였다. 그녀를 위한 첫 번째 파티가 성공적이기를, 그리고 어머니가 예전 모습을 되찾아 마치 여동생처럼 스스럼없고 다정하게 딸을 자랑스러워해주기를 그녀는 진심을 다해 열렬히 기도했다. 그러면 그녀는 약간은 너무 답답해 보이고 약간은 너무 어려 보이긴 해도 새 드레스를 입을 생각이었다. "하느님, 제발 모든 일이 무사히 진행되게 해주세요." 잠자리에 들기 전 그녀는 바닥에 무릎을 꿇고서 열정적인 신앙심으로 몸을 흔들며 속삭였다. 그러고는 창문으로 걸어가 커튼을 젖혔다. 하늘엔 새해 전야에 다른 사람들보다 아름답게 빛날 그녀의 모습처럼 별 하나가 밝게 빛을 뿜었다.

파티 전날 밤 어머니는 일찍 잠자리에 들었다. 저녁 식사도 쟁반에 담아 방으로 올려 보내라고 했다. 어머니는 피곤하다고, 기운이 없다고 말했다. 아침까진 몸이 나아지기를 바라고는 있지만, 혹시 정말로 회복되지 않는다면 베이비를 실망시키는 한이 있더라도 모든 행사를 연기하는 수밖에 없다나. 온 집안 식구들이 '독감'으로 쓰러지는 것보다는 낫다고 말이다. 목이 따끔거리는 걸로 보아 틀림없이 '독감'일지도 모른다는 것이 어머니의 주장이었다. 1년 중 요즘 같은 시기엔 너무 조심해서 나쁠 것이 없었다. 딸은 어머니에게 굿나잇 키스를 한 뒤 절망적인 심정으로 터

집고양이

덜터덜 응접실로 들어갔다.

그녀는 피아노 앞에 앉아 어머니의 휴식을 방해할까 두려워 작은 소리로 연주했다. 이렇게 갑자기, 그것도 하필 파티 전날 밤에 '독감'에 걸릴 수는 없는 일이었다. 가끔씩 그녀는 어머니가 무언가 알 수 없는 이상한 이유로 일부러 이런 행동을 하는 건 아닌지, 딸이 행복해지는 걸 원치 않는 게 아닌지 의아했다. 바로 그때 문이 열리고 존 삼촌이 방으로 들어왔다. 그는 상기된 얼굴에 다소 흥분한 표정이었고, 영문을 알 수 없는 태도로 그녀에게 손짓을 했다.

그가 말했다. "어서 와라, 즐겁게 지내야지. 고양이가 자리를 비웠을 때 말이다……"

칵테일파티에 갔다가 술을 너무 많이 마신 걸까? 가엾은 존 삼촌. "무슨 일인데요?" 그녀가 말했다. "알다시피 엄마는 잠자리에 드셨어요. 몸이 안 좋으시대요."

"당연히 나도 안다. 그러니까 내가 여기 있는 거야. 널 데리고 나가서 저녁 식사를 하려고." 그가 말했다.

놀란 그녀는 잠시 동안 멍하니 그를 응시하다가 이내 미소를 지었다. 어머나, 종일 혼자 버려져 있던 그녀를 생각해주다니 꽤나 다정한 사람이었네. 존 삼촌은 그녀의 크리스마스가 엉망이었음을 짐작했기에 안쓰러운 마음에 이제라도 이브닝드레스를 입고 만반의 준비를 갖춰 그녀를 데리고 나가려고 찾아왔을 것이다. 게다가 그에겐 분명 나

153

가서 어울릴 사람이 엄청 많을 텐데, 어린 그녀와 나누는 수다를 참아준다는 건 무척 따분한 일일 것이다.

"어디로 갈 건데요?" 갑자기 행복해져 돌연 흥분한 그녀가 물었다. "새 드레스 입어도 돼요? 극장에 갈 수도 있을까요?"

2층으로 뛰어 올라간 그녀는 어머니의 방 문 앞을 지날 때만은 잊지 않고 까치발을 들고 걸어갔다. 기다란 전신 거울에 자신의 모습을 비춰 보며 그녀는 정말로 꽤 괜찮아 보인다는 생각을 하다가 떨리는 손으로 입술에 립스틱을 약간 많이 발랐다. 그 어느 때보다도 느긋한 얼룩고양이 같은 모습으로 존 삼촌은 현관에서 그녀를 기다리고 있었다. 그는 짧은 콧수염을 잡아당기며 흡족한 듯 신음 소리를 냈다.

"요 원숭이 같은 녀석! 파리에서 배운 게 한두 가지가 아닌 모양이구나, 그렇지?" 그날 저녁 내내 그는 그녀가 아는 게 아주 많을 것 같다며 넌지시 떠보면서 자신에게 다 털어놓으라고 계속해서 부추겼다.

"진짜로 솔직히 우린 아무 데도 간 적이 없어요." 그녀는 벌써 열 번째로 그에게 말했다. "늘 수업과 설교뿐이었다니까요."

"오, 그런 말 마라……" 그는 코웃음을 치며 그녀의 술잔을 채워주었다. "난 네 눈을 보면 알아, 넌 완전히 다른 사람이 되었어."

『이상한 나라의 앨리스』에 나오는 체셔고양이처럼 씩 웃고 있는 그의 모습이 얼마나 멍청해 보이던지! 그에게 집고양이 이야기를 해주어야 할까? 하지만 혹시라도 그 이야기에 상처받을 수도 있겠고, 또 존 삼촌이 그녀가 집에 돌아온 이후 가장 행복한 저녁 시간을 선사해주며 이토록 친절하고 다정하게 대하는 것도 사실이었다.

샴페인 탓인지 그녀는 깔깔거리며 수다도 너무 많이 떨었지만 그는 꺼리지 않는 듯했다. 그녀가 무슨 말을 하든 그는 큰 소리로 웃어댔고, 그러면서 계속해서 "나도 알아, 이해해"라고 말했다. "너처럼 예쁜 아가씨는 즐거운 시간을 보내고 싶어 하는 게 당연해, 왜 못 할 것도 없잖아? 요즘엔 여자도 자기 하고 싶은 대로 할 수 있어. 그건 너도 알지, 안 그러니, 베이비? 그것도 내가 다 해결해줄게, 문제는……" 그러나 그는 문장을 끝맺지 않았고, 돌연 홱 고개를 돌려 그녀의 시선을 피하며 입을 다물었다.

그들이 레스토랑을 나설 땐 모든 사람들이 그녀에게 미소를 짓는 것만 같았다. 사람들은 그녀가 어머니의 딸이란 걸 알고 있었다. 그들은 존 삼촌을 멈춰 세우고 소개를 청했다.

"네가 꼬마였을 때 본 기억이 있어. 어쩜 이렇게 예쁘게 자랐을까!" 아무래도 다소 당황하면서도 어쩔 줄을 몰라

하는 것 같았지만, 그들은 다정하고 친절했다.

"즐겁게 보내고 있니?" 존 삼촌이 묻자 그녀는 흥분해서 발그레한 얼굴로 그에게 미소를 지었다.

"정말 멋진 저녁이에요. 어머니만 여기 함께 있었더라면 좋았을 텐데!"

그는 입을 헤벌리고 고개를 한쪽으로 약간 갸웃한 채 바보처럼 그녀를 쳐다보았다. 그러더니 그녀가 농담을 하는 게 틀림없다고 짐작한 모양이었다. 큰 소리로 웃음을 터뜨렸다.

"젊은 사람치고는 약간 아둔한 아이구나, 정말로 그런 거였어!"

하지만 그녀는 그의 말을 귀담아듣지 않았다. 두리번두리번 주변을 둘러보며 새로운 광경과 소리를 빨아들이느라 바빠서 이미 그녀의 마음은 그에게서 멀어져 상상 속에서나마 전혀 다른 사람과, 누군지 몰라도 처음 보는 젊은 사람과 단둘이 보내고 있었다. 게다가 무대 바로 앞 일등석 세 번째 줄에 앉았다가 중간 휴식 시간엔 밖으로 나가서 담배를 피우는 재미가 얼마나 엄청난지! 마지막으로 그녀가 극장에 갔을 땐 몰리에르의 〈수전노〉를 보러 지도교사를 동반해 다른 여학생 세 명과 함께 2층 '칸막이 관람석'에 비좁게 끼어 앉아, 실제로 초콜릿이나 깨물어야 했었다. 얼마나 끔찍하고 얼마나 유치했던가! 하지만 이번 연극엔 음악도 있고 무용도 있고, 별빛을 배경으로 발레리나처럼 한 발로 서서 빠르게 회전하는 금발 머리 여배우도 있고, 바다를 향해 노래를 부르는 늘씬한 검은 머리 남자 배우도 있으며, 그 모든 장면마다 숨 가쁘고 경쾌한 곡조가 바이올린 선율로 연주되면서 극 자체를 오래도록 잊을 수 없는 기억으로 아로새겨졌다.

오 이런! 연극 내용에 너무 깊이 빠져들었다고 그녀는 자신을 책망했다. 그토록 위대한 아름다움과 로맨스는 영원히 지속될 수 없었다. 2막에서 대단히 격렬한 말다툼을 한 이후에도 남녀 주인공이 결국 잘 맺어져서 얼마나 다행스럽던지! 그리고 이젠 장엄하고도 가슴 벅찬 영국 국가 〈신이여 왕을 구하소서〉가 연주되고 있었다. 목구멍에서 흐느낌이 솟아오르며 그녀는 나라를 위해 자신도 쉽사리 목숨을 바칠 수 있을 거라고 생각했지만, 그런 마음은 잠시 후 노래가 끝나며 금세 잊혔다. 그들은 인파를 뚫고 극장을 빠져나와 택시에 탔다. 전광판과 조명이 휘황찬란한 피카딜리 주변의 복잡한 교통지옥에서 벗어나 급정거를 하자, 보라색 제복 차림의 나이트클럽 경비원이 문을 열어주었다.

존 삼촌이 뭐라고 중얼거린 거지? 파리를 따라가느라 세상이 빌어먹게 느려졌다고 했던가? 고집불통이 따로 없네! 거의 지긋지긋할 정도야. 나이 때문일 거라고 그녀는 생각했다. 악단이 마침 저녁 내내 그녀의 머릿속에서 들려오던 곡으로 연주를 시작하자 그녀는 조바심으로 온몸이 얼얼할 정도였고, 붐비는 테이블에 앉은 수백 명의 사람이 모두 그녀를 향해 빛나고 있는 듯했다. 온통 드러난 팔과 은빛 드레스, 검은 눈동자, 새하얀 셔츠 앞자락, 너무도 어수선한 분위기와 수다와 웃음소리. 이제 그들은 마침내 춤을 추고 있었고, 조명은 약간 어두웠다. 그녀는 옆으로 스쳐 가는 커플들의 얼굴을 확인하느라 좌우로 고개를 돌렸다.

그러자 젊은 남자 하나가 파트너의 어깨 너머로 그녀를 보며 미소를 지었다. 전염성이 있는 환한 웃음. 그녀도 마주 미소 지었다. 분명 두 사람은 같은 생각을 하고 있었다. '왜 우리 둘이 함께 춤을 추고 있지 못한 걸까?' 그들은 서로에게서 시선을 떼지 못했고, 꿈에 취한 그녀의 뒤를 남자가 파트너를 데리고 따라왔다. 그녀는 존 삼촌이 귓가에 속삭이는 말도 전혀 듣지 못했다. "너도 알겠지만, 우린 끔찍이도 조심스럽게 행동해야 한다, 베이비, 우리 사이에 뭔가 있다고 그 사람이 의심이라도 하는 날엔……"

물론 끝은 있을 수밖에 없었다. 시간이 새벽 3시인지 4시인지, 그녀는 감각이 없었다. 시간 가는 줄 전혀 모르고 있었던 데다 춤이라면 영원히도 출 수 있을 것 같았다. 집

집고양이

으로 돌아와 거실에 선 그녀는 존 삼촌에게 잘 자라는 인사를 하며 너무 배도 부르고 행복해서 말을 할 수가 없었다. 그는 왜 그녀가 말이 없는지 의아해, 계속해서 걱정스레 그녀를 내려다보았다. "무슨 일이지? 나한테 화난 거냐? 실망했어?" 바보 같은 존 삼촌! 그는 상당히 겸손하고 사람을 기쁘게 해주려 안달하는 사람인 것 같았고, 때로는 거의 지나치게 감상적이었다.

"삼촌이 제 평생 가장 근사한 저녁 시간을 선사해주셨어요." 그녀가 그에게 말했다.

갑자기 2층에서 문 닫히는 소리가 나더니 계단에서 발소리가 들려왔다. 존 삼촌은 소스라치게 놀라 새하얗게 질린 표정을 짓다가 돌아서서 그녀의 어깨를 잡았다. 그의 표정은 완전히 달라졌다. 코에서 턱까지 매끈하고 느긋하게 잡혔던 주름도, 밋밋한 미소도, 동그랗고 반짝거리던 눈에서 뿜던 광채도 사라졌다. 어딘가 은밀하고도 소름 끼치면서 교활한 얼굴로 바뀌더니 입술을 꾹 다물며 눈도 절반쯤 감은 상태가 되었다. 어둡고 축축한 벽에 기대어 자신이 만든 그림자 속에 웅크리고 있는 교활하고 냄새나는 도둑고양이 같았다.

"우리 인기척을 들은 모양이다." 그가 속삭였다. "아래층으로 내려오고 있어. 무슨 일이 있든 네 어머니한테 낌새를 들켜선 안 된다. 우리에 대해서 네 어머니가 눈치채면 안 돼, 알겠니? 무슨 일이 있어도 우린 이야기를 꾸며내서 거짓말을 해야 한다. 넌 입 다물고 있어라, 나한테 맡겨."

그녀는 어리둥절해서 그를 쳐다보았다.

"도대체 어머니가 왜 싫어하시겠어요⋯⋯?" 그녀가 말문을 열었다. 하지만 그는 초조하게 그녀의 입을 막으며 문 쪽을 살폈다.

"그렇게 말도 안 되게 순진한 척하지 마라. 경악할 상황이라는 건 너도 속속들이 잘 알 텐데. 오, 맙소사!" 그는 돌아서서 멀어지며 떨리는 손으로 담배를 꺼내려고 애를 썼다.

소녀는 문밖에서 울리는 어머니의 목소리를 들었다.

"당신이야, 존? 여기서 뭐 하고 있었어? 난 끔찍한 밤을 보냈어. 잠을 잘 수가 없어서⋯⋯"

그녀는 복도에 서서 두 사람을 보았다. 남자는 담배 연기를 뻑뻑 뿜어대며 눈꼬리로 흘끔흘끔 그녀를 보고 있었다. 딸은 유치한 분홍색 이브닝백을 손으로 쥐어짜며 붙들고 있었다.

어머니는 잠옷 위에 숄을 두르고 한 손으로 느슨하게 여민 모습이었다. 다급한 손길로 대충 두들긴 파우더 탓에 얼굴에 가면을 쓴 것 같고, 눈은 퉁퉁 부었다. 지금 이 순간 어머니에겐 아름다움의 흔적이라고는 존재하지 않았다. 그녀는 그저 잠을 심하게 설친 중년 여성일 뿐이었다. 한

집고양이

눈에 그것을 알아차린 소녀는 어머니를 대신해 수치심을 느끼며 그토록 창백하고 초췌한 모습을 누구에게든 내보여야 한다는 상황이 혐오스러웠다.

"오 어머니, 죄송해요! 저희 때문에 깨셨군요?" 그녀가 말했다.

잠시 긴장되고 무시무시한 정적이 흐르다가 이윽고 어머니가 깔깔 웃었다. 존 삼촌의 얼굴만큼이나 창백한 표정으로 억지로 꾸며내는 끔찍한 웃음소리였다.

"결국 내 생각이 항상 옳았어." 어머니가 말했다. "내 상상에 불과한 게 아니었어. 비밀스럽게 주고받던 그 모든 시선과 구석에서 들려오던 속삭임. 얼마나 오래 이러고 지냈던 거지? 파리에서 돌아온 직후부터였나, 아니면 지난 여름부터 시작된 건가? 네 또래 아이치고는 꽤나 빨리 일을 저질렀구나, 안 그러니? 그럴 거면 내 집을 이용할 게 아니라, 최소한 어디든 다른 데로 가서 놀아날 정도의 예의는 지켜줬어야지."

존 삼촌이 다급하게 끼어들었지만 말이 뒤엉켜 더듬더듬 흘러나왔다. "내가 장담하는데…… 아무 일 없었어…… 베이비한테 물어봐…… 외출하고 싶다고 하도 나한테 애걸복걸하길래, 애가 안쓰럽더라고…… 당신하고 같이 있고 싶었지만…… 내가 생각이 짧았어…… 정말 어리석은 짓이었어……" 짤막짤막하게 끊어지고 두서없는 문장들은 그의 곁에 나란히 서 있는 소녀에게도 도무지 납득 가지 않았고, 줄줄이 다 거짓말처럼 들렸다.

그러나 여인은 그의 말에 귀를 기울일 생각이 없었다. 딸을 가만 내버려둘 수도 없었다. 잘못을 저지른 사람도, 거짓말을 일삼은 사람도, 자신을 거역하고 일을 꾸민 장본인도 모두 베이비였고, 남자는 단순히 그림자일 뿐 아무것도 아니었다.

"감히 네가 어떻게!" 여인이 말했다. "감히 어떻게 파리에서 돌아오자마자 길거리에 돌아다니는 싸구려 삼류 계집처럼 굴 수가 있니? 집에 온 순간부터 곧장 나는 네가 무슨 짓을 하려는지 짐작했다. 네 눈을 보면 알 수 있었어. 오, 용케도 조용히 일을 꾸몄구나, 겉으로는 조금도 드러내지 않으면서! 그래도 넌 저 사람을 손에 넣어야겠다고 작심했겠지, 안 그러니? 다른 사람은 아무도 눈에 안 찼을 거다. 꼭 저 사람이어야 했겠지. 듣자 하니 네 또래 여자애들은 원래 그게 천성이라더구나. 꼭 다른 사람의 연인을 빼앗아야 직성이 풀린다지. 내가 너와 저 사람을 공유할 거라고 생각했던 모양이지……?"

소녀는 대답하지 않았다. 그간 무슨 일이 있었던 것인지 명확한 깨달음이 그녀의 머리에 그 자체로 낙인을 찍으면서, 공포와 수치심으로 속이 메스꺼워 어머니를 빤히 마주 쳐다볼 뿐이었다. 어머니와 존 삼촌. 12년 전 열 살 때

프린턴 해변에서 봤던 어머니와 존 삼촌. 런던, 파리, 칸에서 본 어머니와 존 삼촌. 티켓을 구입하고, 자동차를 운전하고, 장사꾼을 상대하고, 청구서를 지불하던 그 오랜 세월, 날이면 날마다 밤이면 밤마다 그가 집에서 먹던 모든 식사. 어머니와 존 삼촌.

역에선 그들의 가방을 옮겨주고, 차를 마실 땐 빵과 버터를 건네주었으며, 전화를 받고, 약속을 기록하는 수첩을 정리하고, 기쁜 일이 있을 때면 양손을 문지르며 미소를 짓고 아양을 떨며 겸손한 태도를 유지하던, 짧게 수염을 기른 저 작고 뺀질뺀질하고 땅딸한 남자, 존 삼촌. 이제야 그녀는 모든 것을 이해했다. 감언이설과 속임수로 그가 새로운 동맹 관계를 맺고자 꿍꿍이를 벌이는 동안, 미모가 사라져 겁을 집어먹고는 다른 사람도 아니고 바로 자기 딸의 젊음을 시기해 질투에 사로잡힌 여인, 어머니.

결국 어른이 된다는 것은 이런 것이었다. 복잡하고 사악하기 이를 데 없는 친밀한 관계의 부도덕한 이면. 사랑스러움도 없고 로맨스도 없었다. 그녀도 자기 차례가 되면 이렇게 어머니와 똑같은 가면을 쓴 채 거짓으로 점철된 가혹한 삶을 살아야 할 것이다. 이제 그녀는 거실에 혼자 남아 있었다. 두 사람은 2층으로 올라갔다. 입이 험한 천박한 여자처럼 난생처음 고래고래 고함과 비명을 지르는 어머니, 그리고 힘없는 손길로 그녀의 어깨를 잡아보려고 애쓰며 애걸복걸 반박하는 존 삼촌.

"새해 복 많이 받으세요! 새해 복 많이 받으세요!"

사방에서 다가와 그녀를 붙드는 손길과 귓가에 외치는
여러 목소리, 그리고 시끄럽고 즐거운 음악을 연주하는 악
단. 그녀를 위한 축하 파티는 화려했고, 대성공이었다. 그
녀가 쳐다볼 때마다 사람들은 그녀에게 미소를 지었다. 귀
를 기울일 때마다 그녀를 칭송하는 말들이 들려왔다.

"점점 네 어머니를 닮아가는구나. 너희 모녀 둘 다에게
얼마나 근사한 일이니, 꼭 자매 같잖아!"

12시가 가까워지면서, 헌 해는 곧 사라져버릴 운명이었
다. 파랑, 주황, 초록 리본이 온통 레스토랑 안에 휘날렸다.
종이 고깔을 쓴 노인들은 옆 테이블에 앉은 생판 낯선 사
람들에게 샛노란 공을 집어 던졌고, 색종이 가루가 바닥에
떨어져 시끌벅적하고 요란하게 춤을 추는 커플들의 발아
래서 소용돌이쳤다. 댄스플로어엔 빈틈이 하나도 없을 정
도로 붐벼, 사람들은 서로 몸을 맞붙인 채 더워서 땀을 흘
리며 몸을 위아래로 흔들어대거나 테이블에 몸을 기대거
나 어깨 너머로 웃어댔다. 왁자지껄 요란한 소음에 귀가
멀 지경이었다. 남자들은 고함을 지르며 휘파람을 불었고,
여자들은 발작적으로 비명을 질러댔다. 그들은 가라앉는
배에 타고 몰려다니는 쥐 떼 같았다.

"새해 복 많이 받으세요! 새해 복 많이 받으세요!"

"근사하지 않니? 너도 마음에 들지?" 누군가 그녀의 귀에 소리쳤다.

그녀는 대꾸를 하려고 노력하며 애써 미소를 지어 보였다. 그러나 그녀는 모든 미소가 억지로 지어낸 것이고 모든 인사도 가식처럼 느껴졌다. 여기 있는 사람들, 그들은 어머니와 존 삼촌에 대해서 알고 있었다. 오랜 세월 동안 그들은 다 알고 있었다. 그들의 고갯짓, 그들의 미소, 목소리를 낮춘 중얼거림, 모든 것은 그들이 안다는 증거였다. 그리고 이제 그들은 놀이판의 다음 단계를 기다리고 있었다. 처음으로 드러내는 질투 어린 눈빛, 반항의 첫 징후. "넌 어쩜 이렇게 예쁘게 자랐니!" 손으로 입을 가린 뒤에 짓는 그들의 웃음. '당연히 모녀가 저 남자를 공유하겠지.'

어머니와 그녀, 존 삼촌은 서로 손을 잡고 둥글게 서 있었다. "올드랭사인 노래는 부르지 말까?" 소음을 뚫고 그의 목소리가 크게 들려왔다. 그는 털이 매끈하고 윤기 흐르는 완벽한 집고양이처럼 어머니에게 미소를 지었다.

그가 말했다. "새해 복 많이 받아요, 달링. 새해 복 많이 받아요." 그러고 나서 원을 그리고 섰던 행렬이 무너지자 그가 소녀를 향해 돌아서며 귓가에 중얼거렸다. "다 괜찮을 거다. 저 사람은 내가 잘 진정시켰어. 네 어머니는 이제 우리 이야기를 믿고 있어. 앞으로도 너랑 내가 어떻게든 방법을 찾으면 돼, 베이비. 하지만, 명심해라, 우리 사이는 좀 천천히 진행하는 게 좋겠다, 아주 천천히……"

집고양이

메이지

메이지는 움직이기가 겁이 나 반듯하게 누웠다. 요즘 들어 심장이 왜 이렇게 이상하게 두근거릴까? 도무지 조용해지지도 않고 일정한 속도로 뛰지도 않으면서, 마치 심장이 엉뚱한 곳에 들어가 있는 것처럼 이상하게 쿵쾅쿵쾅 요란하게 두근대다가 그 사이사이 간간이 힘없이 퍼덕거리기 일쑤였다. 몸을 움직이면 심장이 몸에서 갑자기 확 튕겨져 나가면서 눈앞에 거대한 먹구름이 물결치듯 다가올 것이 확실했다. 바로 지난달에 가엾은 돌리에게도 그런 일이 일어났다.

독감을 앓은 이후에 갑자기 손쓸 새도 없이 순식간에 벌어진 일이었다.

메이지는 돌리가 몸져누워 있을 때 문병을 갔던 걸 떠

167

올렸다. 창백한 얼굴로 검은 머리칼을 베개에 기댄 그녀의 모습은 아름다워 보였다. 메이지는 작은 꽃다발을 하나 사 들고 가서 돌리 곁에 놓아주었다. 물론 한 마디 말도 안 걸고 그렇게 돌리를 두고 나온 건, 엄청 나쁜 짓은 아니더라도 어느 정도 몰인정한 행동인 것 같았다. 사람은 언제 자기 차례가 돌아올지 결코 알지 못한다. 돌리는 그 말을 끊임없이 되뇌곤 했었는데, 그러다가 정말로 가엾게도 제대로 자기 처지를 파악하기도 전에 가버렸다.

양초의 불빛처럼 한밤중에. 이상도 하지.

쿵. 또 시작이다. 마치 가슴에 문이라도 달려서 누군가 들어오려고 두들기는 것 같다. 그렇다, 안으로 들어가려고 쾅쾅 두드리고 또 두드리는 소리였다. 글쎄, 조금도 흥분할 일이 없는 상황이었고, 그래서 그녀는 걱정이 되었다. 겪어야 할 일이라면 겪어내는 수밖에 없다. 어차피 닥칠 일을 막을 순 없겠지만, 그래도 곁에 아무도 없이 밤에 혼자 있을 때 정말로 나쁜 상황이 들이닥친다면 어떤 일이 벌어질까? 아래층에서 소리를 들을 수 있을 정도로 도움을 요청할 수 있을 것인가, 아니면 돌리처럼 어둠 속에서 그냥 세상을 떠나게 될까? 메이지는 생각했다. '이제 겁을 먹기 시작하면 그걸로 끝이고 모든 게 끝장날 거야. 그러니까 아예 생각을 시작하지도 말자.'

그녀는 침대에서 일어나 스타킹을 잡아당겨 신기 시작

했다. 아침마다 이렇게 피곤에 절어 있는 건 아무짝에도 쓸모없는 짓이었다. 그녀는 벽에 걸린 깨진 거울에 자신의 모습을 비춰 보았다. 으악! 얼굴 좀 봐! 푹 삶은 양고기 덩어리 같았다. 지금 이 꼴로 밖에 나간다면 변변한 사람들은 말할 것도 없고 길 가던 청소부조차 쳐다보지 않을 것이다. 조심하지 않으면 매일같이 사방팔방 돌아다녀도 빈 지갑으로 집에 돌아올 게 뻔했다. 요즘 들어 너무 지쳐 있었던 탓에 그녀도 자기가 무슨 일을 하고 다녔는지 거의 몰랐던 게 사실이다.

어젯밤에 누구를 만나 무엇을 했었는지, 누가 그녀에게 묻는다 해도 대답할 수가 없었다. 기억나는 건 그 남자가 꽤 말이 많았고 성글게 수염을 길렀다는 것뿐이었다. 가격을 두고 약간의 실랑이도 벌어졌었고, 지금 생각해보니 그녀는 완전히 지쳐 나동그라지진 않았다. 지친 건 그녀가 아니었다.

인생이 뭐 이런가! 아, 그래도 그 편이 낫지! 그녀는 립스틱을 뺨에 살짝 묻힌 후 얼굴 전체에 두툼한 가면처럼 파우더를 두들겼다. 그러자 이제 좀 더 사람다운 얼굴이 되었다. 눈에는 조심스럽게 검은색 아이라인을 그리고, 축축하고 끈적거리는 선홍색 립스틱으로 입술을 가렸다.

오! 젠장, 의상을 또 1인치는 줄여야 할 것 같았다.

치마가 허리에서 빙빙 돌아갔다. 당장은 옷핀으로 고정

하는 수밖에 없었다. 하지만 하루하루 점점 더 살이 빠지고 있다는 건 의심할 여지 없는 사실이었다. 요전 날엔 누군가 말라깽이라고 그녀를 욕했다. 더러운 돼지 자식.

기름에 전 머리칼은 곱슬거리던 기운이 다 펴졌다. 돈을 좀 따로 저축했다가 다시 파마를 해야겠다.

옷을 다 입은 그녀는 커튼을 밀어젖히고 창문을 열었다.

우와, 날씨가 꽤나 따뜻했다. 봄이로군. 아이 하나가 외투도 없이 길에서 놀고 있었다. 참 우습다, 날씨가 이런 식으로 갑자기 변하다니. 바로 어제만 해도 척추를 파고드는 칼바람이 처량하게 불어닥치면서 춥고 으스스한 날씨에 잿빛 하늘에서 빗방울까지 떨어져 실크 스타킹을 적셨다.

그런데 오늘은 어쩐 일인지 따뜻하고 산뜻한 날씨에다 햇빛이 건넌방까지 스며들어 카펫 바닥에 큼지막한 빛의 사각형을 그렸다.

메이지는 창밖으로 몸을 내밀고 공기를 들이마셨다. 그처럼 적당한 높이에선 먼지와 연기도 잊고, 앞으로 펼쳐질 낮과 더 긴 밤에 대해서도 까맣게 잊을 수 있었다. 그곳에선 주택가 지붕과, 살짝 찢어놓은 듯 조각조각 나뉜 구름이 뒤덮인 새파란 하늘만 눈에 들어올 뿐이었다.

창틀에서 폴짝폴짝 움직이던 참새 한 마리가 그녀를 발견하고 놀라 거의 넘어질 뻔했다. 놀란 새는 짹짹 울더니 날개를 퍼덕거렸다.

그녀는 자기도 모르게 웃음을 터뜨릴 수밖에 없었다.

"건방진 거지 새야, 나는 너한테 줄 게 아무것도 없단
다." 말은 그렇게 하고도 그녀는 혹시 떨어진 빵 조각이 있
는지 바닥을 살폈다.

메이지는 섀프츠베리 애비뷰*를 따라 걸으며 상점을 구
경했다. 맙소사! 꿈에서나 입어보려나. 새빨간 바탕에 황
금색 구슬이 허리까지 촘촘하게 박혀 있고, 왼쪽으로는 이
름 모를 장식이 바닥까지 길게 드리워져 있었다. 흔히들
입는 이브닝드레스였다. 상당히 최신 디자인이라고 그녀
는 확신했다. 왼쪽 어깨엔 아주 탐스럽게 꽃 장식도 달려
있었다. 들어가서 가격이 얼마인지 물어보는 건 소용없는
짓이었다. 이런 가게들의 가장 안 좋은 점은 쇼윈도에 가
격을 표시하지 않는다는 것이다. 혹시라도 최대한 거드름
을 피우는 연기를 하면서 가게 안으로 들어가면, 오후에
다시 올 것처럼 행세하고 다시 나와야 했다. 문제는 그 앞
을 항상 지나다니면서 그런 짓을 반복하다 보면, 사람들이
알아본다는 점이다. 그들은 무엇보다도 성가시게 이렇게
물어볼 것이다. "저번에도 오셨었죠, 그죠?" 가게 점원들은
검은색 새틴 원피스를 입고서 으쓱해 보이려고 애를 쓴다.

•   극장과 고급 상점이 밀집해 있는 런던 번화가.

잡년들.

편물 원단으로 만든 저 투피스 좀 보라지. 잘 어울리는 갈색 스카프도. 3.5기니.* 정말 마음에 든다면야 그 정도 값은 쥐야겠지…… 저 옷을 입고 머리를 구불구불 손질한 다면 그녀에게도 좀 중요한 사람, 예복을 갖춰 입고 극장에서 나오는 신사 같은 사람이 걸려들 텐데. 식은 죽 먹듯이. 심지어는 단골손님을 잡을 수 있을지도 모른다. 염병할! 다 허황된 희망이다. 비가 오나 날이 개나 하루도 빠짐없이 이렇게 공치지 말고 순조롭게 밥벌이나 할 수 있었으면.

"안녕, 아가씨, 형편이 좀 어때?" 메이지가 몸을 돌리자 팔꿈치쯤 높이에 추레한 옷을 입은 여자가 보였다. 몸이 너무 말라 골반이 옷을 찢고 튀어나올 것 같고, 퀭한 작은 얼굴엔 눈이 있어야 할 자리에 텅 빈 구멍뿐이었다.

"글쎄." 그녀는 말을 더듬었다. "왜 절대로 좋아지질 않을까, 노라?"

"그러게!" 여자는 푹 잠긴 목소리로, 딴 세상에서 들려오는 것 같은 목소리로 말했다. "아가씬 괜찮아, 나 같은 사람도 있잖아, 그건 틀림없는 사실이지. 나 좀 초라해 보이지 않아?"

• 　　　기니는 과거 영국에서 쓰이던 금화로 현재의 1.5파운드에 해당한다.

"무슨 일 있었어, 노라?"

"무슨 일은 우리 모두에게 조만간 일어나게 되어 있어, 젠장! 그 자식이 누군지 알았더라면 피를 철철 흘리게 목을 비틀어줬을 거야. 자, 박하사탕이나 하나 먹어. 입 냄새를 좋게 해주거든."

그녀는 쭈글쭈글한 종이봉투를 내밀었다. 메이지는 동그란 사탕 몇 개를 뺨 안쪽에 집어넣었다.

"된통 심하게 당한 걸로 보여, 솔직히 말하면 그래. 엄청 불운한 일을 겪었나 보네. 그런데 어떻게 빠져나왔어?"

"어, 몰리가 얘기했던 친구한테 찾아갔었어. 몰리 알아? 어쩌다 보니 작년 겨울이 몰리 생애의 마지막이었더라고. 본인 말로는 엄청 건강하다고 했었는데 며칠 만에, 하기야 그런 병에 걸리면 사람이 달라지지. 말이 나왔으니 말인데 메이지, 나도 몸이 엄청 안 좋아. 다리가 후들후들 떨리고, 숨도 제대로 못 쉬겠어. 확실히 나도 완전 진이 빠져서 갈 때가 다 된 것 같구나, 스스로 그렇게 다짐을 하게 되더라니까? 나 정말로 갈 때 다 된 것 같지? 그럼 어떻게 되려나?" 노라는 메이지의 어깨에 손을 얹었다.

"입 닥쳐, 그런 데 신경 쓰지 마." 메이지가 말했다. "대체 누가 그런 말을 믿는다고? 가능하면 일주일간 조용히 쉬어, 그러고 나면 예전처럼 회복될 거야. 별거 아니야. 그 정도는 여자들한테 늘 있는 일이야. 좀 더 조심하면 돼."

"조심하라고? 조심하고 살면 뭐가 달라지기라도 할 것처럼 말하네. 난 항상 충분히 조심하며 살았어, 그건 하느님도 아시지. 메이지, 난 일주일이나 쉴 수가 없어. 돈은 어디에서 벌고 어떻게 살라는 거야?"

"나도 몰라, 그거 하나는 확실해." 메이지는 발을 끌며 멀어지기 시작했다.

"날 좀 도와줄 방법이 전혀 없겠어, 친구? 이번 일로 내가 저축해둔 돈을 전부 다 날려서 그래."

"어휴! 바가지 좀 그만 긁어, 노라. 어쩌면 얼마간 좀 빌려줄 수도 있겠지만, 지금 내가 바빠 어딜 좀 가는 길이야. 제발 징징거리지 좀 마. 이러다 사람들이 다 우리만 쳐다보겠어. 자, 이거 받고, 내일 아침에 우리 집으로 와." 메이지는 가방 안을 뒤져 무언가를 노라에게 건넸다. 그러고는 몸을 돌려 피카딜리서커스역으로 이어지는 지하철 계단을 뛰어 내려갔다.

"우는소리를 하는 사람은 정말 질색이야." 그녀는 혼잣말을 중얼거렸다. 아무리 애를 써도, 머릿속에서 노라에 대한 생각을 몰아내는 것은 불가능했다.

그녀는 지하철에서 빠져나왔다. 아무 방향으로나 도로를 따라 걸어갔다. 어디든 상관없었다.

'어쨌거나 노라가 나를 겁주려고 말을 꺼내려던 병명이 과연 뭐였을까?' 메이지는 생각했다. '조심하면 안 걸려,

그럼, 안 걸리고말고.'

뚱한 표정으로 그녀는 지나가는 사람들을 노려보았다. 절반쯤은 무의식적으로 알량한 싸구려 모피를 목으로 바싹 끌어당겼다. 어쩐지 날이 더 추워진 것 같았다. 얼씨구! 대체 여긴 또 무슨 일이 벌어지고 있는 걸까. 웬 사람들이 이렇게 많아? 그녀는 뚱뚱한 여인의 등을 팔꿈치로 밀었다. "길을 혼자 전세 낸 줄 아나?"

이런, 결혼식 때문이었네. 세인트마틴 교회에서 거행되는 결혼식. 구경해본 적 있던가? 거참 재미있겠군!

그녀는 계단 아래 모여 있는 인파를 헤치고 맨 앞쪽으로 나아갔다.

큼지막한 문은 살짝 열려 있고, 그 앞엔 아무나 함부로 들여보내주지 않을 것 같은 남자가 서 있었다. 그녀는 오르간 소리를 들어보려고 귀를 쫑긋거렸다. 그래, 희미하고 부드러운 선율이 들리네. 마치 들리기를 두려워하는 것처럼 말이야. 사람들이 노래를 하고 있었다. 이제 오르간 소리는 점점 커졌고, 사람들의 음성도 그와 함께 높아졌다. 메이지는 그 찬송가를 알고 있었다. 어렸을 때 학교에서 부른 적이 있었다. 맙소사! 노래 하나로 옛날 생각이 다 나는군. 저 자식은 왜 문을 더 활짝 열어놓지 않는 거지? 그녀는 곧장 교회로 들어가 회중석 맨 뒷줄에 앉고 싶었다.

그녀는 얼른 찬송가책을 집어 들고 다른 누구보다도 큰

175

소리로 노래를 부를 것이다. 그녀는 어둡고 서늘한 실내에 하객들로 신도석이 가득 찬 교회를 그려보았다. 신사들은 검은색 예복 차림이고 여자들은 꿈결처럼 예쁜 옷으로 깔끔하게 꾸몄을 것이다.

약간 몸을 앞으로 수그려 열린 문틈으로 긴 복도를 유심히 들여다보니, 곳곳에 촛불과 꽃들이, 엄청난 꽃들이 놓여 있었다. 작은 병 하나에 1파운드나 하는 고급스러운 향수처럼, 꽃향기가 공기를 가득 수놓은 것 같았다. 아멘……부드럽고 낮은 선율. 누가 듣더라도 아름다운 소리였다. 어쩐지 울고 싶게 만드는, 뭐랄까, 이상한 느낌을 주는.

이젠 잠시 정적이 흘렀다. 누군가 높고 우스꽝스러운 목소리로 말했다. 아마도 성직자가 축사를 하는 게 틀림없었다. 아! 그녀는 왜 한쪽 구석에라도 조용히 숨죽여 서 있는 것이 허락되지 않을까. 아무도 알아차리지 못하게 들어가 그저 귀를 기울이고 그냥 구경만 할 텐데.

"이봐요, 누군데 자꾸 떠미는 거죠? 조심 좀 해요, 알아듣겠어요?" 분노에 휩싸인 그녀는 등을 쿡쿡 찔러대던 남자를 홱 돌아보았다. "어떤 사람들은 참 예의가 없다니까."

이제, 잘 들어봐, 잠깐만. 오르간이 웨딩마치를 연주하고 있었다. 오! 곧 예식은 대단원의 막을 내리고 장엄한 종소리가 허공을 가르며 울려 퍼지겠지. 커다란 문이 활짝 열렸다. "저기 나온다, 저기 나와." 모여든 사람들이 소리쳤다.

"아유 고마워라, 신랑 신부를 위해서 햇빛도 찬란하게 비추네요." 열에 들뜬 듯 흥분한 메이지는 옆 사람에게 말했다. 신부와 신랑이 계단 꼭대기로 다가왔다. 그들은 수줍은 듯 미소를 지으며 햇빛에 눈이 부셔 잠시 머뭇거리다가 이내 계단을 내려와 아래쪽에서 기다리던 자동차에 올라탔다.

시야에 갑자기 등장한 새하얀 형체와 웃는 얼굴로 베일을 치워주는 손길. 단춧구멍에 흰색 카네이션을 꽂은 젊은 남자. 은빛 드레스에 노란색 꽃을 든 신부 들러리들. 사람들은 고함을 지르며 촘촘히 몰려들었다. 색종이 가루가 구름처럼 신부에게 쏟아졌다. 메이지는 인도 끝으로 다급하게 달려가며, 빨갛게 달아오른 얼굴로 눈을 빛냈다. "잘 살아요, 잘 살아!" 그녀는 손을 흔들며 소리쳤다.

강물엔 잘게 쪼개진 조각보 같은 주홍색과 황금빛 햇살이 춤을 추다가 웨스트민스터 다리 아래에서 일그러졌다. 해가 지는 중이었고, 주황색으로 물든 하늘은 국회의사당 건물 창문에 황금빛 무늬를 선사했다.

세상을 뒤덮은 안개가 낀 것 같았다. 안개는 부분적으로 공장들의 높은 굴뚝에서 뿜어낸 희미한 연기가 만들어낸 것이었고, 빠르게 흘러가는 물결 아래 질퍽한 강둑에서 새하얗게 솟아오른 숨결처럼 강 자체의 일부이기도 했다.

메이지는 제방 난간에 기대어 강물을 응시했다. 모자를 벗자 바람이 귀 뒤 머리칼을 흩날렸다.

꽉 끼는 검은 구두를 신고 있어 발이 아픈 데다 죽을 만큼 피곤했다. 온종일 일했지만 건진 게 아무것도 없었다! 아침에 일어나 오늘 하루는 조용하게 보내야겠다고 의도한 날, 그냥 생각 없이 여기저기 돌아다니다 보면 결과가 어떻게 될지는 뻔하다. 하지만 한두 가지 사건이 있었고, 결혼식도 구경했고, 간단히 점심을 먹고, 쇼핑도 약간 했더니만, 어디가 어딘지 분간도 하기 전에 다시 저녁이 되었다.

오! 하지만 여기, 어쩐지 평화로운 강가에 와 있는 건 좋았다. 저쪽 다리 옆에 구름처럼 떼로 몰려 있는 새들, 뚱뚱하고 작은 회색 친구들을 보라. 저들은 어떤 경우에도 굶주리지 않았다.

저게 무슨 새지? 비둘기인가? 그녀가 새를 분간할 수 있다고 말한다면 그건 허풍이다.

어머나! 저기 배가 있네, 강 한가운데 떠 있는 길쭉한 바지선.

정말로 그림 같은 풍경이었다. 그녀는 바지선에 올라 우스꽝스럽게 생긴 조종 장치 옆에 앉아서 그냥 어디로든 떠돌고 싶었다. 줄지어 선 창고와 선창을 전부 뒤로하고, 냄새나는 더러운 부두를 지나 바다로, 바다로. 생각만으로

메이지

도 벅차 그녀는 헉 숨을 몰아쉬었다. 그렇다, 그건 진실이었다. 저 끝에는, 구불구불 흐르는 누렇고 긴 강물의 바로 끝에는 바다가 기다리고 있었다. 그곳엔 진흙도 없고 더러움도 없다. 퀴퀴한 냄새를 풍기는 오래된 연기도 없다. 다만 끝없이 펼쳐진 드넓은 파란 바닷물과 얼굴에 부딪치는 새하얀 파도뿐이다. 바다는 네가 어디로 가든 조금도 상관하지 않을 것이고, 너는 바지선 옆에 머리를 기댄 채로 바닷물에 손을 담글 것이다. 인도를 따라 터벅터벅 걸어 다니는 일도, 멍하니 서서 버텨야 하는 빌어먹을 기다림도, 괜히 배회하는 일도 더는 없을 것이다. 그저 푹 쉬면 심장도 부드럽게 규칙적으로 뛰면서 잠에 빠져들 것이다. 아주, 아주 긴 잠에.

"설마 물로 뛰어들려는 건 아니겠죠?" 메이지는 피부를 뚫고 튀어 나갈 정도로 깜짝 놀랐다.

"맙소사, 댁 때문에 놀라서 진짜로 뛰어들 뻔했잖아요!" 메이지는 말을 건 젊은 남자를 쏘아보며 버럭 화를 냈다. 그러고는 그가 너무도 친절하고 다정하게 미소 짓는 바람에 그녀도 마주 미소를 짓는 수밖에 없었다.

"난 멍청하게 생긴 저 낡은 바지선을 보고 있었어요. 저걸 타고 원하는 곳 어디든 행복하게 떠돌면 얼마나 좋을까, 그런 혼자만의 생각에 빠져 있었죠. 더는 걱정도 없고, 더는 생각도 안 하면서. 으, 머리가 약간 이상해졌나 봐요."

젊은 남자는 담배에 불을 붙이고는 그녀 옆 난간에 몸을 기댔다.

"나도 그런 느낌 받은 적 있어요." 그가 그녀에게 말했다. "참 이상하죠, 난데없이 당장 다 떨쳐버리고 깨끗이 벗어나고 싶다는 생각에 그렇게 휩싸이다니 말이에요. 가끔 난 자정이 지난 다음에 부두 아래로 내려가본 적도 있어요. 깜깜한 밤이면 어둠 속에서 끓어오르는 것 같은 강물과 닻을 내린 배의 불빛 외엔 아무것도 안 보여요. 그러다가 어둠 속에서 기이한 울부짖음 같은 사이렌이 길게 울리면서 빨간 불빛이 움직이는 게 보이고, 차츰 프로펠러가 힘차게 돌아가는 소리가 들리죠. 그러면 바로 강 한가운데서 멀리 떠나가는 길쭉한 배의 희미한 윤곽선이 당신 눈앞으로 나타나는 거예요."

무언가 왈칵 메이지의 목구멍을 조여왔다.

"계속해요." 그녀가 속삭였다.

"그렇다니까요. 배는 당신 눈앞에서 강 한가운데로 유유히 지나갈 테고, 당신은 갑판에서 쩔그럭거리는 쇠사슬 소리와 뱃사람들의 거친 외침이 들려오는 것 같다는 상상을 하겠죠. 배는 곧장 운하를 따라 그리니치와 바킹을 지나고, 평평한 초록색 늪지대를 지나쳐 그레이브젠드를 지나 바다로 나가요. 그런데 당신은 부두 끄트머리에 선 채로 작고 검은 얼룩처럼 뒤에 남겨지죠."

"그게 바로 우리 신세예요, 작고 검은 얼룩들의 집단."
메이지가 느린 말투로 대꾸했다. "그래서 아무도 모르고
아무도 상관하지 않죠. 웃기는 세상이에요, 그죠?"

"네, 묘한 세상이에요."

그들은 잠시 말이 없었다. 메이지는 강물에 비친 황금
빛 조각들을 지켜보았다.

"내 소원은, 아! 내 소원은 부자가 되는 거예요." 그녀가
말했다. "그럼 내가 무얼 할지 알아요? 역에 가서 일등석
표를 사가지고 기차에 오르면, 기차는 내가 포스터에서 봤
던 장소로 나를 데려다줄 거예요."

"거기가 어딘데요?"

"몰라요, 이름을 봤더라면 기억했겠지만 안 적혀 있었
어요. 거긴 모래사장이, 황금빛 모래사장이 있고, 바다가
드넓게 펼쳐져 있어요. 갈색 돛을 매단 작은 배들도 있어
서, 한 시간에 1실링을 내고 빌려 탈 수도 있어요. 귀에 리
본을 매달고서 모래사장을 이리저리 뛰어다니는 당나귀도
있어요. 거기 가면 내가 무얼 하려는 줄 알아요? 댁이 알
까요? 아이처럼 구두와 스타킹을 벗어 던지고 치맛자락을
움켜잡은 다음에, 원하는 만큼 오래오래 물속에 서 있을
거예요, 발로 물도 튕기면서."

남자가 그녀를 보며 소리 내어 웃었다.

"당신은 원하는 게 별로 많지 않네요. 당신이 말하는 그

곳 사우스엔드인 것 같네요."

"맞아요, 바로 거기예요." 메이지는 흥분해서 하마터면 넘어질 뻔했다. "부자가 되면 난 그리로 갈 거예요. 절벽 꼭대기에 작은 농장을 만들어서 소랑 닭도 키우고 아주 아늑한 곳으로 가꿀 거예요."

강 건너편을 향한 그녀의 눈엔 더 이상 공장 굴뚝이 보이지 않았다. 아담하고 아주 새하얀 오두막과 빽빽하게 꽃을 심은 깔끔한 정원이 보였다. 나무 두 그루 사이에는 해먹이 매달려 있었다. 아! 그런 풍경을 떠올리는데 왜 또다시 극심한 피로가 몰려오고 또다시 머리가 지끈거리면서, 잠들 줄 모르는 늙은 악마처럼 쿵쾅거리는 심장이 가슴속에서 요동치는 것일까?

기계적으로 그녀는 가방에서 분첩을 꺼내 새하얀 구름 같은 파우더로 얼굴을 뒤덮었다. 입술엔 립스틱을 마구 덧칠했다.

"생각에 너무 빠져들면 이렇게 멍청해진다니까." 그녀가 소리 내어 말했다.

이제 햇빛은 완전히 사라졌다. 강은 갈색으로 부풀어 다리 아래로 흘러갔다. 바지선도 모습을 감추었다. 하늘은 잿빛으로 내려앉았다. 그리고 남자는 한밤중에 부두를 벗어나 멀리 떠나가는 배를 잊었다.

그는 이제 느긋하게 거짓 미소를 머금으며 주머니에 든

동전을 짤랑거리는 누군가였다. 스쳐 지나가는 남자, 거리에서 흔히 보는 남자.

그가 메이지의 어깨에 손을 댔다.

"이것 봐요, 혹시 생각 있어요? 우리 집이 모퉁이만 돌면 바로 근방인데……"

저녁 시간이었다. 그들은 소호에 있는 레스토랑 구석에 앉아 있었다. 실내는 담배 연기로 자욱하고 고급 음식 냄새를 풍겼다. 테이블 건너편에 앉은 여자는 취해 있었다. 빨간 머리는 눈 위로 흘러내렸고, 깔깔 웃으며 계속 소리를 질렀다. 남자들은 팔꿈치로 서로를 찔러대고 윙크를 주고받으며 여자의 술잔을 채웠다.

"자, 그럼 자기야, 딱 한 잔만 더 마셔, 한 방울만, 딱 한 방울만 줄게."

메이지는 창가 테이블에 앉아 있었다. 그녀의 일행은 누런 얼굴을 한 뚱뚱한 유대인이었다. 그의 접시엔 스파게티와 다진 양파가 수북하게 쌓였다. 그는 자기가 시킨 음식을 맛있게 먹고 있었다. 음식 찌꺼기가 계속 입꼬리에서 질질 빠져나와 턱수염에 자리를 잡았다. 그는 음식을 먹다 말고 고개를 들어 큼지막한 금니를 드러내며 메이지에게 미소를 지었다.

"자기도 먹어, 먹으라고." 그는 입을 벌리고 껄껄 웃더니 두툼한 젖은 입술을 부딪쳐 쩍 소리를 냈다. 그가 몸을 수그려 테이블 아래에서 그녀의 다리를 만졌다. 그는 거친 숨을 몰아쉬며 빤히 쳐다보았다.

레스토랑에는 피아노와 바이올린이 한 대씩 있었다. 바이올린은 끽끽 소리를 내며 전율했고, 피아노는 부서질 듯 쾅쾅거렸다. 사람들 목소리보다 커진 음악 소리가 그들의 대화를 뒤덮으며 귓속으로 파고들었다. 사람들은 서로에게 고함을 질러야 했다.

메이지는 억지로 카레를 몇 입 목구멍으로 삼켰다. 지친 몸에 대해서 생각하는 것도 소용없고, 두근거리며 뛰는 심장박동에 귀를 기울여도 소용없었다.

"뭐든 마실 건 주문 안 할 거예요?" 바이올린의 아우성 위로 그녀가 비명을 질렀다.

등 뒤에서 웅얼거리는 낮은 목소리가 들려왔다. 그녀는 창밖을 내다보았다.

초라하고 더러운 행색에 쭈글쭈글 늙은 할머니 하나가 눈을 번들거리며 침으로 축축해진 입술을 헤벌린 채 밖에서 있었다. 주름진 이마 위로 흰머리 한 가닥이 내려왔다. 노인은 손을 뻗으며 웅얼거렸다. "동전 한 푼만 적선해줘요, 딱 동전 하나면 돼. 온종일 난 입 한번 못 다셨다우. 굶어 죽게 생겼어. 친절을 베풀어요. 사랑이 있다면, 돌봐줄 사람 하나 없는 이 가엾은 늙은 할망구한테 친절을 베풀어요."

　　　　　　　　　　　　　　　　메이지

"어머! 저리 가요, 어서." 메이지가 말했다.

"많은 걸 부탁하는 것도 아니고, 소박한 음식 하나 사 먹을 동전 한 닢만 달라고요. 이제는 나한테 뭐라도 갖다줄 사람이 하나도 없어요." 할머니는 끔찍한 목소리로 끊임없이 우는소리를 했다.

"이봐요, 나도 한때는 당신처럼 젊고 예뻤다우. 나한테 저녁 식사를 대접하고 돈도 넉넉하게 챙겨주는 신사들도 많았지. 그렇게 먼 옛날 일도 아니야. 언젠가 당신도 늙고 추해지면 어떤 심정인지 알게 되는 날이 있을 거야, 그때가 오면 지금 나와 똑같이 당신도 여기 서서 사람들에게 자선을 구걸하게 될걸."

"저리 가요, 저리 가라고요." 메이지가 말했다.

할머니는 숄로 몸을 감싸고서 혼잣말로 중얼중얼 욕설을 지껄이며 길을 따라 느릿느릿 걸어갔다. 뚱뚱한 유대인은 몸소 자리에서 일어나 메이지의 술잔에 와인을 따라주었다.

"마셔, 자기야." 그가 애원하듯 말했다. 그러나 메이지는 듣고 있지 않았다.

섀프츠베리 애비뉴에서 만난 노라와 그녀의 깡마르고 창백한 얼굴, 그리고 그녀가 했던 말— "조만간"이란 말을 떠올리고 있었다.

거칠게 밀치고 지나가며 그녀를 이쪽에서 저쪽으로 몰

아대던 사람들로 빽빽했던, 붐비는 거리가 생각났다. 결혼식과 꽃향기, 기다리고 있던 자동차에 미소 띤 얼굴로 오르던 신부가 떠올랐다.

해가 저물면서 강물을 비추던 조각보 같은 황금빛 햇살과 광활한 바다를 향해 둥둥 떠가는 바지선의 모습이 눈에 선했고, 그녀의 귓가에 속삭이던 어떤 남자의 목소리와 어깨를 만지던 남자의 손길도 선명했다.

우는소리를 하던 할머니의 말이 머릿속에 울렸다. "언젠가는 당신도 어떤 심정인지 알게 될 거야." 그렇게 말한 뒤 노인은 극장 담벼락을 보금자리 삼아 무릎에 얼굴을 파묻고 웅크려 밤을 지새우려고 느릿느릿 사라져갔다. 인도에 빗방울이 두 개 떨어져 내렸다.

메이지는 와인 잔을 움켜잡고 술을 마셨다.

온몸에 전율이 흘렀다. 음악은 울부짖듯 울려 퍼지고 조명은 눈부시게 빛나고 유대인은 미소를 지었다.

"저기요." 메이지가 소리를 질렀다. "왜 저 사람들은 즐거운 음악을 연주하지 않을까요? 웨이터! 가서 뭔가 더 경쾌하고 즐거운 음악을 연주하라고 해요……"

오래가는
아픔은 없다

그녀는 옷을 입으며 창문을 활짝 열어젖혔다. 아침 날씨는 쌀쌀했지만, 싸늘한 공기가 얼굴에 닿으며 짜릿하게 온몸으로 작은 물결이 넘실거리는 듯한 느낌이 좋았다. 얼굴을 찰싹찰싹 때리면 피부에 생기가 돌면서 신경이 되살아났다. 옷을 입으며 그녀는 노래도 불렀다. 목욕을 하면서 노래를 불렀을 땐, 물 떨어지는 소리와 피어오르는 수증기 때문에 목소리가 풍성하고 힘 있게 들렸다. 나중에 열어둔 창문 앞에서 그녀는 허리를 굽혀 손가락을 발에 댔다가 팔을 머리 위로 뻗어 스트레칭을 하며 몸을 흔들었다.

그녀는 새로 손질한 리넨 속옷을 꺼내 입는 사치를 스스로 허락했다. 과하다는 걸 의식하면서도 그녀는 화장대

아래 서랍에서 갓 세탁해 깔끔하게 접혀 있는 작은 속옷 더미를 꺼냈다.

세탁소에 보냈던 초록색 드레스는 찾아다놓았다. 지난 겨울에도 줄곧 입긴 했지만, 그 옷은 새것처럼 보였고 길이도 딱 적당했다. 모양이 망가진 상표는 깃에서 잘라낸 뒤, 세탁소 냄새를 없애려고 드레스에 향수를 뿌렸다.

완전히 새로운 사람이 된 느낌이었다. 머리부터 발끝까지, 그리고 옷에 감싸인 몸도 따뜻하고 행복했다. 머리는 전날 감아 세트로 말았다가 그녀가 몹시 좋아하는 배우처럼 가르마 없이 귀 뒤로 빗어 넘겼다.

자신을 빤히 쳐다보는 남편의 얼굴이 눈에 선했다. 한쪽 입꼬리만 귀에 닿을 정도로 씩 미소 지으며 한쪽 눈썹을 들어 올린 채 눈을 반쯤 감고 두 팔을 활짝 벌릴 것이다. "달링, 당신 정말 멋지다, 근사해." 그 장면을 생각만 해도 너무 벅차서 가슴 한쪽에 이상한 통증이 느껴졌다……그녀는 미소를 지으며 잠시 거울 앞에 섰다가 심호흡을 한 다음 큰 소리로 노래를 부르며 계단을 뛰어 내려갔다. 그녀의 노랫소리에 거실 새장에 든 카나리아가 지저귐으로 화답했다. 그녀는 웃으며 새에게 휘파람을 불어준 뒤, 아침 몫으로 설탕 한 덩어리를 넣어주었다. 떡을 감은 탓에 작은 머리 부분의 솜털이 일어나 우스꽝스러운 모습으로 구슬 같은 눈을 빛내며 카나리아가 횟대에서 이리저리 폴

오래가는 아픔은 없다

짝거렸다. "귀여운 새야, 귀여운 새야." 그녀는 햇빛이 새장에 닿도록 커튼을 잡아당겼다.

그녀는 미소를 머금은 채 입술에 손가락을 올리고 방 안을 둘러보았다. 쿠션을 두들겨 있지도 않은 주름을 펴고, 벽난로 위에 놓인 사진을 바로잡았으며, 피아노 위에서 티끌 같은 먼지를 집어냈다. 마치 남편이 실제로 그곳에 있으면서 그녀의 머리칼을 쓰다듬기도 하고 거울을 흘끔거리며 콧노래를 부르고 있는 것처럼, 책상에 놓인 사진 속에서 남편의 눈빛이 줄곧 자신을 따라다니는 것 같아서 그녀는 의식적으로 그 앞을 자꾸 오락가락했다. '꽃으로 방을 꾸며야 한다는 걸 기억해, 당연하잖아'라고 생각한 그녀는 즉각 사야 할 꽃들이 눈앞에 떠오르면서 수선화나 단단한 연자주색 튤립을 어디에 꽂아둘지도 마음을 정했다.

식당에서 전화벨이 울렸다. 실제로는 방 하나를 커튼으로 나눠놓은 공간이었지만, 그녀는 그곳을 식당이라고 불렀다. "여보세요. 응, 나야. 아니, 안 되겠어. 미안하지만 그건 안 될 것 같아. 맞아, 응, 그 사람이 오늘 돌아와. 7시쯤 도착할 거야. 어머! 하지만 넌 이해 못 해, 할 일이 얼마나 많은데 그래. 온종일 다른 데 신경 쓸 여유는 없을 것 같아. 아니, 내가 바보 같은 게 아니야, 에드나. 너도 결혼할 때까지 기다려봐, 그럼 너도 알게 될 거야. 그래, 차라리 영화는 다음 주에 보러 가자. 내가 연락할게. 안녕."

그녀는 수화기를 내려놓고 어깨를 으쓱했다. 정말이지, 사람들이란 얼마나 말도 안 되게 구는지. 남편이 7시에 집에 돌아온다는데 외출해서 무얼 한다는 게 가능하다는 듯이 말을 하네. 벌써 2주 전부터 그녀는 화요일에 아무 약속도 잡지 않아야 한다는 걸 머리에 새겨두었다. 남편은 다 저녁때나 되어야 돌아오겠지만 그렇다고 달라질 건 없었다. 오늘은 그의 날이었다.

그녀는 홀이라고 부르는 요상한 공간을 가로질러 부엌으로 들어갔다. 집의 안주인으로서 단호한 명령을 내릴 채비를 마친 중요한 인물로 보이려 노력했지만, 벌벌 흐르는 미소와 입가에 자리 잡은 보조개가 자꾸만 속마음을 노출시켰다.

그녀는 다리를 흔들며 식탁에 앉았고, 커프 부인이 석판을 들고 와 앞에 섰다. 그녀가 말문을 열었다. "커프 부인, 내가 생각을 좀 해봤는데, 그이가 늘 양고기 엉덩잇살을 무척 좋아했잖아요. 어떨 것 같아요?"

"맞아요, 부군께서 양고기를 좋아하시죠."

"낭비가 너무 심할까요? 엉덩잇살은 많이 비싸죠?"

"글쎄요, 이번 주에 저희가 굉장히 알뜰하게 살았잖아요, 안 그래요?"

"맞아요, 커프 부인, 나도 그렇게 생각했어요. 그리고 오

190　　　　　　　　　　　　　오래가는 아픔은 없다

늘 내 점심으로는 삶은 달걀에 통조림 과일만 좀 있으면 그걸로 충분할 거예요. 하지만 오늘 저녁엔, 부인이 양고기 요리를 감당할 수 있다면 말이에요, 혹시 어떤 걸 곁들이는 게 좋을까요? 아! 매시드포테이토를 남편이 좋아하는 식으로 준비해주세요. 그리고 방울양배추랑 젤리도요."

"네, 부인, 그러면 좋겠네요."

"그리고 커프 부인, 그이가 좋아하는 식으로 잼을 안에 넣은 롤리푸딩을 준비하는 게 가능할까요? 나중에 안에 든 잼을 보고 깜짝 놀랄 수 있도록 감쪽같이 숨겨서요."

"분부대로 준비하겠습니다."

"그이가 끔찍이도 허기져 할 것 같아요, 그죠? 틀림없이 베를린이 지긋지긋할 거예요. 그거면 다 된 것 같네요. 그 사람 출장 떠난 지가 겨우 석 달이 아니라 3년처럼 느껴지지 않아요?"

"어휴! 정말 따분한 세월이었어요, 부인. 부군께서 돌아오시면 집안이 달라질 겁니다."

"그 사람이 워낙 늘 유쾌하잖아요, 안 그래요, 커프 부인? 다른 사람들처럼 축 처져서 우울하게 구는 적은 절대 없으니까요."

"부인, 제가 잊기 전에 말씀드리는 건데, 로녹을 좀 더 사야겠어요."

"난 그 사람이 욱해서 성질부리는 걸 한 번도 본 적이 없는 것 같아요. 뭐라고 했어요, 커프 부인? 로눅? 세면대 뚫는 세제던가요?"

"아뇨, 바닥 청소용입니다."

"잊지 않도록 기억해둘게요. 그럼 다 됐네요, 내 점심으론 달걀 준비해주고 오늘 밤엔 양고기 엉덩잇살이에요." 그녀는 남편의 옷 방이 깨끗한지 확인하려고 2층으로 올라갔다.

언젠가 나는 당신을 찾을 거야
당신 뒤엔 달빛이 비추고

그녀는 노래를 부르며 혹시라도 남편이 두고 간 양복을 내일 당장 입고 싶어 할지도 모르는데 손질이 안 되어 있을까 염려되어 벽장을 열었다. 베를린에 가져갈 만한 상태가 아니었던 허름하고 낡은 가죽 코트가 여전히 못에 걸려 있었다. 그녀는 소매를 어루만진 다음, 남편이 머리에 바르는 기름 냄새가 풍기는 운전용 모자에 코를 묻었다.

압핀으로 벽에 꽂아놓은 그녀의 사진 모서리가 죄다 말려 형태가 뒤틀려 있었다. 못 본 척했지만, 그가 애당초 액자에 넣을 생각도 하지 않았고 베를린에 가져가지도 않았다는 사실에 상처를 받았다. "남자들은 여자들과는 생각하는 방식이 다르니까 그렇겠지." 그녀는 혼잣말을 하다가 갑자기 눈을 감고서 꼼짝도 하지 않은 채 서 있었다. 바다와 태양의 파동처럼, 그녀의 머리부터 발끝까지 온통 뒤덮는 황홀하고도 이상한 물결처럼, 열 시간도 채 지나지 않으면 그가 정말로 그녀 곁으로 돌아와 두 사람이 다시 함께 있게 될 거라는 깨달음이 순식간에 몰려들었기 때문이다. 그들은 서로 사랑했고, 그것은 모두 진실이었다.

　그녀는 방 두 개를 꽃으로 장식하고, 공간감이 증폭되도록 식당을 구분했던 커튼도 활짝 젖혀두었다. 카나리아는 여전히 새장 안에서 노래를 불렀다. "더 크게, 꼬마야, 더 크게." 그녀가 외치자 새는 노랫소리로 온 집 안을 가득 채울 듯 지저귀었다. 작은 심장이 터져 나갈 듯 높고 경쾌한 소리로 떠들썩하게 부르는 새의 노래는, 저물어가는 태양이 만들어내는 마지막 여운 같은 문양처럼 카펫 위로 떠다니는 황금빛 먼지 기둥과 오묘한 조화를 이루었다.
　그녀는 벽난로 불을 뒤적인 뒤 쇠살대의 재를 치우며, 저녁 땐 이와 똑같은 행동을 하면서도 이 순간을 어떻게 기억하게 될지 상념에 잠겼다. 그땐 커튼도 닫혀 있고 등불도 켜 있고 새장 속에서 새는 조용히 있을 테고, 그는 벽난로 앞 안락의자에 앉아 다리를 길게 뻗은 채로 나른하게 그녀를 지켜볼 것이다. "그만 들쑤시고 이리 와요." 그러면 그녀는 그를 향해 몸을 돌려 미소 지으면서 무릎에 손을 올리겠지. 그러고는 생각할 것이다. '오늘 오후만 해도 나혼자였는데 지금은 그걸 추억으로 새삼 돌이키고 있네.' 그런 생각은 어쩐지 비밀스러운 악행처럼 달콤할 것이다. 그녀는 무릎을 껴안고 불길을 응시하며, 오전에 사다가 꽃병과 함께 남편 화장대에 올려둔 큼지막하고 값비싼 목욕용 소금을 떠올리며 유치하게도 짜릿함을 느꼈다.

전화벨이 울리자 그녀는 별 상관도 없는 누군가와 억지로 비현실적인 대화를 나누기 위해 꿈속에서 느끼는 이 오묘하고도 고독한 쾌감에서 빠져나와, 앉아 있던 자세를 풀고 아늑한 불 앞에서 떠나야 한다는 것이 아쉽고 내키지가 않아서 한숨을 쉬었다.

"여보세요." 그녀가 말하자, 전화선 반대편에서 눈물을 주체하지 못할 만큼 통곡하다가 안쓰럽게 숨을 들이켜는 것 같은 약간 목멘 소리가 들려왔다.

"너 맞니? 나 메이야…… 너한테 꼭 전화를 해야겠더라고. 나, 나 지금 너무 끔찍하게 불행해." 그러고는 목이 꽉 메어 목소리가 이어지질 않았다.

"왜, 대체 무슨 일이야? 어서 말해봐, 내가 뭐라도 해줄 수 있을까? 어디 아파?" 그녀가 말했다.

그녀가 잠시 기다리자, 그제야 이상하게 숨을 죽인 목소리가 다시 들려왔다.

"프레드 때문이야. 모든 게 끝났어, 우리 끝내기로 했어.

오래가는 아픔은 없다

그 사람이 나더러 이혼해달래, 나에 대한 사랑이 끝났대."
그러고는 덜덜 떨리는 소리에 이어 짧게 숨을 들이마셨다
가 도저히 참지 못하고 쏟아내는 처절한 흐느낌이 들려왔
다.

"가엾어라!" 놀랍고도 공포스러워하며 그녀가 말문을
열었다. "하지만 얼마나 무서울까. 믿어지지가 않아, 프레
드가 어떻게, 말도 안 돼."

"제발 부탁이야, 우리 집으로 건너와서 나 좀 만나줘."
친구가 애걸했다. "이러다 미쳐버릴 것 같아. 내가 무슨 짓
을 하고 있는지 모르겠어."

"그래, 당연하지. 당장 갈게."

외출 준비를 하며 그녀는 난롯가에서 느꼈던 이기적인
거리낌과, 읽고 있던 책과, 차와 함께 토스트를 만들어 먹
을까 했던 생각과, 남편을 기다리며 느꼈던 외로움의 일부
인 모든 상념을 떨쳐버리고서, 행복을 영영 떠나보낸 충격
에 몹시 상심하고 괴로워하며 무기력하게 울고 있을 메이
에게 생각을 집중했다.

그녀는 택시를 타고 갔다. 어쨌든 메이는 가장 친한 친
구였고, 차비도 그리 많이 나오지 않았다. 그러고 보니 로
녹에 대해선 까맣게 잊었다는 사실이 떠올랐다. 뭐, 암튼!
신경 쓰지 말자…… 커프 부인은 양고기 요리가 흡족한 듯

했다…… 그이는 지금쯤 바다를 건너고 있을까? 문득 그녀는 궁금해졌다. 혹시라도 그가 뱃멀미를 했다면 얼마나 끔찍했을까, 얼마나…… 하지만 그녀는 메이를 걱정해야 한다는 걸 기억해야 했다. 물론 인생은 무시무시했고…… 정말 다행스럽게도 어느덧 그녀는 문 앞에 당도했고, 요금도 1실링밖에 나오지 않았다. 어쨌거나 집에 돌아갈 땐 버스를 타고 가야지……

메이는 소파에 엎드려 얼굴을 쿠션에 파묻고 있었다.

그녀는 친구 곁에 무릎을 꿇고 앉아 어깨를 토닥이며 별 의미 없는 위로의 말을 중얼거렸다.

"메이, 달링, 메이, 그렇게 울면 안 돼, 그러다 몸 상해. 자꾸 울면 기운만 빠져, 제발 울지 않으려고 노력해봐, 스스로 기운 좀 차리려고 애를 써봐, 달링."

메이가 고개를 들고 눈물로 뒤범벅이 되어 통통 붓고 얼룩덜룩 일그러진 얼굴을 보여주자, 보아선 안 될 것을 본 듯한 충격이 들었다.

"멈출 수가 없어." 메이가 속삭였다. "너는 어떤 심정인지 이해 못 할 거야. 비수처럼 그게 나를 갈가리 찢어대는 느낌이야. 너무도 냉담하게 달라진 모습으로 나한테 이야기를 하던 그 사람 얼굴을 잊을 수가 없어…… 전혀 내가 알던 그 사람이 아니었어, 아예 다른 사람이었어."

"하지만 도저히 믿어지지가 않아, 메이! 프레드가 왜 갑

오래가는 아픔은 없다

자기 무슨 생각으로 널 사랑하지 않는다는 말을 했을까? 술에 취했던 게 틀림없어, 사실일 리가 없어."

"사실이야." 메이는 손수건을 가닥가닥 찢어 그 끝을 잘근잘근 씹고 있었다.

"그리고 갑작스러운 일도 아니야, 전체적으로 보면 그래. 한동안 줄곧 낌새가 그랬어. 너한테 절대 말을 못 했을 뿐이야. 난 절대 누구에게도 한 마디도 발설하지 못했어. 단지 내 상상일 뿐이라고 계속해서 바라고 기도도 했지만, 마음 깊은 곳에선 모든 게 잘못됐다는 걸 줄곧 알고 있었어."

"오! 나의 가엾은 메이. 내가 전혀 모르고 있었다고 생각하니까……"

"누구나 너무 내밀한 이야기여서 입에 올릴 수도 없고, 혹시라도 입을 다물고 있으면 이루어지지 않을 수도 있을까 하고 바라면서 입 밖에 내기 두려운 그런 일들이 있다는 거 이해 못 하겠니?"

"그래, 그래, 알아."

"그러다가 오늘은, 더 이상 의심할 여지도 없고 내면에 꽁꽁 숨기고 있다고 생각했던 고통과 두려움을 더는 말없이 마음에 담아두기만 할 수가 없어서, 터뜨리는 수밖에 없었어."

"오! 메이, 달링, 달링, 메이!" 그녀는 무기력한 심정으로 실내를 둘러보았다. 그래도 일어나서 가구라도 좀 옮겨놓으면 어떻게든 친구의 기분을 나아지게 할 수 있을 듯했다.

"짐승 같은 인간, 그렇게 잔인할 수가!" 그녀가 말했다.

"어, 그 정도는 아니야!" 메이는 눈앞을 빤히 응시하며 몹시 울어 지친 목소리로 말했다. "프레드는 그냥 다른 남자들과 똑같은 사람일 뿐이야. 남자들은 다 똑같아. 본인들도 어쩔 수가 없는 거지. 난 그 사람 탓하지 않아. 그런 일에 연연할 만큼 바보처럼 산 내 자신에게 화가 날 뿐이야."

"안 지는 얼마나 됐어?"

"미국에서 돌아온 이후부터 줄곧."

"하지만 메이, 달링, 그건 8개월 전이잖아. 설마 그 오랜 시간을 너 혼자서 괴로워했던 건 아니지? 말도 안 돼!"

"어휴, 나에겐 8개월이 아니라 영원 같은 세월이었어! 단 1분이라도 지옥이 아니었던 순간이 없었다는 걸 네가 이해할 수 있을지 모르겠다. 절대로 확신은 없기에 어리둥절하고 끔찍한 의구심 속에서 아무것도 잘못되지 않은 척했어. 그러면서도 그 사람을 기쁘게 하려고 노력하고, 달라진 그의 태도를 못 본 척하고, 그 사람이 내게 돌아올지 모른다는 희망 속에서 자신을 일종의 노예로 전락시키는 모멸감. 고통과 수치심 속에서 보낸 8개월……"

"나도 도울 수 있었다면 좋았을 텐데!" 말은 그렇게 꺼

198   오래가는 아픔은 없다

냈지만 그녀는 '하지만 그런 일들은 실제로 사람들에게 일어나지 않아, 그럴 리가 없어. 연극에서나 벌어지는 일이야'라고 생각했다.

"도움은 아무짝에도 소용없어." 메이가 말했다. "어차피 혼자 겪어야 해. 매 순간이 나한테 흔적을 남긴 것 같아, 심장에 상처를 내고 낙인을 찍으면서, 맨 처음부터 맨 마지막까지 모든 순간이."

"하지만 메이, 달링, 미국이라고 해서 왜 꼭 뭐가 달라지나?"

"멀리 떠난다는 건 분명 남자들을 달라지게 하기 때문이야. 모르겠어? 프레드도 나와 함께 지내지 않게 되면서 나와 함께 있는 걸 원하는 게 뭔지 잊어버렸고, 그걸 잊은 순간 곧 모든 걸 잊을 준비가 되었던 거야. 거기다 삶의 방식도 달라지고, 새로운 것들도 보고, 새로운 사람들을 만나잖아."

"하지만 그래도……"

"그가 돌아왔을 때 곧장 나는 무슨 일인지 알아차렸어. 어떤 차이가 있었는지 너한테 설명은 못 하겠다. 뚜렷하다거나 충격적인 변화는 아무것도 없었어. 하지만 미묘하고 이상한 변화였어. 그가 말한 사소한 것들, 그의 태도, 그의 목소리까지도. 허세를 떨면서 비밀을 폭로하려는 사람처럼 그이는 더 큰 소리로 말하더라, 무슨 말인지 알겠어? 집에 온 첫날 난 그걸 알아차렸는데도 대수롭지 않게 넘겼지만 상처를 받았어. 그건 오늘까지도 계속 아픈 상처고, 이제 마침내 난 내가 숨기려고 애쓰던 것을 알게 된 거야."

"누구 다른 사람을 사랑한대?" 그녀가 속삭였다.

"응……" 목소리가 다시 흐트러지면서 눈물이 친구의 눈에 차올랐다. "응…… 당연히 어떤 여자가 배후에 있어. 하지만 문제는 그것뿐만이 아니야. 그 사람이 더는 원치 않는 것엔 우리 인생, 이 집, 나, 모든 것이 포함돼. 그이는 넥타이 하나도, 집도 원치 않는데. 미국으로 돌아가겠다고 하더라……"

"하지만 프레드가 그런 식으로 행동하다니, 오랜 세월 너희 부부를 함께 봤지만, 둘 다 그런 징후는 전혀 없었어, 가엾은 메이!"

그녀의 말엔 연민이 가득했고 메이를 꼭 껴안아주며 위로하려 애를 썼지만, 마음속으론 도저히 진정한 동정심을 느끼지 못한다는 걸 그녀는 알고 있었다. 게다가 메이의 눈물을 지켜보고 있자니 억누르기 어려운 짜증과 경멸의 마음마저 깨어났으므로, 그녀는 시계를 흘끔거리며 속으로 생각했다. '나한테는 절대 일어날 리 없는 일이란 걸 알기 때문에 공감할 수 없는 걸 거야.'

"어떻게 살아갈지 아직 난 생각해본 적도 없어." 메이가 말했다. "내가 아는 건 단지 이미 내가 겪었던 고통보다 더

오래가는 아픔은 없다

큰 고통을 겪는 건 불가능하다는 것뿐이야. 그 끔찍했던 몇 달과 결국 오늘 일까지."

"울지 마, 달링." 그녀는 이렇게 말하면서 속으로 생각했다. '맙소사! 설마 처음부터 다시 시작하려는 거야? 그건 정말 너무 심한데. 게다가 시간도 늦어지고 있어.'

그녀가 부드럽게 말했다. "브랜디에 소다수를 넣어서 왕창 한잔 마시면 좋아지지 않을까? 그리고 가엾은 네 머리도 쪼개질 만큼 아플 거야. 따뜻하게 데운 술 한 병 가지고 2층에 올라가서 잠자리에 들면, 아스피린 두 알도 먹고 잊으려고 애써보면……"

메이는 눈물을 흘리다 말고 그녀에게 미소를 지었다.

"그게 치료약이라고 네가 생각한다면." 메이가 말했다. "아니야, 난 괜찮아…… 내 걱정 하지 마. 너도 집에 돌아가야 하잖아…… 그 사람 오늘 밤에 온다고 했지? 나도 방금 떠올랐어."

"맞아." 그녀는 기쁜 속마음을 드러내지 않으려고 애를 쓰며 심드렁하게 대꾸한 뒤, 그 마음을 보상하듯 메이의 손을 꼭 잡고 말했다. "달링, 너 때문에 내 마음이 얼마나 끔찍이도 쓰라린지 몰라, 너의 아픔을 나눠가질 수만 있다면 얼마나 좋을까. 어쩜 이렇게 사악하고 수치스러운 인생이 다 있니. 신이 계시다면 이런 일은 벌어지지 않게 해주셔야지, 이렇게 끔찍하고 비참한 세상에 우린 대체 왜 태

201

어나서……" 그녀의 눈에도 눈물이 흘러내렸고 두 사람은 소파에 앉아 서로를 껴안은 채 좌우로 함께 몸을 흔들었다. 그러자 문득 터무니없는 기쁨과 함께 눈앞에 놓인 남편의 얼굴이 떠오르면서 그녀는 생각했다. '오, 친구야, 난 너무 행복하단다!'

마침내 그녀는 몸을 떼고 물러났고, 시곗바늘은 6시 반을 가리키고 있었다. "내일 내가 꼭 다시 올게." 기차가 일찍 도착했을 거라고 생각하며 그녀는 가엾은 메이 앞에서 과연 어떻게 미소를 감출 수가 있을지 고민했다. "달링, 혼자 있어도 정말 괜찮겠어?" 그녀가 말했다. 그러나 대답을 기다리진 않았고, 더는 제어가 불가능해진 짜릿한 흥분에 전율하며 느릿느릿 코트와 모자를 걸친 뒤 가방을 찾았다.

"잘 있어, 달링." 친구에게 애정이 깃든 키스를 하며 말했지만, 얼룩덜룩 일그러진 친구의 얼굴은 그녀의 내면에 깔깔 웃고 싶은 미친 욕망을 불러일으켰다('나 어쩜 이렇게 못됐지?'라고 그녀는 생각했다). 그래서 무언가 위로가 될 만한 작별 인사를 열심히 찾아보았다. 그녀는 30분만 지나면 남편과 함께 있을 테고, 그에게 착 달라붙어서 자신을 모두 잊고, 다른 사람 걱정은 전혀 아랑곳하지 않은 채 술에 취해 아무렇게나 즐기고 있을 것이다. 문가에 서서 그녀가 얼굴을 환하게 빛내며 행복하게 말했다. "괜찮아. 오래가는 아픔은 없어."

오래가는 아픔은 없다

벌써 네 번째로 그녀는 벽난로에 석탄을 더 넣었고, 집
게로 석탄 덩어리를 찔러대 불똥이 카펫까지 날아왔지만
알아차리지 못했다. 그녀는 의자에서 벌떡 일어나 꽃을 다
시 매만진 뒤 피아노 앞에 앉아 아무 곡이나 한 마디 연주
하다가는, 택시 소리를 들은 것 같아 금세 창문으로 달려
가 커튼을 젖힐 따름이었다.

그녀는 어떤 모습으로 남편을 맞이하고 싶은지 자신이
없었다. 어쩌면 벽난로 앞에 쭈그리고 앉아 있거나, 의자
에 누워 있거나, 축음기를 작동하고 있을 것이다. 식당에
걸린 시계가 8시를 쳤다. '어! 틀림없이 시계가 빠른 걸 거
야.' 그녀는 앞뒤 없이 생각하며 부엌에 대고 소리쳤다. "커
프 부인, 지금 정확히 몇 시예요?"

"8시가 지났어요, 부인. 저녁 식사는 엉망이 되어가는
중이고요."

"계속 뜨겁게 덥혀둘 수 있죠?"

"뜨겁게 해둘 순 있지만 고기가 너무 많이 익었고 채소
도 물렀어요. 안타까운 일이네요. 부군께서 별로 좋아하시
지 않을 거예요."

"남편이 왜 이렇게 늦는지 나도 이해가 안 돼요, 커프 부
인. 역에 전화도 해봤는데 기차는 정확히 6시 45분에 들어
왔대요. 무슨 일이 일어난 걸까요?"

손톱을 깨물며 식당에서 부엌으로 걸어간 그녀는 이러

다 토하는 건 아닐까 염려스러웠다. 다음 기차로 오게 되었다면 분명 그가 미리 알려주었을 것이다. "집에 도착하면 그인 배가 고파 죽을 지경이라 아무거나 잘 먹을 거예요, 심지어 숯이 되도록 타버렸더라도요." 그녀가 말했다. 그녀는 배도 고프지 않았다. 저녁 식사에 손만 대도 목에 걸릴 것 같았다.

그녀는 생각했다. '그 사람 원래 항상 허공에 뜬 사람처럼 살잖아, 아마 시간이 몇 시인 줄도 모르고 있을 거야. 그게 바로 기분파 사람들이 지닌 최악의 단점이지. 그렇다고 해도……'

축음기에 레코드를 올려놓았지만 소음이 신경을 거슬렀고, 모리스 슈발리에의 목소리도 톤이 높아 이상하게 들렸다.

그녀는 거울 앞으로 가 섰다. 어쩌면 그는 갑자기 몰래 나타나 등 뒤에 서서 그녀의 어깨에 손을 올리고 머리에 얼굴을 기대어올 것이다.

그녀는 눈을 감았다. 달링! 택시 소린가? 아니, 아무 소리도 안 났어.

'이건 내가 상상했던 것과는 전혀 달라.' 그녀는 생각했다. 의자에 몸을 던지고 책을 읽으려 해보았다. 엉망이었다. 작가들은 도대체 왜 이렇게 말도 안 되는 글을 쓸까. 존재하지도 않는 누군가의 인생에 왜 관심을 가져야 한다고

오래가는 아픔은 없다

생각하는 걸까? 그녀는 한 번 더 피아노로 다가가 연주를 시작했다.

언젠가 나는 당신을 찾을 거야
당신 뒤엔 달빛이 비추고

그녀는 노래를 불렀지만 손가락은 묵직했고 목소리는 힘 빠진 속삭임에 지나지 않아 단조롭게 들리면서 제 음을 내지도 못했다. 새장 속의 카나리아가 귀를 쫑긋 세웠다. 새가 노래를 시작하자, 곧 날카롭고 괴상한 소리가 귀를 찢을 듯이 실내를 채웠다. 너무 시끄러운 나머지 그녀는 짜증스러운 손길로 새장에 덮개를 홱 씌워버렸다.

"조용히 좀 해, 이 진절머리 나는 미물아!" 그녀가 말했다. 새소리가 아침과는 너무도 다르게 들렸으므로, 그녀는 또다시 불을 들쑤시면서 오후만 해도 자신에게 미소를 지으며 '이 순간을 꼭 기억해야지'라고 생각했던 순간을 떠올렸다.

의자는 여전히 비어 있고 방은 생명력을 잃은 채 따분해 보였으며, 그녀는 입꼬리를 축 늘어뜨린 채 굽은 어깨를 들썩거리면서 손수건에 대고 훌쩍거리다가 "불공평해"라고 투덜거리는 어린 소녀였다.

곧 다시 2층에 올라가 화장을 고쳐야 했다. 아침 9시 반부터 남편을 위해 옷차림부터 만반의 준비를 했기 때문이다. 얼굴부터 다시 매만질 필요가 있었다. 콧등에도 파우더를 뿌려야 하고, 입술도 살짝 덧발라야 했으며(립스틱이 정말로 지워지기도 했다) 머리도 새롭게 빗어 얼굴에 닿지 않게 붕 띄워야 했다.

거울로 자신의 모습을 마지막으로 살피던 그녀는 어쩜 이렇게 스스로 자신을 싸구려로 만들어놓았을까 생각했다. 남자를 기다리는 흔한 여자처럼, 서로 제 모습을 뽐내며 걸어 다니는 새들처럼 지저분해 보였다. 거울 속에서 그녀를 응시하고 있는 예쁘고 미소 띤 얼굴은 진정한 그녀의 모습이 아니라 억지로 꾸며낸 가식적인 얼굴 같았다. 진정한 그녀는 자신의 외모가 어떻게 보이든 상관하지도 않고, 심장을 두근거리며 당장이라도 길에 뛰어나가 집으로 돌아오라고, 자신에게 돌아오라고 그에게 애걸하고 싶을 뿐인 겁에 질린 소녀였다……

그러다가 문득 그녀는 꼼짝도 않고 서 있었다. 분명 이번엔 현관 앞으로 다가오는 택시 소리가 들렸기 때문이다. 분명 저것은 자물쇠에 열쇠를 꽂아 돌리는 소리였고, 홀에서 목소리가 들려왔고, 여행 가방을 쿵 내려놓는 소리가 이어졌고, 커프 부인이 부엌에서 나오고 있었고, 저건 그의 목소리인가? 순간적으로 그녀는 얼어붙었다. 무언가 목구멍에서 솟아올라 숨통을 막은 것처럼, 무언가 다리로

오래가는 아픔은 없다

기어 내려와 그녀를 마비시킨 것처럼. 그녀는 재빨리 달아나 몸을 숨겨 어디에든 자신을 가둬놓고 싶었다. 그러다가 짜릿한 흥분의 물결이 다시 한번 더 그녀를 일깨우자, 그녀는 침실에서 달려 나가 아래쪽 현관에 있는 남편을 내려다보며 계단 꼭대기에 서 있었다.

그는 여행 가방에 몸을 수그린 채 열쇠로 무언가를 하고 있었다. "이 짐들은 당장 2층으로 올려다놓아도 좋아요, 커프 부인." 그가 말하고 있었다. 그러고는 계단을 내려오는 그녀의 발소리를 듣고는 몸을 똑바로 세워 위를 올려다보며 말했다. "안녕, 여보."

이상하기도 하지, 어라, 살이 찐 걸까, 아니면 그냥 코트 때문일까? 게다가 손수 면도를 하다가 베인 듯, 턱엔 우스꽝스러운 작은 반창고까지 붙어 있었다.

그녀는 미소를 지으려고 애쓰며 천천히 계단을 내려갔지만 어쩐지 이상하게도 수줍었다.

"걱정 많이 했어, 어떻게 된 거야? 엄청 배고프겠네." 그녀가 말했다.

"아! 갈아타는 열차를 놓쳤어. 당신도 짐작할 거라고 생각했지. 난 괜찮아요, 커프 부인. 저녁은 기차에서 먹었어요."

저녁을 먹었다고? 하지만 그녀의 계획은 그런 게 아니었다.

그는 어린 여자애를 다루듯 어깨를 다독이며 황급히 그녀에게 입을 맞추고는 껄껄 웃으며 말했다. "어이쿠, 당신 머리에 대체 무슨 짓을 한 거야?"

그녀는 마음 상하지 않은 체하며 같이 웃었다. "머릴 감아서 그래, 아무것도 아니야, 좀 지저분한 것뿐이야." 그들은 거실로 들어갔다.

"와서 불 좀 쬐어." 그녀가 말했다.

그러나 그는 자리에 앉지도 않고 주머니에 든 동전을 짤랑거리며 느긋하게 서 있었다.

"돌아오면 당연히 고약한 안개부터 만날 걸 알았지만. 그래도 뭐 이런 나라가 다 있는지." 그가 말했다.

"안개가 꼈어? 난 몰랐네." 그녀가 말했다. 그러고 나서 잠시 정적이 흐르는 사이 그녀는 남편을 쳐다보았다. 그랬다, 그는 더 뚱뚱해졌고, 어딘가 달라졌다. 그래서 그녀는 바보처럼 물었다.

"베를린은 당신 마음에 들었어?"

"아! 멋진 곳이야." 그가 말했다. "런던은 거기와는 비교도 할 수 없어. 공기, 그곳의 삶, 사람들, 전부 다. 거기 사람들은 제대로 사는 법을 알고 있어." 그는 그곳을 상기하듯 발꿈치로 서서 몸을 흔들며 미소를 지었다. 그는 지금 그녀가 결코 보지 못하는 것들을 마음의 눈으로 보고 있을 테고, 그녀로선 절대 알지 못할 것들을 회상하고 있다는

오래가는 아픔은 없다

것이 얼마나 끔찍한 일인가, 하는 생각이 들었다.

"훌륭하네." 말은 그렇게 했지만 그녀는 베를린도, 그곳 사람들도, 그곳의 삶도 혐오스러웠다. 그곳에 관해서는 듣고 싶지 않았다. 하지만 남편이 그녀에게 이야기를 하지 않고 혼자만 품고 있다면 그 편이 더 나쁜 게 아닐까? "아차!" 갑자기 그가 말하며 자기 이마를 때렸다. 즉흥적인 행동이 아니라 계획에서 비롯된 어리석은 극적 제스처였다. "이럴 수가, 전화를 걸어야 하는데. 새까맣게 잊고 있었군. 베를린에서 여기로 건너와 있는 사람들이 좀 있어."

"전화?" 가슴이 아파옴을 느끼며 그녀가 말했다. "하지만 여보, 당신 방금 도착했잖아."

"그래도 그러기로 약속을 했었거든, 꽤 중요한 일이야." 그는 말을 계속하면서도 아내에게 입을 맞추었다. "자, 그럼 착하게 굴어줘." 그는 이미 커튼을 젖히고 수화기를 들어 번호를 불러주고 있었다. 수첩을 찾아볼 필요도 없이 술술 번호가 나오네, 라고 그녀는 생각했다.

이유 없이 돌연 한기가 느껴지며 피곤해져서 그녀는 벽난로 앞으로 가 몸을 웅크렸다. 어쩌면 저녁 식사를 전혀 하지 않았기 때문일 것이다.

그는 친구와 전화 연결이 되었다. 그는 독일어로 말을 하고 있었고 그녀는 알아듣지 못했다. 흉측하고 괴상한 말들이 흘러나왔고 그는 계속 웃어댔다. 분명 친구라면서 저렇게 웃는다는 게 말이 되나? 왜 웃는 걸까? 남편의 통화가 절대 끝나지 않을 거라고 그녀는 생각했다. 이윽고 그가 얼굴을 붉히고 미소를 지으며 커튼 사이로 나왔다.

"그럼, 이제 소식이나 전부 들어볼까." 그가 다소 큰 목소리로 말했다. 아마도 이젠 그녀의 차례라고 느낀 모양이었다. 그녀는 스스로 수줍고 어리석은 느낌으로 잔뜩 움츠러들었다. 할 말이 떠올랐다. 메이와 남편 이야기. 안 돼. 마침 잘됐다는 듯이 그 이야기를 남편에게 할 수는 없었다. 지금은 적당한 순간도 아니었고, 게다가 발설하기엔 너무 일렀다.

"오! 생각이 안 나네. 별로 얘기할 만한 일이 없었나 봐." 그녀가 말했다. 그가 웃음을 터뜨리더니 웃음소리가 하품으로 변했다. "늙은 새는 어떻게 지내?" 그가 새장을 무심히 돌아보며 물었지만, 정말 알고 싶은 건 아니었다.

"괜찮아." 그녀가 말했다.

그는 아직도 입을 크게 벌리고 하품을 하며 의자에 널브러졌다. 그를 바라보며 그녀는 단지 자신의 오해나 상상이 아니란 걸 깨달았다. 전보다 뚱뚱해진 것뿐만 아니라 그는 다른 면에서도 달라졌다. 기묘하게 낯설어지고 변했다.

그는 허공을 응시하며 가볍게 휘파람을 불었다. 그러고는 느릿느릿 말했다. "맙소사, 시간이란 참 이상하군. 어젯밤 이맘때만 해도 내가 베를린에 있었다고 생각해봐."

그녀는 남편을 기쁘게 하고 싶은 마음에 초조하게 미소를 지었지만, 무언가가 예리하고 작은 칼날처럼 그녀의 심장을 찌른 뒤 이리저리 비틀었고, 그녀의 머릿속엔 그 말이 계속 되풀이해 떠올랐다. "괜찮아, 오래가는 아픔은 없어, 오래가는 아픔은 없어."

주말

　　　　금요일 저녁 자동차를 몰고 시골로 향하며
그들은 서로에게 거의 말을 걸지 않았다. 괜히 입을 열면
그 순간의 완벽한 조화가 망가질 거라고 둘 다 느꼈다. 그
는 운전석에 앉아 곧게 뚫린 도로를 따라 운전에 집중하
며, 한 손으론 운전대를 잡고 한 손은 그녀의 어깨에 둘렀
다. 양손을 무릎에 올린 채 남자에게 몸을 기댄 여자는 이
따금 한숨을 쉬며 웅얼웅얼 부정확한 감탄사를 날렸다.

　그도 자신만의 방식으로 이따금씩 미소를 짓고 무릎으
로 쓱 그녀의 다리를 스치는 걸 보면 그 소리를 알아들은
듯했다.

　그들의 머리는 텅 비고 멍하여 딱히 아무런 생각도 들
지 않았다. 이따금 곁눈질로 그를 살피던 그녀는 목덜미를

덮은 그의 머리칼이 자란 모양이 단박에 마음에 들었다. 달려가는 거리가 늘어남에 따라 그의 이마에 빨갛게 햇빛에 화상을 입은 자국이 우스운 모양으로 생겨났는데도 그녀는 알아차리지 못했다. 남자 역시 그녀가 쓴 베레모 아래로 까만 곱슬머리가 예쁘게 삐져나온 것은 보았지만, 콧등에 두들긴 파우더가 더덕더덕 뭉쳐 있는 건 눈에 들어오지 않았다. 그들은 사랑에 빠져 있었다.

"있잖아, 우리 사이에서 정말 멋진 건 우리가 마음이 잘 맞는 동반자란 점이야." 한번은 남자가 그녀에게 말했다. "난 처음부터 당신한테서 그걸 느꼈어. 노력을 기울이지 않아도, 애써서 뒷일을 염려하지 않아도 되잖아. 당신 곁에서 난 완벽하게 자연스러워질 수 있거든. 예전에 사귀었던 다른 여자들을 전부 떠올려보면……" 그는 말꼬리를 흐리더니 웃으며 어깨를 으쓱했다. 어차피 다른 여자들이 있었다는 말을 믿더라도 새삼 그녀에게 상처가 되지는 않을 것이다.

"맞아." 그녀가 말했다. "내 기분도 똑같아. 드디어 나 자신이 될 수 있고, 더는 가식적으로 행동할 필요가 없어졌어. 나도 긴장을 풀고 마음의 평화를 얻게 됐어." 이렇게 말하며 이제껏 자신의 인생이 너무도 강렬하고 너무 활력 넘쳐 힘들었다는 인상이 전달되기를 바란 그녀는 서글프고 약간 지친 사람처럼 목소리를 꾸몄다. 마치 그간 몹시 피곤한 인생을 견뎌온 사람처럼.

"마음의 평화." 그가 느릿느릿 말했다. "맞아. 인도에 나가 있을 때 나도 평화를 갈망했었지. 그런 곳에 나가 살면 인생이 어떤지 자기는 전혀 감도 못 잡을걸." 사실 그는 6년간 마드라스에서 아주 편하게 살았지만, 그런 시시콜콜한 이야기까지 할 필요는 없었다. 그녀는 인도에 대해서 대단히 낭만적인 생각을 품고 있었다. 어쩌면 새하얀 반바지를 입은 그가 창을 들고 멧돼지 사냥을 하러 다니고 요가 수련을 하는 모습을 상상하는지도 몰랐다.

"내가 런던에서 목표도 없이 떠돌면서, 여기저기 파티나 기웃거리고 나비처럼 펄럭거리면서 쓸모없는 인생을 살아가는 동안, 당신은 강렬한 햇빛 아래 일하느라 말을 타고 돌아다녔을 모습이 상상돼." 그녀는 씁쓸하게 웃으며, 나이트클럽을 전전하는 자신의 모습과 흑인 악단, 교양 넘치지만 따분한 삶이 그의 머릿속에 그려졌기를 바랐다. 그녀가 켄싱턴 특유의 약간 격식을 따지는 삶에 익숙해 있다는 사실을 그에게 들키고 싶진 않았다.

"우리가 서로를 이렇게 이해한다는 게 정말 멋지지 않아?" 그가 말했다. "우린 같은 것을 좋아하고, 생각도 비슷하고, 의견이 서로 맞지 않는 게 하나도 없어. 진짜 너무 끝내주는 느낌이야, 그러니까 내 말은……" 그는 흐지부지 말꼬리를 흐렸다. 말로는 자신의 감정을 표현할 수가 없었다.

"달링!" 그녀가 말했다.

그들이 도착했을 땐 바다 위로 달이 빛을 내뿜고 밀물이 들어와 있었다. 집 아래 모래사장으로 파도가 부드럽게 밀려왔다. "난 이런 곳을 자주 꿈꿨어." 양팔을 벌리며 그녀가 애매하게 말했다. 한 번도 꿈꿔본 적 없지만 상관없었다. "난 뜨겁고 새하얀 백사장에 누워 있고, 드높은 하늘엔 구름 한 조각 없고, 내 옆엔 내가 사랑할 수 있고 나를 이해해주는 사람이 함께 있는 풍경을 상상해왔어. 나에게 마음의 평화를 주는 사람과 말이야."

"자기야!" 그가 중얼거렸다. 마음의 평화를 엄청 찾아대는 여자라고 그는 생각했다. 그는 믿을 만한 사람과 모터보트를 구해서 여자만 태워 보낼 수 있는 방법은 없을까 고민 중이었다. "내일은 배를 구해볼까?" 그가 말했다. "여기서부터 수평선까지 돛을 펼치고 달려보는 거야." 목소리는 호들갑스러웠지만 그의 옆얼굴은 하늘을 향해 있었다. 그녀는 재빨리 화제를 바꾸어 그의 비위를 맞추었다.

"당신과 내가 함께, 별을 향해 떠나가는 거야." 그녀가 말했다. 너무도 낭만적이고 모험심 넘치는 기분이라 두 사람은 거의 바이킹이라도 된 것 같았다.

토요일 낮이 되었을 무렵 그들은 서로를 애칭으로 부르며 특별한 언어로 대화를 나누었다. 둘 다 혀짤배기소리를 하며 입술을 삐죽이지 않고는 문장을 맺지도 못했고, 말끝

마다 발을 동동 구르며 손뼉을 쳤다. 그들은 얼빠진 자기만
족 상태에서 빠져나와 점점 괴상한 노망 상태로 넘어갔다.

"찍찍이는 수영하고 싶어요." 그녀가 말했다. 그녀는 키
도 크고 머리칼은 검은색이었으며 서른을 훌쩍 넘긴 나이
였다. "까칠이도 수영하고 싶어요." 그가 말했다. 그래서 그
들은 서로에게 물을 끼얹으며, 바다에서 손을 마주 잡고
빙글빙글 돌며 놀았다.

"까칠이는 참 크고 강해요." 햇빛을 받으며 나란히 바다
에 누워 그녀가 그에게 말했다. "그게 바로 찍찍이가 까칠
이를 너무도 사랑하는 이유예요." 그녀가 손가락으로 그의
팔을 위아래로 쓰다듬었다. 그는 약간 몸을 떨었다. 수영
은 별로 그에게 맞지 않았다.

"점심은 뭘 먹을 거야?" 새하얗게 질려 죽은 사람 손처
럼 변한 손으로 물을 튕기며 그가 말했다. "당신은 어떨지
모르겠는데 나는 배고파."

약간 면박을 당한 것 같아서 그녀는 갑자기 마음이 상
했다. "내가 가서 볼게." 그녀가 말했다. 하지만 그는 곧 뉘
우쳤다. 그는 둘 사이에 드리워진 그림자를 감지했다. "우
선 까칠이는 찍찍이한테 키스할래요." 그가 말했다.

그녀가 미소 짓자 해를 가렸던 구름이 지나갔다. "우리
서로 사랑하는 거 맞지?" 그녀가 물었다.

"응, 자기야."

그녀는 젖은 타월 자락을 질질 끌며 백사장에서 집으로 뒤뚱뒤뚱 걸어갔다. 스타킹을 신지 않은 그녀의 발목이 뚱뚱하다는 걸 그는 처음 알아차렸다.

그들은 점심 식사 이후 5시까지 휴식을 취했다. 하늘은 여전히 맑았고 바다는 잔잔했다. "까칠이는 찍찍이를 배에 태워줄 건가요?" 그녀가 물었다.

그는 그 약속을 떠올리자 난감했다. 얼마나 지루할까. 그녀는 그를 질질 끌고서라도 나갈 작정일까? "까칠이는 찍찍이가 원하는 일은 뭐든 할 거예요." 하품을 하며 그가 말했다.

두 사람은 작은 부두로 걸어가 배를 살폈다.

"저기 보이는 예쁜 빨간색으로 하자, 자기야, 내 베레모랑 어울리잖아." 그녀가 제안했다.

"찍찍이는 빨간색 모터보트를 원하는군." 무심결에 말했지만 속으로는 자신이 엔진을 다룰 수 있을지 고민하는 중이었다.

"꽤나 간단해요." 뱃사람이 설명했다. "바보도 다룰 정도예요. 어린애도 몰 수 있다니까요. 이건 시동 장치, 이건 계기판이고, 레버를 조절해서 이렇게, 절반만 열어요. 세 번만 당겨주면, 출발 준비 끝이죠."

"뭐라고요?" 그가 말했다. "뭐라고요? 난 못 따라가겠어요. 다시 말해봐요." 그는 여자가 자기 말을 들었을지 어깨 너머를 흘끔 돌아보았다. 그녀는 쿠션 사이에 자리를 잡고 앉느라 쳐다보고 있지도 않았다. 사내는 줄을 당겨 한 번만에 시동을 걸었고, 순식간에 그들은 선창에서 멀어졌다. 보트 주인은 부두에서 응원의 손짓을 보내고 있었다. 그는 걱정스레 좌우를 흘끔거리며 방향타를 움켜잡았다.

"똑똑한 까칠이는 보트 운전도 참 잘하네요." 그녀가 그에게 말했다.

그는 턱이 튀어나올 만큼 이를 악물며 마른침을 삼켰다. 그들은 광활한 바다를 향해 달려갔다. 바다가 잔잔한 게 천만다행이었다. 그는 점점 편안함을 느끼기 시작했다. 산들바람이 그의 머리칼을 헝클고 물보라가 춤추듯 그의 얼굴을 때렸다.

"달링, 자기 너무 멋져 보여!" 그녀가 소리쳤다.

그는 미소를 지었다. 귀엽고 상냥한 찍찍이. 그는 아늑해 보이는 만을 향해 보트를 몰았다.

"몇 시야?" 잠에 취해 그녀가 물었다. 그는 깜짝 놀라 잠에서 깨어났다. 거기 얼마나 오래 정박해 있었던 걸까? 그는 기억나지 않았다. 만을 비추던 햇살은 사라졌고, 회색으로 변한 바다는 추워 보였다. 둘 다 덜덜 떨다가, 그녀는 외투에 손을 뻗었다. "찍찍이는 집에 가고 싶어요." 그녀가 말했다.

그는 엔진 시동을 거는 방법에 대해서 남자가 말해준 내용을 기억해내려 애썼다. 이걸 얼마나 열어놓으라고 했더라? 어떤 레버를 당기는 거지? 거듭 줄을 당겨보았지만 실패였고, 매번 손가락 관절만 다칠 뿐이었다. "염병할, 빌어먹을!" 피부가 쓸려 빨갛게 된 손가락을 입으로 빨며 그가 욕을 했다.

"못된 까칠이!" 그녀가 나무랐다.

"그럼 당신이 직접 이 멍청한 물건을 다뤄보시든가." 그가 말했다. "나도 배에 대해서 뭐라도 아는 척하진 않을래. 빌어먹을 엔진이 말을 안 들어. 작동이 안 된다고. 하느님 맙소사! 이런 엉터리 보트를 돈 받고 빌려준 놈들은 다 총 맞아 죽어야 해. 이것 좀 보라고⋯⋯" 그의 손에서 나사 하나가 떨어졌다.

"그건 당신이 뽑아냈잖아, 내가 봤어. 당신은 작동 방법을 제대로 모르는 것 같아." 그녀가 말했다.

"맞아, 내 탓이야." 그가 말했다. "근데 이게 누구 생각이었지? 당신이야, 나야? 난 아까 그대로 집에 있을 때 완벽하게 흡족했어. 빌어먹을 배를 빌려 나오고 싶지 않았다고."

"자기야, 당신 솜씨가 그렇게 서툴다는 걸 알았더라면 내가 이걸 타고 나왔을 거라고 생각해?" 그녀가 말했다. "당신 얼굴 좀 봐, 온통 기름투성이야. 당신 지금 꼴이 어떤지 스스로 보면 아마……"

그녀를 즐겁게 해주려고 애를 쓴 자기에게 악담을 퍼붓다니 참, 여자들이란 어쩔 수가 없다고 그는 생각했다. "암튼 우린 곤경에 빠졌어." 그가 암울하게 말했다. "어떻게 해야 할지 모르겠어." 그는 덜덜 몸을 떨더니 방수 외투를 걸쳤다. 문득 그녀는 그의 이마에 남은 일광 화상 자국이 눈에 들어왔다. 정수리 쪽엔 머리숱도 별로 없었다. 그녀는 짜증스럽고 춥고 지루했다.

"고함을 지르거나 손짓을 하면 안 될까? 분명 누가 듣는 사람이 있을 거야." 그녀가 말했다.

하지만 해변과 절벽은 버려진 곳처럼 인적이 사라져 눈에 보이는 사람이 한 명도 없었다. "어이"라고 외치는 그의 음성이 너무도 우스꽝스럽고 톤이 높아 혐오스럽게 들렸고, 보이스카우트 단원 같다는 생각마저 들었다. 그의 외침이 그녀의 신경을 긁어댔다. "오, 그만 좀 해! 아무런 소용 없다는 게 확실하잖아!" 그녀가 말했다.

그는 손에 호호 입김을 불기 시작했다. "파도가 심해지지 않으면 좋겠군. 난 뱃사공으론 젬병이야. 배가 조금만 흔들려도 멀미가 난다고."

그녀는 싸늘하게 그를 응시했다. "난 당신이 그런 것에 아주 능숙한 줄 알았어." 그녀가 말했다. 그는 짜증을 내며 얼굴을 붉혔다. "내가 탐험가라도 되는 줄 알았나? 솔직히 말하자면 난 체온 저하가 심한 편이야. 한기를 쉽게 느낀다고. 이런 식으로 몇 시간만 한데 있으면 몇 주일은 앓아 눕기에 충분해."

"인도에 있을 때 분명 혹독한 기후에 많이 익숙해졌을 텐데." 어깨를 으쓱하며 그녀가 말했다.

"잘난 아가씨, 인도가 무슨 영화배우를 위한 세트장이라도 되는 줄 알아? 무식한 티 좀 내지 마. 마드라스에 있을 때 나는 아주 편안한 저택에서 나를 돌봐주는 하인을 열 명이나 거느리고 살았어."

"그런 하인들을 여기 몇 명이라도 못 데려온 게 안타깝네." 싸늘하게 그녀가 말했다.

그들은 몇 분간 침묵을 지켰다. 밀물 때가 되어 바닷물이 빠르게 밀려 들어오며 보트를 좌우로 사정없이 흔들어댔다.

"이것 봐, 이런 상황 정말 마음에 안 들어. 우린 아마 아주 큰 위험에 처했을 거야. 마음에 안 들어." 그가 말했다.

"그런 생각은 나를 데리고 이렇게 나오기 전에 했어야지." 그녀가 쏘아붙였다. "당신은 보트에 타고서 멍청하게 뽐을 내는 데만 정신이 팔렸잖아. 도대체 이 끔찍한 만에는 어쩌자고 배를 댄 거야?"

"어휴, 배를 정박시킨 게 내 잘못이라는 거야? 당신이 사랑을 나눠달라고 나한테 부탁하지 않았어?" 그가 말했다.

"부탁을 하다니! 말 한번 잘했어! 이렇게 더럽고 불편한 보트에서 뒹굴면서 내가 조금이라도 쾌감을 느꼈을 거라고 생각해?" 그녀가 말했다.

"맙소사, 당신이 스스로 나한테 몸을 내던지지 않았더라면 분명 나도 그런 짓 벌이지 않았을 거야."

"어, 그래서 내가 스스로 싸구려처럼 굴었다고 비난을 하시겠다? 그럼 이젠 주말 동안 여기 와서 지내자고 제안한 사람이 나였다고 말할 차례네?"

"가엾은 여자야, 당신이 바랐던 건 분명한 사실이잖아, 안 그래?"

"비열한 거짓말쟁이처럼 말하고 있다는 걸 당신 본인도 아는지 모르겠군. 이제껏 나한테 그런 식으로 함부로 말한 사람은 아무도 없었어."

"아마 그럴 만한 기회가 절대 없었기 때문이겠지." 그가 말했다.

"당신은 소름 끼치도록 가증스러운 인간이야." 그녀가 말했다. "애인과 주말여행을 떠나본 게 내 평생 이번이 처음이라는 생각은 안 들어?"

"여러 분야에서 경험이 많은 사람이라는 인상은 못 받은 것 같군." 그가 말했다.

"고맙네." 그녀가 말했다. "나로선 처음 떠나온 주말여행이란 것도 알아두길 바라고, 어떤 측면에서 보더라도 이건 내 평생 가장 실망스러운 경험이란 것도 똑똑히 마음에 새겨둬, 정말이야!"

비가 내리기 시작했다. 처음엔 몇 방울 떨어지더니 이내 가랑비로 변했고 마침내 폭우로 바뀌어 저녁 내내 쉬지 않고 쏟아졌다. 하늘은 어두워졌고, 보트는 높아진 조수에 따라 마구 흔들렸다. 흠뻑 젖은 수영복에다 방수 외투만 걸친 채 추위로 코까지 새파랗게 질려 뱃전에 바싹 기댄 그의 깡마른 모습은 처량하기 짝이 없었다.

문득 어린 시절 그림책에서 보았던, '새까만 도깨비'라고 불리던 작은 꼬마도깨비 형상이 떠올랐다. 어떻게 저렇게 꼴사나운 인간이 다 있을까! 어쩜 저렇게 무능하고 용기도 바닥일까. 그녀는 코를 풀다가 기침을 하기 시작했다. 빗물을 타고 검은 얼룩이 줄줄이 흘러내려 흉측해진 그녀의 얼굴과 심하게 젖어서 쥐꼬리처럼 어깨 위로 축 늘어진 머리칼을 보고 싶지 않아서 그는 고개를 돌렸다. 그녀는 심술맞고 표독스럽고 어이없을 정도로 매력 없어 보였다. 그녀를 보니 물에 젖은 생쥐가 떠올랐다. 찍찍이. 정말이지 그녀에게 잘 어울리는 별명이었다!

'어쨌거나 빌어먹을 유치한 언어로 계속해서 대화를 나누지 않아도 된다는 건 하늘에 감사할 일이로군.' 그는 생각했다.

그녀는 한동안 퉁명스럽게 그를 지켜보다가 발로 그를

쿡 찔렀다. "혹시 토할 것 같으면, 제발 부탁인데 빨리 해 치워, 당장 해치우라고."

그들은 새벽 5시에 어선에 이끌려 항구로 돌아왔다. 이 미 그는 발에 관절염이 도져 고통을 겪고 있었고, 간에도 한기가 들었다. 그녀는 코감기가 시작되었고 신경통으로 오른쪽 뺨이 부어올랐다. 두 사람은 곧장 침대에 누워 오후까지 잠을 잤다. 잿빛으로 음산한 일요일 호우, 아직도 창문을 때리며 쏟아지는 빗속에서 그들은 깨어났다.

벽난로가 연기를 뿜어내는 동안 그들은 일요일 자 신문 한 장 없이 거실에 놓인 딱딱한 의자 두 개에 각자 자리를 잡고 앉았다. 그들의 머리는 텅 비고 멍하여 딱히 아무런 생각도 나지 않았다. 가끔씩 그녀는 남자의 이마에 생긴 일광 화상 얼룩을 흘끔흘끔 쳐다보았다. 그는 여자의 콧등 에 뭉친 파우더 얼룩이 눈에 들어왔다. 그들은 더 이상 사 랑하는 사이가 아니었다.

그가 그녀에게 말했다. "있지, 사실 우린 절대로 잘 맞는 동반자가 아니야. 우린 같은 걸 좋아하지도 않고, 공통된 생각이 단 하나도 없어. 참으로 가망 없는 사이야, 음, 그건 확실해······" 그는 어깨를 으쓱하며 흐지부지 말꼬리를 흐 렸다.

"나도 같은 생각이야. 우린 같이 지내는 내내 엉뚱한 방 향에서 서로를 더듬었어. 당신은 날 초조하고 비참하게 만들었어." 그녀가 말했다.

"난 인도에서 지낼 때로 되돌아가고 싶다고 하늘에 빌었어." 그가 여자에게 말했다.

"상상이 가. 내가 보궐선거에 출마한 하원의원을 위해 능력 있는 선거운동원으로 일하는 동안 당신은 엉성한 사무실 의자에 앉아서 펜 끝이나 잘근잘근 씹고 있겠지." 그녀는 씁쓸하게 웃었다.

그들은 빗소리와 해변으로 밀려드는 파도 소리에 귀를 기울였다.

"여긴 지긋지긋한 곳이야. 음침하고 우울하고, 군데군데 모래톱만 솟아 있을 뿐 볼 게 아무것도 없잖아. 죄수들 수용소 같아." 그녀가 말했다.

'멍청한 소리!'라고 그는 생각했지만, 정작 그가 하고 있는 고민은 차를 전세 내어 시내로 돌아갈 가능성이 있을까 하는 것이었다. 그는 너무 피곤해서 직접 운전할 수가 없었다.

"소름 끼치는 이 방에 앉아 있는 것만으로도 신경통이 도지는 것 같아." 그녀가 말했다. 그러나 그는 여자의 말을 듣지 못했다. "차를 구해서 이 끔찍한 곳을 빨리 떠나 런던으로 돌아가자." 그가 말했다. 그의 목소리엔 짜증이 가득했다. 그는 침울하게 창밖을 내다보았고, 관절염 통증은 그의 어깨를 쑤셔댔다.

"당신과 나, 단둘이서만 그 먼 길을 운전해서 가자고?" 그녀가 물었다. 그들은 서로가 서로에게 너무 지루함을 느꼈고 너무 지쳤다. 하늘에 작은 조각처럼 파란색이 드러나더니 검은 새 한 마리가 나무에서 휘파람을 불었다. 두 사람은 아무것도 눈에 들어오지 않고 아무것도 들리지 않았다. "맙소사! 세상의 종말이 바로 이런 모습일지도 몰라." 그가 말했다.

일요일 저녁 자동차를 몰고 런던으로 향하며 그들은 서로에게 거의 말을 걸지 않았다.

해피밸리

　　그녀가 처음 그 골짜기를 본 것은 꿈속이었고, 깨어나면서 몇몇 장면만 스치듯 떠올랐다가 낮 동안 바빠 지내며 쉽사리 기억이 희미해지고 잊히기를 반복했다. 양옆으로 너도밤나무가 높이 자란 오솔길을 따라 걸어가다 보면, 길이 좁아져 웃자란 잡풀과 관목 덤불이 그녀를 에워싸면서 어수선하고 질퍽한 산길로 이어졌다. 산철쭉, 진달래, 수국 덤불이 촉수를 뻗어 그녀를 붙잡아 가둘 듯이 좁은 길을 메웠다. 그러다가 산골짜기 아래쪽으로 덤불숲 한가운데 카펫처럼 이끼가 뒤덮인 평평한 공터와 함께 졸졸 흐르는 개울이 나타났다. 그녀가 있는 곳에서 보면 집도 시야에 들어왔다. 아래층엔 덩굴장미 한 그루가 창틀까지 자라고 있는 넓은 창문이 보이고, 크기와 모양이

다른 돌들을 제각각 깔아놓은 테라스엔 바로 그녀가 집 밖에 나와 서 있었다. 꿈속에서 만나는 골짜기와 집에서 전해지는 무한한 친근감이 너무도 평화로운 느낌이어서 그녀는 그 꿈을 반기고 기대하게 되었다. 꿈속에서 그녀는 그곳이 마치 자신이 소중하게 간직하고 소유해온 삶의 일부인 양, 인적 없는 테라스를 이리저리 돌아다니다가 집의 매끄럽고 새하얀 벽면에 뺨을 기댔다. 무엇보다도 그곳은 안전한 보금자리였고, 그곳에 있으면 그 무엇도 그녀를 해치지 못했다. 소중하고 사랑스러운 꿈인 것은 틀림없지만, 특정한 그 장면이 똑같이 되풀이되기만 할 뿐 절대로 자체적으로 이야기가 펼쳐지는 일도 없을뿐더러 사연을 들려주거나 다음 장면으로 이어지지도 않았다. 그 꿈을 그녀가 맨 처음 꾼 적이 언제였는지도 기억나지 않았지만, 마취제의 미세한 입자가 남아 희미한 안개처럼 그녀의 잠든 영혼에 매달리기라도 한 듯 그녀가 병든 이후로 꿈을 꾸는 횟수도 늘어난 것 같았다.

낮 동안에는 꿈도 그녀를 떠나갔다가 다시 찾아오기까지 몇 주일이나 몇 달이 걸리는 경우도 있었지만, 그러다가 문득 세상이 온통 잠들어 첫새벽에 일어나는 새가 아직 날개를 펼치기도 전인 고요한 아침의 정적 속에서, 따뜻한 햇살의 온기를 받으며 열린 창문을 올려다보느라 그 집 앞 테라스에 서 있곤 했다. 세상이 어떻게 돌아가는 줄은 모르지만, 자신만의 꿈속 행성에서만은 생생하게 살아 있는 그녀의 꿈꾸는 영혼은 차분해지고 긴장이 풀어져 혼잣말을 중얼거렸다. "난 여기 있어, 난 행복하고, 다시 집에 왔어."

그 이상은 더 내용도 없고 결론도 없는 꿈이었다. 그것은 시계추가 두 번 울리는 짧은 시간 사이에 유예된, 천국과 지상을 넘어서는 찰나의 상태여서, 찾아올 때와 똑같이 또 그렇게 순식간에 다시 사라져버렸고, 그녀는 자기 침실의 익숙함 속에서 잠이 깨어 또 하루를 시작했다. 아침 식탁에서 나는 컵 부딪치는 소리, 거리의 소음, 뒷마당 계단에 비질을 하는 소리, 집 안에서 들려오는 따뜻하고 평범한 모든 소리는 그녀를 현실로 데려다주며 전율과 함께 절망스러운 상실감을 안겨주었다. 병이 든 이후 그녀는 과거 어느 때보다 더 정신을 딴 데 파는 경우가 많아져서, 그녀의 이모도 유령과 함께 사는 것 같다고, 어쩐지 현실에 존재하지 않는 누군가와 지내는 것 같다고 말했다. "고개 들고 내 말 좀 들어봐, 무슨 생각을 그렇게 하니?" 그러면 그녀는 그런 요구에 깜짝 놀라 고개를 번쩍 들곤 했다. "죄송해요, 아무 생각도 안 했어요."

"넌 멍하니 있더라, 언제나 멍한 상태야." 이런 대꾸를 들으면 그녀는 민감하게 얼굴을 붉히며 쉽사리 상처받았지만, 이모를 위해서라도 명랑하고 재미있는 사람이 될 수 있다면 좋겠다는 바람을 품었다. 그녀는 이맛살을 찌푸리며 오래된 교실에 가만히 올라가 창틀을 짚고 서서 주변 집들의 지붕을 내려다보며 고독을 느끼면서도 혼자 있게 된 것이 반가웠고, 기묘한 무의식의 직감으로 이 순간은 그저 지나가는 시간일 뿐임을 알아차렸다. 그녀는 이곳에 있을 사람이 아니어서, 꿈결에 본 덤불로 뒤덮인 낮은 길과 그 집, 행복한 골짜기처럼 그녀에게 안정감과 마음의 평화를 가져다줄 무언가를 기다리는 중이었다.

그가 맨 처음 그녀에게 했던 말은 이랬다. "어디 다치신 거 아니죠? 곧장 자동차를 향해 막 걸어오시더군요. 제가 막 소리를 질렀는데도 듣지 못하시고."

그녀는 자신이 왜 길바닥에 등을 대고 누워 있을까 의아해하다가, 인도를 걷던 중이었는데 갑자기 발밑에 아무것도 느껴지지 않았다는 것을 떠올리며, 그를 향해 눈을 깜박거렸다. "제가 항상 어디로 가는지 안 보고 걷는 버릇이 좀 있어요."

그러자 그는 웃으며 말했다. "어리석은 분이네요." 그가 그녀의 치맛자락에 묻은 흙을 털어주는 동안 그녀는 '이거 전에도 겪었던 일인데'라고 생각하며 약간 섬뜩한 느낌 속에서 심각한 얼굴로 그를 지켜보았다. 자동차 쪽으로 몸을 돌리자 그의 어깨와 머리 뒤통수에서 자라난 머릿결이 어쩐지 낯익어 보였다. 손재주가 많아 보이는 그의 갈색 손도 그녀가 익히 알고 있는 손이었다. 그러나 눈은 그녀를 속이지 못했고 분명 그는 절대 만나본 적 없는 사람이었다.

"많이 놀라셨는지 안색이 창백하네요." 그가 말했다. "제가 차로 댁까지 모셔다드리겠습니다. 어딘지 말씀만 하세요." 창백한 그녀의 얼굴은 방금 일어난 사고나 최근 앓은 병과 아무런 상관이 없음을 알면서도 그녀는 그의 옆자리 좌석에 올라탔다. 그녀가 새하얗게 질린 건 그를 만났다는 충격과 바로 이것이 그 일의 시작이라는, 하나의 주기가 시작되었다는 깨달음 탓이었다. 하지만 머릿속에 떠올랐던 지식의 파편 같은 낯익음은 동이 트면 사라지는 꿈처럼 이내 없어졌고, 두 사람은 처음 보는 사이인데도 서로의 존재를 반기며 사소한 이야기를 주고받는 남녀였다. 그녀가 그에게 설명했다. "진짜 시골도 아니고 교외에 불과한 세상의 이쪽 부분들은 별로 안 예뻐요." 그러자 그가 미소를 지으며 대꾸했다. "서쪽 지방을 제외한 모든 시골도 저한테는 낯설고 멋없어 보여요. 하지만 그건 제가 라이서 출신이기 때문이겠죠."

"라이서. 저는 그렇게 멀리까진 가본 적 없어요." 잊고 있던 화음처럼 그 지명이 그녀의 가슴속에 반향을 일으킨 듯 그녀는 입속에서 그 낱말을 되풀이해 읊어보았다. "전 평생 여기 살았어요." 그녀가 이렇게 말하자, 그 말은 어쩐

233

지 자신이 아닌 다른 사람, 뒤에 두고 온 여동생이 한 말처럼 차츰 멀어지더니, 그녀 자신은 새롭게 태어나 난생처음 생명력 넘치는 인물이 되어 밤색 말들이 뛰노는 들판에서 인동초 향기를 폐부 깊숙이 들이마시며 강물 소리에 맞춰 돌아다니는 기분이 들었다.

"학교 다닐 때 라이셔는 지도에서 노란색으로 칠해져 있던 게 기억나요." 그녀는 이렇게 말하고 있는 자신의 목소리를 들었고, 그는 웃음을 터뜨렸다. "참 재미있는 걸 다 기억하고 계시네요." 그러자 또 한 번 섬광처럼 예지력이 찾아왔다. '이 사람은 언젠가 이 얘기로 나를 놀려댈 테고 나는 이 순간을 돌이켜보게 될 거야.' 두 사람은 서로 모르는 사이고, 그런 일은 전혀 일어난 적이 없으며, 자신은 환자였을 뿐만 아니라 멍청하게 늘 딴생각에 빠져 사는 여자에 불과하다는 것을 자신에게 환기시켜야 했다. 그런데 그녀가 정중하고 공손하게 말했다. "차 한잔하시겠어요? 집에 가서 이모님께 부탁드리면 될 것 같아요."

끊임없이 이어지는 대화, 바삭한 토스트, 램프에 불을 붙이러 들어온 하녀, 설탕을 달라고 졸라대는 강아지, 그 모든 것들이 자연스럽고 당연하게 느껴졌다. 하지만 그 광경은 마치 벽에 걸린 그림들처럼 중대한 의미를 지니고 있었고, 그녀는 갤러리에 찾아온 관람객처럼 차례차례 그 그림을 들여다보았다. 그러다 나중에 "안녕히 가세요"라고

해피밸리

말했을 때 그녀는 그를 다시 만나게 될 것을 알고 있었기에 그런 생각이 반가웠지만, 마음 한구석에선 미리 알고 있다는 사실이 두려워 옆으로 밀어두고 싶기도 했다.

그날 밤 그녀는 그 골짜기를 아주 선명하게 보았다. 그녀는 집으로 이어지는 오솔길을 걸어가 열린 창문 밖 테라스에 서 있었다. 세상을 벗어난 듯 고요한 안도감과 마음의 평화는 예전과 똑같이 느껴졌지만 이제는 그 집이 더는 빈 곳이 아니라 안에 살고 있는 사람이 있어서 환영을 받는 듯한 새로운 기분까지 뒤섞여 있는 듯했다. 그녀는 창문에 손을 뻗으려 해보았지만 그녀에겐 그게 너무 힘겨운 일이어서 팔이 스르르 옆으로 떨어지며 풍경이 사라졌고, 어느새 그녀는 눈을 크게 뜨고 자신의 침실 방문을 빤히 쳐다보고 있었다. 아직 굉장히 이른 시간이라 하녀들은 일어날 생각도 하지 않은 새벽인데 현관에서 전화가 울리고 있었다.

그녀가 아래층으로 내려가 수화기를 들자 그의 목소리가 흘러나왔다. 그가 말했다. "부디 용서해주세요. 절대로 전화를 걸면 안 되는 시간이란 걸 알지만, 방금 너무도 생생한 악몽을 꿨고 꿈속에서 당신한테 무슨 일이 생겼어요." 그는 자신의 나약함이 부끄러운 듯 웃으려고 애를 썼다. "너무 생생해서 지금도 그게 현실이 아니란 걸 좀처럼 믿을 수가 없네요."

"전 완벽하게 무사해요"라고 말한 뒤 그녀도 그를 따라 웃어주었다. "전 아주 평화롭게 잠들어서 행복함을 느끼고 있었어요. 당신 전화벨 소리에 잠이 깼던 모양이고요. 무슨 문제였는데요?"

"설명할 수가 없어요." 어리둥절한 목소리로 그가 말했다. "당신이 어디론가 떠나서 영영 돌아오지 않게 되었단 것만은 확실해요. 당신이 영원히 떠나버렸다는 것만은 틀림없는 사실이었어요. 당신과 연락할 방법도 없고요. 당신은 자발적으로 떠난 거였어요."

"글쎄요, 그건 사실이 아니에요." 황당한 그의 괴로움에 미소를 지으며 그녀가 말했다. "전 여기 아주 안전하게 잘 있어요, 하지만 걱정해주셔서 고마워요."

그가 고집을 부렸다. "아무 일도 없었다는 걸 확인하기 위해서라도 오늘 당신을 만나고 싶어요. 당신 모습도 똑같이 무사한지 확인도 하고요. 다 내 잘못이잖아요, 내가 차로 당신을 치지 않았더라면 이런 일은 벌어지지 않았을 텐데…… 내 기분이 그래서 모든 게 악몽과 뒤섞였나 봐요. 저와 만나주세요, 그러겠다고 하실 거죠?"

"네." 그녀가 말했다. "네, 저도 만나고 싶어요." 꼭 일어나야만 하는 일이었으므로 그녀에겐 선택의 여지가 없었다. 그리고 그의 목소리는 마음속에 억누른 채 충족되지 못했던 그녀 본인의 생각이 담긴 메아리였다.

두 사람이 결혼한 뒤에 그는 둘이 만났던 날 이후 첫새벽에 대해서, 그가 전화를 걸어 그녀의 잠을 깨웠던 일에 대해서 그녀를 놀리곤 했다. "이제 당신은 도망칠 수 없어. 당신은 내 사람이고 영원히 안전할 거야. 내 악몽은 소화 불량 탓이었어. 그렇게 빨리 전화를 받다니 당신도 나를 사랑하고 있었던 게 틀림없어! 날 좀 봐줘, 무슨 생각을 하는 거야? 또 멍하니 있네, 언제나 멍하다니까."

그는 한 팔을 그녀에게 두르고 정수리에 입을 맞추었다. 화답하듯 그녀도 그에게 꼭 매달렸지만, 결국 어쩌면 그는 영영 이해하지 못할 것이란 생각에 가슴이 약간 저렸다. 그녀가 정신을 딴 데 팔 때마다 그는 세상의 나머지 사람들처럼 자신도 모르게 내심 짜증이 날 것이다. "난 멍하게 있지 않아." 그의 어깨에 기대며 그렇게 말했지만, 그를 사랑하고 있음을 알면서도 그녀의 내면 일부는 아직도 그가 손댈 수 없이 미지의 영역으로 남은 곳이 있었다. 그의 손, 그의 목소리, 그의 존재를 전부 열렬히 흠모하면서도 그녀는 조용히 빠져나가 정적 속에서 홀로 휴식을 취하고 싶었다.

그들은 작은 여인숙 창가에 서서 강물과 흔들리는 배와 저 멀리 숲을 내려다보고 있었다. "당신 행복하지? 그리고 라이셔는 당신이 기대했던 것만큼 멋지지?" 그가 말했다.

"훨씬 더 멋져." 그녀가 그에게 말했다.

"당신 지도책의 노란색 부분보다 더 나은가?" 그가 웃음을 터뜨렸다. "잘 들어, 내일은 탐험을 떠나자, 언덕 너머까지 걸어가서 숲속으로 들어가볼 거야." 그는 탁자 위에 지도를 펼쳐놓고 계획을 세우고 주변 지역을 설명해주느라 바빴다. 그녀는 이상한 기운에 자극받은 탓에 조바심을 느꼈다. 비좁은 거실에 한가롭게 앉아 있을 게 아니라 밖에 나가서 걸어 다니고 싶었다. "자동차는 가끔 세차도 하고 휘발유도 채워줘야 하거든. 길을 따라 걷고 있으면 나중에 내가 따라갈게. 오래 걸리지 않을 거야." 그가 말했다.

그녀는 여인숙을 빠져나와 강이 굽은 지점까지 도로를 따라 올라갔다가, 자갈과 수초와 흔들리는 바위 조각 위로 비틀비틀 걸어 강둑으로 내려갔다. 그녀는 물길이 서쪽으로 굽어 흐르는 좁은 강에 당도했다. 비탈진 양쪽 둑엔 빽빽하게 자란 나무들이 물 가장자리까지 이어져 있었다. 이쪽 강줄기에는 배가 보이지 않았다. 고요하고 잔잔하게 흐르는 강물엔 이따금 물속에서 움직이는 물고기가 만들어낸 잔물결만 수면 위로 번질 뿐이었다. 밀려든 물결에 강가 모래사장이 사라져버렸으므로 이제 그녀는 나무 사이를 뚫고 길을 내며 높은 지대로 올라가야 했다. 계속해서 발이 빠지면서도 이유를 알 수 없는 흥분이 느껴지고, 고요한 정적은 바로 그녀를 위한 것이며, 나무들도 존경을 표하느라 짙은 초록색 잎을 사각거리면서 마법의 전당으

해피밸리

로 안내하고 있다는 느낌이 들었다.

갑자기 길이 내리막길로 변하면서 그녀는 아래로, 아래로 내려가는 수밖에 없었고 자꾸만 자신이 속해 있어야 할 그곳, 그녀의 골짜기로 향하고 있다는 혼란스러운 생각이 들었다. 높이 자란 너도밤나무가 길 양쪽으로 이어지고, 그녀가 늘 알고 있던 대로 점점 좁아진 길은 바닥이 질척거리고 웃자란 덤불로 뒤엉켜 있었다. 그 너머엔 신비롭고 고요한 집이 기다리고 있었다는 듯이, 지는 햇빛을 받아 불이라도 붙은 듯 넓은 창문을 반짝거리며 그녀에게 손짓했다. 그것은 기도에 대한 응답처럼 마음의 평화가 실제로 모습을 드러낸 것이었기에 그녀는 자신의 꿈을 현실로 보면서도 겁먹지 않았다. 처음 그곳을 언뜻 보았을 땐 아무도 살지 않는 버려진 곳처럼 보였으나 그녀가 테라스로 올라서자 어쩐 일인지 하얀 벽이 얼굴을 붉히듯 튼튼하게 돌변했고, 조금 전까지 그녀가 돌바닥을 뚫고 올라온 잡초라고 생각했던 식물들은 꽃을 피워 올리고 있는 암생 화초였다. 그녀의 집에 다른 사람들이 살고 있다는 생각에 그녀는 찌릿한 실망감을 느꼈다. 살그머니 집에 더 가까이 다가간 그녀는—꿈속에서 늘 마지막 동작이었던 만큼—손을 창틀에 올리고 창문으로 안을 들여다보았다. 따뜻한 햇살이 꽃무늬 가구 덮개까지 미치지는 못하여 실내는 서늘해 보였고 방 안 곳곳에 꽃이 놓여 있었다. 화사한 분위기로 꾸며진 사내아이의 방이었는데, 딱딱한 느낌의 장식은 천장에 매달린 묵직한 샹들리에뿐이었다.

방 한가운데 탁자에는 잠자리채가 놓여 있고, 의자에는 동화책 몇 권이, 소파 한구석엔 줄이 끊어진 활과 화살이 놓여 있었다. 문에 달린 고리엔 운동복 상의가 하나 걸렸고, 누군가 막 방을 나간 듯 문이 열려 있었다. 그녀는 창틀에 뺨을 기댄 채 행복한 마음으로 휴식을 취하며 생각했다. '여기 사는 사내아이가 누군지 나도 알고 싶다.' 나른하고 흡족한 미소를 짓던 그녀의 시선이 벽난로 선반 위에 놓인 사진으로 향하자, 그녀는 그것이 바로 자기 자신이란 걸 알아차렸다. 머리 모양을 다르게 손질한 데다 싱그럽고 현대적인 느낌을 풍기는 그녀의 사진은 본인도 알지 못하는 모습이었지만, 완벽한 닮은꼴인 그 얼굴은 이상하게 빛이 바래고 구식인 사진 속 배경과 너무도 대조적이어서 오히려 눈에 띄었다.

그녀는 어리둥절해져 생각했다. '말도 안 돼. 누군가 내가 올 걸 미리 알고 재미 삼아 저기에 내 사진을 두었나봐.' 그러나 곧이어 그녀는 벽난로 선반에서 남편의 파이프담배를 알아보았다. 유독 뭉툭한 부분에 울퉁불퉁 옹이가 많은 파이프였다. 그리고 그 위로는 이모가 그녀에게 주었던 오래된 스포츠 포스터가 걸려 있었다. 가구와 사진, 모든 것들이 그녀에게 친숙한 물건이고, 그녀의 살림

해피밸리

살이였다. 하지만 그 물건들은 상자에 든 채로 미들섹스에 있는 이모님 댁에 맡겨두었으므로 여기에 와 있을 리가 없었다. 그녀는 까닭을 몰라 초조함과 불안감을 느끼며 생각했다. '말도 안 되는 장난일 거야, 그이가 내 꿈을 갖고 놀리는 거야.' 그러나 당혹스러운 점은 남편이 꿈에 대해서 알지 못한다는 사실이었다. 그러다가 그녀는 발소리를 들었고 이내 남편이 방 안으로 들어왔다. 오랜 시간 그녀를 찾아다니고 있었던 듯 그는 몹시 지친 얼굴이었는데, 다른 길로 집 안에 들어간 모양이었다. 그의 모습 역시 이상해 보였다. 머리는 가르마를 타 빗어 넘겼고 양복도 갈아입은 모습이었다.

"무슨 일이야? 당신이 어떻게 여길 왔어? 당신은 이 집에 사는 사람들 알아?" 그녀가 말했다. 남편은 그녀의 말을 듣지 못한 채 소파에 앉아 신문을 집어 들었다. "더 이상 연기하지 마, 나를 좀 봐, 여보. 날 보고 웃으며 무슨 일인지, 여기서 무얼 하고 있는지 얘기해줘."

그는 알아차리지 못했고, 곧이어 남자 하인이 들어와 방 한가운데 탁자에 차를 준비해놓기 시작했다. "햇빛 때문에 눈이 부시군. 블라인드를 내려주겠나?" 남편이 말하자, 하인이 앞으로 다가와 홱 커튼을 잡아당겼다. 그는 주인이 좀 전에 그랬던 것처럼 똑바로 쳐다보면서도 그녀의 존재를 알아차리지 못한 듯 무시했고, 커튼을 쳐둔 탓에 그녀는 더 이상 안을 들여다볼 수가 없었다. 잠시 후 그녀는 땡 하는 소리를 들었다.

삶이 그녀에게 너무 힘겹고 그녀가 감당할 수 없을 만큼 너무 고단해진 듯, 갑자기 힘이 쭉 빠지면서 몹시 피로가 느껴졌다. 그녀는 울고 싶었다. '좀 쉴 수만 있다면 괜찮아질 거야, 하지만 이건 너무 심한 장난인데……' 이런 생각을 하며 창문에서 돌아선 그녀는 덩굴로 뒤덮여 그윽한 향기를 뿜으며 신비로운 모습으로 깊숙하게 팬 저 아래쪽 골짜기로 이어지는 오솔길을 내려다보았다. 그곳에 내려가면 이끼와 보드라운 고사리, 나무에서 떨어진 서늘한 잎사귀, 그녀의 귓가에 노래하듯 속삭이며 흐르는 개울이 있을 것이다. 아무도 그녀를 놀리지 못할 그곳에 내려가 휴식을 취하며 웅크리고 숨어 있으면, 지금쯤 그녀를 겁먹게 한 자신을 책망하고 있을 남편이 테라스로 나와 그녀의 이름을 불러줄 것이다.

오솔길 꼭대기에서 망설이고 있던 그녀는 조금 전까지도 보이지 않았던 작은 사내아이가 덤불숲에서 나와 자신을 빤히 쳐다보고 있음을 깨달았다. 아이의 눈은 단추처럼 커다란 갈색이었고 뺨엔 긁힌 상처가 크게 나 있었다. 그녀는 아이가 얼마나 오래 자신을 지켜보고 있었을까 궁금해하며 부끄러움을 느꼈다. "여기선 모두가 숨바꼭질을 하는 것 같네. 사람들이 나를 못 본 척해서 난 영문을 모르겠

　　　　　　　　해피밸리

어." 그녀가 말했다.

아이는 손톱을 깨물며 미소를 지었다. 이유 없이 아이가 사랑스러워서 그녀는 아이를 만져보고 싶었지만, 아이는 놀란 새끼 사슴처럼 불안해하며 뒤로 물러났다. "겁내지 마. 난 널 해치지 않아. 난 골짜기로 내려가고 싶은데, 너도 따라올래?" 그녀가 나직이 말했다.

그녀가 손을 내밀었지만 아이는 빨갛게 상기된 얼굴로 고개를 저으며 뒷걸음질을 쳤다. 그래서 그녀는 홀로 출발했고, 아이는 그녀를 믿어도 좋은지 자신이 없는 듯 여전히 겁에 질려 흘끔흘끔 그녀를 쳐다보며 멀찍이 거리를 둔 채 뒤를 따라왔다. 두 사람을 둘러싼 나무는 빽빽하고 어두운 그림자를 드리웠지만 졸졸 흐르는 시냇물 소리가 가까이 들렸으므로 그녀는 가벼운 마음으로 행복을 느끼며 속으로 콧노래를 불렀다. '어쩜 이렇게 아름다울 수가.' 그녀는 생각했다. '정말 평화롭네, 여기 있으면 사람들이 절대로 나를 찾지 못할 거야.' 그녀가 짓궂은 생각에 흐뭇해져 있을 때, 속삭임처럼 조용한 아이의 목소리가 처음으로 그녀에게 날아왔다.

"조심하세요." 아이가 말했다. "조심하세요, 무덤 위에서 있잖아요."

"무슨 말이니?" 아래를 내려다보았지만 발밑엔 이끼밖에 없었다. 고사리 줄기와 파란 수국 한 줄기가 뭉개져 있을 뿐이었다. "누구 무덤인데?" 고개를 들며 그녀가 물었다. 그러나 아이는 더 이상 그곳에 없었다. 사내아이는 모습을 감추어 어디에도 보이지 않았고 아이의 목소리는 메아리로 남았다. 그녀가 소리쳤다. "너 숨었니? 어디 있어?" 대답이 없었다. 그녀는 그늘을 벗어나 집까지 이어진 오솔길을 도로 달려갔지만 아이를 찾을 수는 없었다.

"돌아와, 겁내지 말고. 어디 있니?" 그녀는 소리를 지르다가 다시 한번 집 앞 테라스로 올라갔다. 가슴을 조이는 약간의 두려움을 느끼며 그녀는 집의 새하얀 외벽이 더는 햇빛의 온기로 반짝이지 않는다는 걸 발견했다. 바닥돌 사이에도 잡초가 무성했고, 그녀가 생각했던 화초는 보이지 않았다. 방 창문엔 커튼이 달려 있지 않은 데다 실내는 비어 있고 벽엔 벽지가 사라졌으며 바닥도 마루가 그대로 드러났다.

앙상한 상들리에만이 잔뜩 거미줄을 뒤집어쓴 채 천장에 매달려 있고, 열린 창으로 들어온 산들바람이 시계추를 살며시 앞뒤로 움직여 째깍거리며 시간이 흘러갔다. 이내 그녀는 몸을 돌려 아까 왔던 대로 오솔길을 따라 빠르게 달려 올라가, 너무도 황량하고 쓸쓸하여 비현실적이고 거짓에 불과한 그곳에서 달아났다. 진짜는 오로지 자신과, 길 끝 고갯마루에 줄지어 선 너도밤나무 사이에서 불타오르는 등불처럼 새빨간 색으로 의연하게 저물며 커다란 공처럼 희미한 빛을 뿜어대는 태양뿐이었다.

　그는 멍하니 허공을 응시한 채로 홀로 울부짖으며 강가를 따라 오락가락 방황하던 그녀를 찾아냈다. "무슨 일이야, 여보?" 그는 계속해서 물었다. "넘어졌어? 다쳤어?" 그녀는 그의 외투를 꽉 잡고 매달리며 안도했다.

　"모르겠어." 그녀가 속삭였다. "나도 모르겠어. 기억이 안 나. 산책을 하려고 숲으로 들어갔는데, 무슨 일이 있었는지 까먹었어. 계속 무언가를 잃어버린 기분인데 그게 뭔지를 모르겠어."

　"어리석은 사람. 어리석고 얼이 빠져 멍하게 다니는 사람아, 내가 당신을 더 잘 보살펴야겠다. 그만 울어, 울 이유는 없어. 안으로 들어가자, 당신을 놀라게 해줄 소식이 있어."

　두 사람은 여인숙으로 들어갔고, 그는 아내를 자기 옆 의자에 나란히 앉혔다. "나한테 멋진 아이디어가 떠올랐는데, 당신도 엄청 마음에 들 거야. 그동안 여관 주인하고 계속 얘기를 나눴거든." 그는 아내의 머리에 뺨을 기댄 채 말을 이어갔다. "주인 말이 이 근처에 팔려고 내놓은 땅과 집이 있대. 오래된 멋진 영주 저택이라 당신 마음에도 쏙 들 거야. 우리 같은 사람들을 기다리느라고 여러 해째 비어 있었대. 이 지역에서 사는 거 당신 마음에 들까?" 그녀는 다시 한번 흡족한 마음이 들어 그에게 미소 지으며 고개를 끄덕였다. 조금 전까지 그녀를 괴롭혔던 기억은 사라지고 없었다.

"봐, 내가 지도로 어딘지 보여줄게." 그가 말했다. "여기가 그 집이고, 정원은 저쪽이고, 우리 땅 바로 옆으로 강이 지나가. 여기쯤엔 개울이 흐르고 숲속에 넓은 공터도 있으니까 당신 마음대로 돌아다니면서 휴식도 취하고 혼자만의 시간을 보낼 공간도 마련되어 있어. 군데군데 수풀이 웃자라서 야생의 자연 그대로 길이 뒤덮여 있기도 해. 사람들은 그곳을 행복한 골짜기, '해피밸리'라고 부른대."

점점 차가워지는
그의 편지

친애하는 B. 부인께 :

일말의 소개도 없이 이렇게 불쑥 부인께 편지를 쓰고
있는 저를 용서하십시오. 사실 저는 댁의 오빠와
중국에서 알고 지낸 사람으로서, 6개월간의 휴가를
얻어 며칠 전 영국에 당도한바, 제가 직접 찾아뵙고
찰리의 소식을 전할 수 있도록 부인께서 시간을
허락해주신다면 기쁘기 그지없을 것이라는 말씀을
드리고자 이런 좋은 기회를 놓치지 않은 것입니다.
물론 그 친구는 지극히 건강하게 잘 지내고 있으며,
부인께 전할 안부를 많이 부탁했습니다.
이렇게 갑작스레 연락을 드린 저의 무례를
부디 양해 바랍니다.

당신의 진실한 벗,

X.Y.Z. 올림

6월 4일

친애하는 B. 부인께 :
금요일 귀댁의 칵테일파티에 기쁜 마음으로
꼭 참석하겠습니다. 초대해주셔서 대단히
감격스럽습니다.

당신의 진실한 벗,

X.Y.Z. 올림

6월 7일

친애하는 B. 부인께 :
어제 귀하의 파티에서 얼마나 즐거웠는지, 그리고
부인을 만나면서 느낀 그 엄청난 기쁨을 당장
말씀드리지 않고는 단 하루도 보낼 수가 없습니다.
중국에서 보낸 3년이란 세월은 저의 예절과
대화술을 완전히 망쳐놓았기에 틀림없이 제가
끔찍이도 서툴고 어색해 보였을 것입니다! 부인께서
워낙 상냥하고 친절하게 대해주시어, 제가 앞뒤도
맞지 않는 허튼소리를 너무 많이 떠벌린 듯합니다.
문명 세계로 되돌아와, 부인처럼 아름답고 지적인

점점 차가워지는 그의 편지

여성과 함께 있는 제 자신이 약간 어리둥절합니다.

지금도 너무 많은 이야기를 늘어놓고 있군요!

곧 다시 찾아뵈어도 좋다고 하시던 말씀은

정말로 진심이신가요?

당신의 매우 진실한 벗,

X.Y.Z. 올림

6월 10일

친애하는 B. 부인께 :

오늘 저녁 귀하의 만찬 초대는 당연히 받아들이겠습니다.

제 브리지 솜씨가 형편없어도 양해해주시겠지요?

당신의 X.Y.Z. 드림

6월 12일

친애하는 B. 부인께 :

귀하의 말씀을 진심으로 여겼기에 부인께서

보고 싶어 하셨던 시사풍자극 좌석을 두어 개

잡아놓았습니다. 꼭 오겠다던 약속을 깨지는

않으시겠지요? 부인만 괜찮으시다면, 관람 이후에

어디든 가서 저녁 식사를 하고 춤을 추어도

좋을 것 같습니다.

X.Y.Z.

6월 14일

친애하는 A,

당신을 A라고 불러도 된다는 말은 진심입니까?
어젯밤 당신이 말했던 한두 가지 다른 말도 역시
진심인가요? 진심이든 아니든, 멋진 저녁 시간을
함께해준 당신에게 감사하고 싶습니다. 난 정말
행복하게 보냈는데, 형편없는 내 춤 솜씨에 대해서는
사과를 한 적이 있는지 모르겠군요!
고맙습니다.

X

6월 17일

친애하는 A,

미안합니다! 전화 통화 하면서 내가 곰처럼 미련하게
굴었다는 건 알지만, 결국 당신이 빠져나올 수 없다는
사실이 너무 지독하게 실망스러웠습니다. 날
용서해줄 날이 있을까요? 물론 나는 이해합니다.
내일쯤 다시 찾아뵈어도 될까요?

X

6월 19일

그날 저녁 당신이 약속을 취소해주어 다행입니다.

만약 당신이 약속을 취소하려고 내게 전화를 걸지
않았다면, 그래서 내가 전화로 무례하게 굴지
않았다면, 그렇다면 오늘 오후에 내가 당신을 만나러
갈 일도 절대 없었겠죠.

당신은 왜 그토록 나에게 잘해주십니까? 어쩌면
당신은 단순히 세상 끝에서 찾아온 가엾고 멍청한
개를 동정하는 것이겠지요! 평생 나는 당신과 대화를
나누는 것처럼 누군가에게 이야기를 해본 적이 전혀
없는 것 같습니다.

당신과 함께 있으면 모든 상황이 정말로 그럴 만한
가치가 있으며, 막노동꾼들에게 둘러싸인 황량한
플랜테이션 이상의 것을 인생에 기대해도 좋다는
느낌이 듭니다. 당신에게 고백할 게 있다는 걸
아시는지요. 중국에 있을 때 나는 단순히 찰리가
책상 위에 걸어둔 당신의 사진을 보려고 그 친구
숙소에 찾아가곤 했습니다.

어느 면에선 그 사진을 우상처럼 우러러봤던 것
같습니다. 누군가 그토록 사랑스러운 사람이 실제로
존재한다는 걸 믿을 수가 없었죠. 그러다 이곳으로
돌아와 처음으로 당신을 만나러 가게 된다는 걸
알았을 때, 나는 흔한 남학생처럼 초조하고 수줍음을
느꼈습니다. 내가 봤던 사진이 어떤 식으로든

251

망가지게 될까 봐 너무도 겁에 질렸습니다.

당신을 보았을 때, 음, 그때 당신의 모습이 어땠었고 내 감정은 어떠했는지 그것만 설명하려 해도 편지를 여러 장 쓰고 또 쓸 수 있을 것입니다. 하지만 그게 무슨 소용일까요? 당신은 아마도 그 편지를 읽지도 않은 채 쓰레기통에 던져버릴 테고, 그런 당신을 누가 탓하겠습니까! 안 될 일입니다. 난 당신을 그런 식으로 지루함에 빠뜨리지 않도록 최선을 다할 것입니다. 당신에게 아름답다고 말하는 모든 남자들에게 당신은 틀림없이 질릴 대로 질려 있겠지요. 하지만 우린 친구가, 진정한 친구가 될 수 있을까요?

X

6월 22일

나의 친구여,

오늘 아침 통화할 때 내가 설명을 제대로 하지 못했습니다. 당신이 전화를 끊은 후에 한 번 더 전화를 걸었는데, 당신은 이미 외출했다고 하녀가 말하더군요. 그래서 대신 이 편지를 쓰고 있습니다. 오늘 저녁 계획에 대해서 내가 품었던 의미를 당신은 잘못 이해했습니다. 당신과 이야기를 나누는 것이

너무도 근사한 일이어서 극장에 오가느라 들여야
하는 괜한 시간이 낭비로 느껴졌던 것뿐입니다!
맞아요, 나도 동의합니다. 나는 멍청하고
불합리한 놈입니다.

어쨌든 나는 소호에 있는 어느 조용한 곳에서 우리
둘이 저녁 식사를 하는 상상을 했습니다. 그런
다음엔 어쩌면 당신 집으로 갈 수도 있겠지요.
하지만 물론 나는 당신이 원하는 대로 무엇이든
따르겠습니다.

그건 그렇고, 이 호텔에서 옮길 거라는 말을
당신에게 한다는 걸 잊었군요. 여긴 서비스도 나쁘고
프라이버시도 없는 곳 같습니다. 가구가 비치된
아파트를 얻을까 생각 중입니다. 하지만 그 문제는
오늘 저녁에 만나서 이야기합시다. 나한테 화난 건
아니지요?

X

6월 23일

A,

내가 무슨 말을 해야 할까요? 당신이 나를 어떻게
생각할까요? 나도 내 자신이 비참할 정도로
부끄럽습니다. 아니, 물론 변명의 여지도 없습니다.

내가 미쳤던 모양입니다…… 당신과 헤어진 뒤로
난 도저히 호텔로 돌아가지 못했습니다. 비참한
심정으로 정신이 나간 채로 밤새도록
걸어 다녔습니다.

내가 느끼는 자책의 고통을 당신은 상상도 못 할
겁니다. 다른 야만인들 사이에서 야만인처럼 살며
외롭고도 야만적인 세월을 3년이나 보낸 사람이
느닷없이 당신처럼 사랑스럽고 귀여운 여인에게
사람대접을 받는다는 것이 어떤 의미인지 당신이
단 한순간이라도 이해할 수 있을 거라고는 생각하지
않습니다. 나에게 그건 너무도 과분한 일이고,
너무도 황홀한 경험이었습니다.

그래요, 나는 이성을 잃었습니다. 내가 그런 행동을
할 수 있으리라고 절대 꿈도 꾸어서는 안 될 만한
행동을 저질렀습니다. 당신 때문에 내가 얼마나
힘들었는지 모르십니까? 하긴, 당신이 어떻게
알겠습니까? 당신은 온화했고, 당신은 훌륭했고,
당신은 당신이었습니다. 전적으로 내 탓입니다.
내가 한 말을 잊으려고 당신이 노력만 해준다면
난 그 어떤 것이라도 할 것입니다.

가장 소중하게 간직한 나의 애정을 모두 동원하여
엄숙하게 당신에게 맹세하건대 다시는 당신과

점점 차가워지는 그의 편지

사랑을 나누지 않겠습니다. 절대…… 절대로……
우리 처음부터 다시 시작합시다. 나의 친구여, 나는
당신의 친구가 되고 싶습니다. 당신이 신뢰감을
느낄 수 있고 함께 있으면 느긋하게 긴장을 풀고
아무런 노력도 할 필요가 없는 그런 사람이
되겠습니다.

그저 말…… 말…… 내가 어떻게 설명할 수
있을까요? A, 내가 용서받을 기회가 있을까요?
당신이 한 마디라도 해준다면 나는 현재의 막막한
심연에서 벗어날 것입니다. 혹시 하는 마음에
온종일 기다리고 있겠습니다.

나를 용서해요.

X

6월 25일

전화로 당신 목소리를 들었을 때 나는 너무 떨려서
좀처럼 대답을 할 수가 없었습니다! 참 우습죠?
하지만 이제는 아무것도 상관없습니다. 중요한 건
당신이 나를 용서해주었고 우리가 다시 친구
사이가 됐다는 것입니다. 그래도 괜찮겠죠? 우리는
친구니까요. 그래요, 내일 시골로 드라이브를 떠나서
어디든 좋으니 멀리 떨어진 조용한 곳에 가서

대화나 실컷 나눕시다. 당신에게 할 이야기가
너무도 많습니다.

신의 축복을 빌며,

X

6월 27일

A, 어제의 추억을 기념하여 이렇게 꽃 몇 송이를
보냅니다. 어제가 나에게 어떤 의미를 지닌 날이
되었는지 당신이 눈곱만큼이라도 짐작하려는지
궁금합니다! 당신도 그게 좋았었다고 말했지요.
그렇게 말한 것이 맞지요? 물가에 자리 잡은 그 작은
여인숙과 그곳에 꿈결처럼 앉아 있던 우리의 모습을
잊을 수가 없습니다.
당신도 나만큼이나 시골을 매력적으로 여긴다는
것이 너무도 반갑습니다. 당신도 알다시피 우린 무슨
일을 하든 생각이 비슷합니다. 어떤 면에선 당신의
두뇌가 남자의 두뇌만큼이나 대단히 비범합니다.
당신의 시선은 반듯하고, 본인의 생각을 헷갈리지
않습니다. 그리고 탁월한 가치관을 갖고 있어요.
그러면서도 한편으로 당신은 아마도 이 세상에
존재 가능한 가장 여성스러운 사람입니다.
당신이 얘기했던 그 아파트를 장만했습니다. 이제

거실에 필요한 것은 딱 하나, 당신의 사진뿐입니다.
며칠 전에 당신이 내게 약속했었지요.

그래요, 오늘 저녁 10시에 찾아갈 터이니 어디로든
가서 춤을 추도록 합시다. 물론 다 완벽할 겁니다.
부디 초록색 드레스를 입어주십시오. 마침 그 색깔과
꼭 맞는 목걸이를 보았습니다. 당신을 위해 그걸
가져가도 좋을까요?

X

7월 1일

A, 달링, 다 소용없는 일입니다, 나도 어쩔 수가
없었어요. 당신은 너무도 아름다워 보였습니다. 나는
무쇠가 아니라 살과 피로 만들어진 사람입니다. 그걸
나더러 어떻게 하란 말입니까?

세상 그 무엇보다도 당신의 우정을 소중히 여기지만,
당신은 왜 늙고 추하지 않습니까? 그러면 나로서도
훨씬 더 견디기 쉬울 텐데요.

당신도 나를 조금은 좋아하겠죠, 안 그래요? 혹시
싫은가요? 내가 무슨 말을 쓰고 있는지 모르겠군요.
언제 당신을 만나러 갈까요?

X

7월 5일

마이 달링, 어젯밤 당신은 나를 터무니없을 정도로
행복하게 만들어주었습니다. 당신이 했던 말들, 그게
다 진실이란 걸 믿을 수가 없군요. 당신은 난초를
좋아한다고 했었죠. 내가 최대한 찾아낸 난초를
몽땅 보냅니다.
당신이 원한다면 난 영국에 있는 모든 온실을
뒤져서라도 훔쳐낼 겁니다. 난 당신이 원하는
일이라면 뭐든 할 것이고 당신이 원하는 모든 것을
줄 것입니다, 당신이 매일 나를 만나주기만 한다면요.
그 대가로 많은 것을 청하진 않겠습니다. 그저 당신
발밑에 앉아 당신을 숭배하도록 허락해주세요.
그 이상은 바라는 것이 없습니다.
당신은 사랑스럽고, 사랑스럽고, 또 사랑스럽습니다.

X

7월 7일

난 이런 식으로는 살아갈 수 없습니다. 다시
말하지만 불가능합니다. 당신 때문에 나는 미쳐가고
있습니다. 당신은 나와 만나는 걸 허락해주고는
감정 없는 인형처럼 당신 곁에 멍하니 서 있기를
기대하는군요.

난 온종일 전화 옆에서 기다렸는데 당신은 연락이
없었죠. 어디에 가서 누구와 함께 지냈던 겁니까?
오! 그래요, 나를 비웃으십시오, 난 신경 안 씁니다.
물론 당신에게 내가 꼬치꼬치 물을 권리가 없다는 건
나도 동의합니다. 당신은 완벽하게 자유인입니다.
당신이 그런 식으로 웃어대면 난 당신 목을 조르고
싶다가, 이내 당신을 사랑하고 싶어집니다.
난 꼭 당신을 만나야겠습니다.

X

7월 8일

오전 3시

사랑하는 이여,
오늘 저녁에 바로 만나고 돌아와 당신에게 편지를
쓰는 것이 이상한가요? 방 안엔 아직도 당신의
체취가 가득합니다. 그 밖에 다른 것은 아무것도
생각나지 않습니다. 내가 이런 것을 위해 평생
기다려왔다는 걸 이제야 알겠습니다. 잘 자요.
당신에게 신의 축복을 빕니다. 몸조심해요.
당신은 나를 사랑합니까?

X

7월 9일

그대여,
물론 괜찮습니다. 오늘 오후 5시에서 6시 사이에
당신을 기다리고 있겠습니다.

X

7월 10일

마이 달링,
안 됩니다, 내일 와요. 반드시 와야 합니다, 반드시!
토요일까진 내가 못 기다립니다, 어제 이후로 그건
안 되겠어요.
우선 어디서든 만나서 점심 식사를 하고 나중에
이리로 오면 안 될까요?
제발! 당신을 너무 사랑합니다.

X

7월 15일

사랑하는 이여,
오늘 아침에 전화를 걸었더니 전화를 받은 하녀가
당신이 외출했다고 하더군요, 그래서 목소리를
바꾸어 다른 사람 이름을 남겼습니다.
시골에 다녀오면 안 될까요? 6월에 함께 갔던 물가의

작은 집 기억나죠? 거기 가면 점심 식사 후에 숲에서
산책도 할 수 있을 테고…… 숲이 아주 한적하고
인적이 드물어 보이더군요.
그러겠다고 말해줄 거죠? 당신이 전화 주면
어디쯤에서 만날지 정합시다. 내가 데리러 가지 않는
것이 좋겠습니다.

당신의 X

7월 19일

5시쯤이 어떨까요?

X

7월 20일

가장 친애하는 이에게,
내 생각엔 좀 더 조용한, 다른 곳으로 가는 게 낫겠소.
게다가 거긴 출입구가 두 군데 있어요. 하필 당신이
아는 사람이 같은 블록에 살고 있다니 참 운도 없지!
우리가 조심하는 수밖에 없을 겁니다.

X

7월 21일

애인절에게,

좋아요, 내일 우리가 다니던 클럽 앞으로 내가
당신을 데리러 가겠습니다. 당신의 컨버터블 자동차
후드를 덮어서 밖에 주차해두면 내가 먼저 타고 앉아
당신을 기다리고 있을 겁니다. 다시 시골로 나가는
걸로 합시다. 그래야 누구든 마주칠 확률이
줄어들겠죠.

그건 그렇고, 당신이 안다는 그 작자는 온종일
외출했다가 저녁이 되기 전까진 들어오지 않는다는 걸
확인했습니다. 그러니 우리가 아파트에서
지내는 동안 그자를 걱정할 필요는 없어요.

내일까지 어떻게 기다려야 할지 모르겠군요.
당신이 나에게 던졌던 그 질문 뭔지 아시죠?
내 대답은 수천 번이라도 '예스'입니다! 당신은
사랑스러운 사람입니다!

X

7월 25일

그래요, 오늘 내가 초조해서 짜증을 냈다는 건 알고
있습니다. 부디 당신이 날 용서해요. 하지만 전혀
예상 못 한 시간에 그런 식으로 당신과 마주쳤다는 게
못마땅했습니다. 나도 모르겠어요. 아무래도
당신과 내내 함께 있고 싶은 모양입니다. 주말 동안

어디 멀리 가면 안 될까요? 우리 둘만 있을 수 있는
곳으로 어디든.
우리가 아주 조심하면 돼요, 아무도 알 필요는
없으니까. 당신 생각은 어때요?

당신의 X

7월 27일

에인절에게,
정말 당신은 대단한 사람이오! 그렇게 기발한 생각을
해내다니! 데번셔에 사는 병든 친구를 만나러 간다는 건
내 머리에선 절대 나오지 못할 생각입니다.
그래요, 신중하게 행동해야 한다는 점에선 나를
믿어도 좋습니다. 11시 14분 전에 패딩턴역에서
기다리겠습니다.

X

8월 5일

사랑하는 그대에게,
혹시라도 이상하게 보일까 싶어 감히 당신에게
전화를 걸 수가 없습니다. 당신과 함께 지낸
요 며칠은 너무도 황홀해서 말로 형용할 수가 없을
지경입니다. 달링, 나는 예전처럼 만나는 방식을 계속

감당할 수 있을지 모르겠습니다.

우린 늦은 시간에 틈틈이 비참한 심정으로 다급하게
만나야 했죠. 나는 너무도 행복하고 너무도
비참합니다. 혹시 당신이 찾아올까 싶어 하루 종일
아파트에서 기다리겠습니다.

당신만의 X

8월 7일

어제는 천국이었습니다. 내일은 몇 시에? 내 생각엔
오후가 가장 안전할 것 같습니다.

X

8월 12일

그대에게,

당신 쪽에서 먼저 아이디어를 제시하고 어떻게
받아들여지는지 보는 건 어떨까요? 어차피 치료차
매년 당신이 엑상프로방스에 가는 것이 관례라면,
갑자기 이상하게 보일 리도 없지 않을까요?
엑상프로방스 자체가 지겨워졌고 비용은 그렇게
비싸지도 않으면서 지내기는 딱 좋을 만한 더 작은
고장을 알게 되었다고 당신이 말하면 될 겁니다.
틀림없이 잘 넘어갈 거예요!

나는 19일쯤에 그곳으로 떠날 수 있으니 당신은
2~3일 뒤에 나와 만날 수 있을 겁니다. 내 생각엔
그게 가장 현명한 계획 같군요.
어쨌든 시도해본다고 해서 해될 것은 없으니, 내일
어떻게 되었는지 말해줘요.
7시 이후에 만나요.

X

8월 14일

나만의 당신에게,
그 일이 정말로 현실이 된다고 생각해봐요. 우리가
3주간, 어쩌면 한 달 동안 밤이고 낮이고 함께
지낼 수 있다니. 소중한 사람이여, 너무 멋진 일이라,
갑자기 중간에 깨어날 것 같은 꿈처럼 느껴집니다.
당신도 행복하다고 말해줘요. 몇 시간이고 끊임없이
서로를 바라보며, 아무것도 우리를 갈라놓지
못하겠지요. 나는 단 한순간도 당신에 대한 사랑을
절대 멈추지 않을 겁니다.

오직 당신만의 X

8월 20일

난 이제 막 출발합니다. 너무도 흥분되는군요!

당신이 나를 따라 남쪽으로 내려오기까지 사흘만
고통을 참으면, 그다음엔……

X

9월 26일

달링,
난 두 시간쯤 전에 시내에 도착했어요. 우리가
한 달이나 멀리 떠나 있었다는 사실이
좀처럼 믿어지질 않는군요.
가끔은 지난날이 하루 같기도 하고,
가끔은 1년 같기도 합니다.
달콤한 편지 고맙게 잘 받았어요, 달링.
우리 언제 만날까요?

X

9월 29일

마이 달링,
어제 하루 종일 당신과 함께 보내서 좋았습니다.
거의 다시 남쪽 지방에 내려가서 함께 지내는 것
같더군요.
그리고 강가의 그 작은 여인숙도 전과 변함없이
똑같았죠?

　　　　　　　　점점 차가워지는 그의 편지

친애하는 그대여, 이제 우리의 만남에 관해
얘기해봐야겠지요. 우리 이름이 함께 언급되어
사람들 입에 오르내리기 시작하면, 우리가 함께
여행을 떠났다는 사실까지 모두 들통날 상황이기
때문에 우리는 대단히 조심을 해야 합니다. 그렇게
되면 어떤 일이 벌어질지 당신도 상상이 가겠지요.
우선은 아주 천천히 서로 얼굴을 보는 것이
낫겠습니다. 당신도 이해하죠? 모든 것은 당신을
위한 일입니다.

X

10월 4일

그래요, 달링. 오고 싶으면 6시에서 7시 사이에 와도
좋지만, 자동차는 가져오지 말라는 말 꼭 기억해요.
전화 못 걸었던 건 미안합니다. 그게 더 안전할
거라고 생각했어요.

X

10월 9일

가장 친애하는 이여,
만남 이후에 여기서 저녁 시간을 보내는 것보다는
극장이나 무도회장에 가는 게 낫지 않을까요? 언제든

당신을 누가 볼 확률이 있으니 하는 말입니다.
월리스의 새 연극이 아주 볼만하다고 들었습니다.
당신 생각은 어때요? 좌석을 준비할 수 있도록 미리
알려줘요.

X

10월 12일

그대여,
그렇게 막무가내로 굴지 말아요. 우리 관계가
발각되면 어떤 결과가 생겨날지 당신은
이해 못 하는 것 같소. 내가 다각도에서 그런 상황을
아주 꼼꼼하게 검토해보았는데, 절망적이더군요,
상당히 절망적이오. 우리 둘 다 살아갈 가치가 없는
인생이 될 겁니다.
당신만큼 나도 당신을 많이 보고 싶지만, 위험에
뛰어들 필요는 없잖소. 어제는 당신 기분을
맞춰주기가 어려웠고, 당신은 내가 했던 모든 말을
일부러 오해하더군요. 매정하게 굴려던 의도가
없다는 건 당신도 알잖소? 내일 점심때 만나서 우리
계획을 이야기해봅시다.

모든 사랑을 담아,

X

10월 16일

미안해요, 달링, 당신이 전화를 했을 땐 외출 중이었고

너무 늦게 돌아와 전화를 걸 수가 없었어요.

목요일 저녁 식사 때문에 연락을 했다고요?

목요일엔 내가 시간을 낼 수가 없어요, 달링.

금요일 오후는 어떻소? 영화를 보러 가도 좋겠지요.

당신 집에서는 전화하지 말고 클럽에서 전화하라는

말 명심해요. 하인들이 들을지도 모르잖소. 당신은

신중함에 대한 분별력이 없는 사람이오? 곧 만나요.

X

10월 24일

달링,

우리 둘이 주말여행을 가자는 건 미친 짓이라는 걸

깨닫지 못했군요? 분명 그 문제에 대해선 벌써

여러 번이나 의논을 거쳤잖소. 조금이라도 실수를

저지르는 날엔 우리의 불륜이 온 세상에 까발려질

거요. 7월엔 그렇게 여행을 갔었다고 말하는 건

현재의 우리 논쟁에 해답이 되지 못해요.

내가 달라졌다는 말도 터무니없어요. 난 예전과

똑같은 사람이오. 당신이 그토록 여성스럽고

불합리하게 굴지 않으면 좋겠소. 당신의 시선은 전혀

269

반듯하질 못해요, 달링.

그건 그렇고, 목걸이 대금으로 그런 가격을
요구하다니 순전히 날강도 같은 놈들이오. 아마도
다른 걸 찾아보는 것이 좋겠소. 주말쯤 전화하겠소.

X

10월 29일

시골에 가기엔 날씨가 다소 춥지 않을까? 그 대신
토요일에 점심이나 합시다.

X

10월 31일

당신을 위해 국화꽃을 보냅니다. 당연히 난 당신을
사랑합니다. 하지만 당신도 두 번 다시 그렇게
어리석은 행동을 해서는 안 됩니다, 안 그러면 난
엄청 화를 낼 거예요. 난 그런 난감한 소란은 견딜 수
없습니다. 월요일에 만나요.

X

11월 5일

달링,
안타깝지만 이번 주는 도저히 어려울 것 같습니다.

점점 차가워지는 그의 편지

처리해야 할 일이 엄청 많아요. 목요일엔 잠깐
시간을 낼 수도 있을 겁니다. 오후 시간을
비워놓도록 해요.

다급한 마음으로,

X

11월 9일

친애하는 이여,

당신은 왜 모든 것을 망쳐야 직성이 풀리지요? 난
우리 둘이 오후를 함께 즐길 만반의 준비가 완벽하게
되어 있었는데, 당신은 마치 내가 하는 모든 말이
거짓말이라는 듯이 일일이 따져 묻더군요.
이따금 난 당신이 나를 전혀 이해한 적이 없다는
생각이 듭니다. 그래서 그 결과가 무엇이죠? 우리가
만날 때마다 항상 이렇게 쉴 새 없이 말다툼을
벌여야겠어요? 정말로 그런 것 같지 않소?
그리고 난데없이 또 새롭게 질투까지 하는 이유는
뭡니까? 터무니없고 괜히 신경만 거스르는 일입니다.
어처구니없는 이런 모든 다툼 없이 친하게 지낼 수
없겠어요?

X

11월 13일

좋아요. 수요일 1시. 하지만 아파트로 오지는 말아요.
사보이 호텔에서 만나기로 합시다.

X

11월 16일

내일 밤 전혀 시간을 못 내겠다는 말을 하려고 짧게
한 줄 남깁니다. 미리 알려주지 못해 정말 미안하오.
내일 클럽으로 전화하겠습니다.

X

11월 18일

친애하는 A,
당신이 내 움직임을 감시하는 걸 관둬주면
정말 고맙겠습니다. 내가 친구와 대화를 나누며
저녁 시간을 보내겠다는 선택을 한다면
그건 전적으로 내 소관입니다.
마지막으로 한 번만 더 말하는 것이니
명심해요. 본인 스스로 꼴을 우습게 만들고
있진 않은가요?

X 드림

11월 20일

친애하는 나의 A,

전혀 앞뒤가 맞지 않는 당신의 전화 메시지를 받기는
했지만 무슨 이야기인지 도무지 모르겠더군요.
당신의 사과는 받아들이겠지만, 우리 사이에 꼭
그렇게까지 해야 할 필요가 있을까요?
당신을 만나는 일에 관해서는 정확히 언제라고 말을
못 하겠습니다. 처리해야 할 일이 너무 많아서요.
연락하도록 노력하겠습니다.

X

11월 24일

친애하는 A,

당신 정말 우스운 사람이군요! 내가 전화받는
목소리를 꾸며낸 것처럼 말하다니. 전화를 받은 건
하인이었습니다. 나는 온종일 외출을 했었고요. 아뇨,
아쉽지만 오늘 저녁엔 당신을 만날 수가 없습니다.
시간이 날 때 알려드리지요.

X

11월 27일

친애하는 A,

찰리에게 보낼 전갈이 있는 것이 아니라 당신이
나를 보고 싶기 때문이라고 왜 솔직하게 인정하지
못하죠? 만나봤자 또다시 책망과 더 많은 눈물과 더
많은 불안감을 목격하는 민망한 장면이 연출될
뿐일 겁니다.

나는 겪을 만큼 겪었습니다. 다 끝났다는 걸 당신은
깨닫지 못하겠어요? 과도하게 문명화되어 성욕마저
과도한 이 나라에서 벗어나, 플랜테이션의 평화와
안정감 속으로 되돌아가기 전까진 난 숨도 쉴 수
없을 듯합니다.

이제 당신도 진실을 알겠죠.

잘 있어요.

X

12월 1일 B 부인에게 남겨진 전화 메시지.
'X.Y.Z. 씨는 오늘 중국으로 출항했음.'

　　　　　　　　점점 차가워지는 그의 편지

인생의 훼방꾼

The Limper

나를 무감각한 여자라고 욕할 수 있는 사람은 아무도 없다. 그것이 나의 문제였다. 내가 스스로 마음을 닫아 다른 사람들의 감정에 휩쓸리지 않을 수 있었다면 인생은 크게 달라졌을 것이다. 결국 오늘날 나는 내 자신의 잘못이 아니라 순전히 내가 사랑하는 사람들의 마음에 상처를 주는 것을 견딜 수 없다는 이유로 결정적인 파멸에 이르렀다.

앞으로 미래는 어떻게 될까? 하루에도 수백 번 내 자신에게 묻는다. 마흔이 가까워졌고 외모는 망가지는 중이며 건강 또한 무너져 내린다고 해도 그간 내가 겪어온 모든 일을 감안한다면 놀랄 일도 아니므로, 이제 이번 일자리는 단념하고 케네스에게 받는 터무니없는 이혼 수당에 기대어 살아야 할 것이다. 괜찮은 전망이다.

그래도 한 가지는 남는다. 나의 유머 감각은 여전하다. 몇 안 되는 나의 친구들은 최소한 그 부분에선 나를 인정한다. 그리고 내가 결단력이 있다고 사람들은 말한다. 그들은 가끔 꼭 나를 만나야 한다. 하루를 마치고 일터에서 집에 돌아오면(집에 오면 7시를 넘길 때가 잦다. 나의 상사가 인정이 없는 사람이란 것만은 확실히 이야기할 수 있다), 되는대로 저녁을 조금 먹는다. 그러고 나면 아파트 청소와 정리를 해야 한다. 일주일에 두 번 오는 가사도우미는 항상 엉뚱한 곳에 무언가를 둔다. 격무에 시달린 하루를 마치고 돌아와 이 시간쯤 되면 너무 지쳐서 곧장 침대에 쓰러져 하루를 마무리하고 싶은 기분이 든다.

그러다가 혹시라도 전화가 걸려 오면, 나는 최선을 다해 밝게 응답하려고 엄청난 노력을 기울인다. 어쩌다 거울에 비친 내 모습을 문득 보게 된다. 음울해 보이는 주름살과 원래 색을 잃어버린 머리칼 탓에 하루 만에 예순다섯이 된 것 같다. 자주는 아니지만 뭔지 몰라도 더 좋은 일이 생겼다는 이유로 여자 친구가 일요일 점심 약속을 취소하거나, 전 시어머니가 요즘도 그게 나와 상관이 있는 일이라는 듯 당신의 기관지염이나 아들 케네스에게 받은 편지를 빌미로 불평을 해댄 탓이다. 요는 그들 중 아무도 내가 그들의 감정을 배려하는 식으로 내 감정을 살펴주지 않는다

　　　　　　　　인생의 훼방꾼

는 것이다.

　나는 이상하게도 아버지가 '귀찮은 일'이라고 부르시던 역할을 늘 도맡아 하는 입장이 되는데, 그건 내가 기억하는 한 아주 오래전부터, 아버지와 어머니가 개와 고양이처럼 옥신각신 싸우시던 시절 내가 중재자 역할을 해야 했던 순간부터 계속된 일이다. 나는 머리가 좋은 척하지 않는 사람이며, 머리가 좋았던 적도 절대 없다. 하루하루 일상의 문제들을 풍부한 상식으로 처리할 뿐이고, 아직은 일터에서 해고당해본 적도 없다. 언제나 나는 사직 의사를 전달하는 쪽이었다. 그러나 나 자신을 위해서 무엇이든 부탁을 해야 한다거나, 케네스와 처리했어야 마땅한 일을 그러지 못했던 것처럼 내 권리를 주장해야 하는 경우엔 도무지 가망이 없다. 난 그저 수긍하며 아무 말도 하지 않는다. 홀몸 여성으로서 감당할 수 있으리라고 흔히 다른 사람들이 인정하는 수준보다 더 심한 인생의 고난을 겪으며, 나는 더 많이 이용당하고 더 많이 상처를 입은 것 같다. 그것을 운명이나 불운이라 불러도 좋고, 어떤 이름을 붙여도 상관없지만, 사실은 사실이다.

　내 입으로 말하긴 뭣하지만 그것은 사심 없는 태도에서 비롯된다. 최근에 일어난 일만 해도 그렇다. 지난 3년간 나는 언제라도 에드워드와 결혼할 수 있었지만 그를 생각해서 극단적인 행동은 늘 거부했다. 당신에겐 아내와 경력이 있으니 당신 의무를 최우선으로 생각하라고, 나는 종종 그에게 이야기했다. 감히 말하건대 멍청한 짓이다. 아무리 생각해봐도 그런 식으로 행동할 만한 다른 여자들은 그 어디에도 없다. 하지만 나에겐 이상이 있기에, 어떤 일은 옳고 어떤 일은 그르다. 그것을 나는 아버지에게 물려받았다.

케네스가 나를 떠났을 때, 나는 6년간 지옥 같은 세월을 견뎠으면서도 그의 친구들을 찾아다니며 불평을 늘어놓지 않았다. 단지 우리는 서로 맞지 않는 사람들이어서 진득하게 있지 못하는 그의 기질과 집에 있는 걸 더 좋아하는 나의 성품이 부딪혔으며, 위스키를 진탕 마셔댄 탓에 가정을 이루기로 한 것은 가장 행복한 방법이 아니었다고 말했을 뿐이다. 항상 건강이 문제였던 여인에게 그는 요구하는 것이 많았고 술을 마셔대는 동안 계속 밖으로 나돌았으며, 그를 위해 요리를 하고 집 안을 청소하느라 나는 제대로 서 있을 수도 없었다는 정도는 어쨌든 그의 친구들에게 털어놓았으니, 그를 떠나보낸 것은 정말이지 더 현명한 일이었던 것 같다. 물론 그 이후 나는 무너져 내렸다. 인간의 육신으로 더는 견딜 수가 없었다. 하지만 그를 비난하는 건…… 안 될 일이다. 사람이 만신창이가 되었을 땐 침묵을 지키는 편이 훨씬 더 품위 있다.

살면서 사람들이 얼마나 나에게 많이 의존하는지 처음 깨달은 것은 아버지와 어머니가 당신들의 부부 문제에 대해서 나의 도움을 청했을 때였다. 당시 나는 불과 열네 살이었다. 우리는 이스트본에 살고 있었다. 아버지는 변호사 사무실에 근무하셨는데, 정확히는 회사 변호사였던 건 아니고 사무장 위의 직급으로 중요한 일을 맡으셨고, 어머니는 집안을 돌보셨다. 연립주택이나 그 비슷한 종류의 다가구 주택이 아니라, 단독으로 마련된 정원에 지어진 꽤 괜찮은 집이었고, 집안일을 돕는 하녀도 한 명 있었다.

외동딸이었던 나는 어른들의 대화에 너무 많이 귀를 기울이는 버릇이 생겼다. 체육복이었던 하얀색 플란넬 셔츠에 치마를 입고 흉측한 학교 모자를 등에 매단 채 학교에서 돌아오던 기억이 선명하다. 나는 식당 바깥쪽 현관에 서서 신발을 벗고 있었는데—응접실이 북향이라 겨울엔 식당을 거실로 사용하고 있었다—아버지가 하시는 말씀이 들렸다. "딜리에겐 대체 뭐라고 얘기하지?" 딜리스도 참 예쁜 이름이지만 부모님은 늘 나를 딜리라고 불렀다.

아버지 목소리의 어조와 마치 어떤 진퇴양난의 상황에 빠지기라도 한 듯 '대체'를 강조한 문장만 듣고도 나는 즉각 무언가 잘못되었단 걸 알아차렸다. 글쎄, 다른 아이들 같으면 아무런 낌새도 못 알아차리고 잊어버리거나, 곧장 안으로 들어가서 대놓고 "무슨 일인데요?"라고 물었을 것이다. 나는 그러기엔 지나치게 너무 예민했다. 식당 밖에 서서 어머니가 뭐라고 대꾸하는지 들으려 애를 썼지만, 내가 알아들은 건 "걔도 곧 안정을 찾겠죠"라는 것 같은 내용이었다. 그런 다음 어머니가 의자에서 일어나는 움직임이 들려왔으므로 나는 재빨리 2층으로 뛰어 올라갔다. 무언가 일이 벌어지고 있었고 우리 가족의 삶을 온통 달라지게 만들 어떤 변화가 진행 중인데, 어머니가 "걔도 곧 안정을 찾겠죠"라고 하신 말씀으로 보아 부모님은 내가 그 일을 어떻게 받아들일지 의구심을 갖고 있는 것처럼 들렸다.

지금도 그렇고 과거에도 튼튼했던 적이 한 번도 없지만 어린 시절 나는 가장 지독한 감기에 걸리곤 했다. 그 특별했던 날 저녁 나는 감기의 끝물에서 거의 벗어나는 참이었는데, 어쩌다 듣게 된 그 속삭임에 감기가 다시 심해지는 듯했다. 춥고 작은 내 방에서 코를 계속 팽팽 풀어대야 했으므로, 아래층으로 내려간 나의 눈과 코는 빨갛게 부어 분명 무척 처참한 몰골이었을 것이다.

어머니가 말했다. "오, 딜리, 무슨 일이니? 감기가 더 심해졌어?" 그러자 아버지도 크게 염려하는 표정으로 나를 응시했다.

"아무것도 아니에요." 나는 부모님에게 말했다. "그냥 하루 종일 몸도 좋지 않은데도 괜히 기말고사 공부를 너무 열심히 했나 봐요."

그러다 갑자기─스스로도 참을 수가 없었다─나는 눈물을 터뜨렸다. 아버지와 어머니는 침묵을 지켰지만 두 분

　　　　　　　　　인생의 훼방꾼

모두 매우 불안하고 걱정하는 표정이었고, 나는 두 분이 눈빛을 주고받는 걸 목격했다.

"넌 침대에 누워 있어야 해." 어머니가 말했다. "올라가 있으면 엄마가 저녁 식사를 쟁반에 올려다줄까?"

그러자—내가 얼마나 예민한 사람인지를 보여주는 행동이다—나는 벌떡 일어나 어머니에게 달려가 끌어안으며 말했다. "어머니와 아버지한테 무슨 일이 생긴다면 난 죽을 거예요!"

그것으로 끝이었다. 더는 아무 말도 하지 않았다. 그러고는 미소를 짓다가 눈물을 닦으며 말했다. "기분 전환 삼아서 제가 두 분 시중을 들게요. 저녁은 제가 차릴래요." 나는 일손을 도와주겠다는 어머니의 말을 듣지 않았다. 내가 얼마나 쓸모 있는 사람인지 보여줄 작정이었다.

그날 밤 아버지가 내 방으로 올라와 침대에 앉더니 오스트레일리아에서 일자리 제의를 받았다는 이야기를 들려주었다. 만일 가게 된다면 아버지와 어머니가 먼저 가서 자리를 잡고 우리 셋이 살 집을 구하는 동안 첫해에는 나를 홀로 남겨두고 떠나야 한다는 의미였다. 나는 울음을 터뜨리거나 난리 법석을 피우려고 시도조차 하지 않았다. 그저 고개를 끄덕이며 말했다. "아버지가 최선이라고 생각하시는 대로 하셔야죠. 저는 신경 쓰지 마세요."

"듣던 중 반가운 소리구나, 하지만 우리가 보기에 흡족

할 정도로 네가 행복하게 잘 지내면서 맷지 고모와도 최선을 다해 사이좋게 관계를 유지할 거란 확신이 서지 않는 한은 널 기숙학교에 보내놓고 훌쩍 떠날 수가 없을 거야." 맷지 고모는 런던에 살고 있는 아버지의 누이였다.

"물론 전 최선을 다해서 잘 지낼 거예요." 내가 말했다. "곧 혼자 지내는 일에 익숙해지겠죠 뭐. 처음엔 좀 힘들지도 몰라요, 왜냐하면 맷지 고모는 저한테 용돈도 한 푼 준적 없고, 친구분들이 워낙 많아서 밤마다 외출하는 걸 좋아하는 분이시란 걸 저도 알거든요. 그건 곧 그 황량하고 낡은 집에 저 혼자 남겨져 있는 일이 많을 거란 의미죠. 그래도 방학 땐 아버지와 어머니께 매일 편지를 쓸 수 있을 테고 그러면 그렇게 단절되었다는 느낌을 받지 않을 거예요. 학교에선 열심히 공부해야 하니까 생각할 시간도 없을 테고요."

약간 화가 났던 아버지의 표정이 기억난다. 가엾게도 나이 든 아버지, 나처럼 예민한 분이었던 아버지는 이렇게 말했다. "너희 고모에 대해서 넌 무얼 보고 그런 말을 하니?"

"딱히 꼬집을 만한 건 없어요. 그냥 그분의 태도와 늘 저를 못마땅해하던 모습 때문이에요. 하지만 그런 일로 걱정 끼쳐드리진 않겠어요. 얼마 안 되는 제 짐을 챙겨서 그 집에 있는 제 방에 가져다두면 되겠죠? 그래야 그 방에 제가 사랑하는 모든 것들과의 연결 고리라는 의미를 둘 수 있잖아요."

아버지는 일어나서 방을 걸어 나갔다. 이어 그가 말했다. "완전히 결정된 건 아니란다. 신중히 생각해보겠다고 그 회사에 약속을 했을 뿐이야."

속상하다는 걸 들키고 싶지 않았기에 나는 침대에 누워 담요로 얼굴을 가린 채 말했다. "오스트레일리아에서 아버지와 어머니가 행복해질 거라고 정말로 진심으로 생각하신다면 가셔야죠."

이제 담요 너머로 살짝 내다보던 나는 아버지의 표정을 읽을 수 있었다. 얼굴에 주름이 가득하고 괴로워하는 그의 표정을 보며, 만일 아버지가 오스트레일리아에 간다면 큰 실수를 저지르는 일이 될 거라고 확신하게 되었다.

다음 날 아침 나의 감기는 악화되었고 어머니는 나를 계속 침대에 누워 있게 하려고 애를 썼지만 나는 평소처럼 일어나 학교에 가야 한다고 고집을 부렸다.

"멍청한 감기 하나 때문에 응석을 부릴 순 없어요." 내가 어머니에게 말했다. "앞으로 전 씩씩해져야 하고, 어머니와 아버지께서 애정으로 망쳐놓은 저의 나약함에 대해선 잊으려고 노력해야 해요. 감기에 걸릴 때마다 누워 지내야 한다면 맷지 고모는 저를 끔찍한 골칫덩어리라고 생각할 거예요. 런던의 안개와 이런저런 환경을 생각하면 아마 겨울 내내 감기에 걸려 지낼 텐데, 지금부터 익숙해져야죠."

그러고는 명랑하게 웃으며 어머니를 더 걱정시키고 싶지 않아서, 내가 맷지 고모의 런던 집 침실에 홀로 앉아 있는 동안 어머니는 오스트레일리아의 따뜻한 햇살 아래에서 지내게 될 테니 얼마나 다행이냐고 말하며 어머니를 살짝 놀리기도 했다.

"너도 알잖니, 가능하다면 우리도 널 꼭 데리고 갈 거야. 하지만 우선 뱃삯도 만만치 않고, 거기 도착했을 때 어떤 환경이 기다리고 있을지 통 알 수가 없어서 그래."

"알아요. 아버지도 그걸 걱정하시는 거잖아요, 그곳에 가서 낯선 인생을 겪어야 하고, 이곳에서 쌓아온 오래된 관계를 모두 끊고 떠나야 한다는 불안감 때문에요."

"아버지가 그런 말씀을 하시던?" 어머니가 내게 물었다.

"아뇨, 하지만 저도 느낄 수 있었어요. 가슴 쓰리면서도 아버진 인정을 안 하실 거예요."

아버지는 이미 출근한 뒤라 집에는 어머니와 나 둘뿐이었다. 하녀는 2층에서 침실을 정돈하느라 바빴고 나는 책가방에 학용품을 쑤셔 넣고 있었다.

"난 네 아버지가 그 일로 무척 행복해 보인다고 생각했어. 처음 그 계획을 의논했을 땐 정말 흥분한 모습이셨거든."

"그야 어머니가 제일 잘 아시겠죠. 하지만 아버지는 항

인생의 훼방꾼

상 그런 식이잖아요, 안 그래요? 처음엔 와락 덤벼들었다가 나중에 식어버리는데 그땐 돌이키기에 너무 늦은 다음이죠, 아버지가 모터 달린 제초기를 사는 바람에 어머니는 겨울 외투도 없이 지내야 했을 때처럼 말이에요. 그 나라까지 가서 아버지가 전혀 행복하게 정착을 못 한다는 걸 깨닫게 되면 끔찍할 것 같아요."

"그래, 그래, 나도 알아…… 처음엔 나도 그리 탐탁지 않았던 거 인정해, 하지만 아버지한테 설득당했어." 어머니가 말했다.

학교로 가는 버스를 타러 나가야 할 시간이었으므로 나는 더 이상 논의를 이어가진 않았지만 내가 얼마나 어머니의 마음을 공감하는지 알려주고 싶어서 말했다. "전 정말로 어머니가 행복하기를 바라고, 집을 구하러 돌아다니는 일도 혼자서 집안을 가꾸는 일도 즐기게 되시기를 진심으로 빌어요. 어머닌 제일 먼저 플로렌스가 그리워질 텐데―플로렌스는 우리와 함께 지낸 지 오래된 하녀였다―제가 알기로 오스트레일리아에선 가사도우미 구하기가 어렵대요. 학교 선생님 한 분이 오스트레일리아인인데, 그분 말씀으론 젊은 사람들에게는 근사한 곳이지만 중년에겐 별로래요. 하지만 또 그런 부분이 짜릿할 수도 있겠죠, 선구자가 되어서 역경을 헤치며 살아가는 일요."

고약한 감기 때문에 나는 다시 코를 풀며 어머니가 마

저 식사를 마치시도록 빠져나왔지만, 어머니도 내면 깊은 곳에선 오스트레일리아에 대해 그리 행복하게 생각하는 것만은 아님을 알 수 있었다.

아무튼 긴 이야기를 짧게 줄이자면 두 분은 결국 떠나지 않으셨다. 지금까지도 그 이유를 모르겠지만, 틀림없이 두 분이 나를 너무 심히 의지한 나머지 단 1년도 딸과 떨어져 사는 걸 견딜 수 없었기 때문일 거라고 생각한다.

우스운 것은 그 시절 이후로, 그러니까 오스트레일리아 이주 계획이 무산된 이후로 아버지와 어머니는 서로 사이가 멀어진 듯했고, 아버지는 인생에 대해서나 일에 대해서 흥미를 잃기 시작했다. 아버지는 어머니에게 잔소리를 해댔고, 어머니도 아버지에게 잔소리를 해대, 내가 중재자 역할을 자처했다. 아버지는 클럽에 간다는 핑계로 저녁마다 계속 밖에서 지냈으므로, 종종 어머니가 내게 한숨과 함께 하시던 말씀이 기억난다. "너희 아버지 또 늦으시네. 오늘 밤엔 무슨 일로 나간 걸까?"

나는 숙제를 하다가 고개를 들고선, 그냥 놀리느라고 이렇게 말했다. "어머니도 자기보다 어린 남자랑은 결혼하는 게 아니었어요. 아버지는 젊은 사람이랑 어울리는 걸 좋아하시니 지금도 그러고 계시겠죠, 사무실에도 다들 저보다 몇 살 많지도 않은 여직원들이 있잖아요."

어머니가 자신의 역량을 최대한으로 발휘하지 못했던

건 사실이다. 어머니는 워낙 집에만 있는 분이어서 항상 부엌을 들락거리며 빵과 케이크를 만드셨는데, 그런 솜씨는 플로렌스보다도 훨씬 나았다. 그런 점은 나도 어머니한테 물려받았음을 기쁘게 털어놓을 수 있다. 요리에 관한한 나를 가르칠 수 있는 사람은 아무도 없다. 하지만 당연히 그것은 어머니가 자신의 외모 가꾸기에 소홀한 경향이 있음을 의미했다. 그래서 아버지가 마침내 집에 돌아오면 나는 몰래 그를 맞이하러 현관에 나가 인상을 찌푸리며 손가락을 입술에 올렸다.

"아버지 잔소리 좀 들으실 거예요." 내가 속삭여 말했다. "어머니가 저녁 내내 벼르고 계셨어요. 그냥 들어가서 신문이나 읽으며 아무 말씀 마세요."

가엾은 아버지, 그는 즉각 가책을 느끼는 표정을 지었고, 그러면 이내 우리 앞엔 흡족한 저녁 시간이 펼쳐졌다. 어머니는 식탁 끝에 입을 꾹 다물고 앉아 있고 아버지는 반대편 끝에서 시무룩한 얼굴을 했지만 그 사이에 앉은 내가 최선을 다해 두 분을 화해시키려 노력했다.

학교를 졸업할 무렵엔 무슨 일을 할 것인가, 하는 질문이 떠올랐다. 앞서 말했듯이 나는 머리가 좋지는 못해도 눈치가 빠르고 일상적인 일은 꽤 잘 처리하는 편이어서 타이핑과 속기 수업을 들었는데, 나중에 벌어진 결과를 두고 보자면 그 수업을 들어둔 게 천만다행이었다. 당시 나는 그게 다른 일로 이어질 거라는 생각을 하지 못했었다. 그때 난 열여덟 살이었고 그 또래 여자아이들이 대부분 그렇듯 배우를 동경했다. 학교 연극에서 나는 〈스캔들 학교〉˙의 주인공 레이디 티즐 역할을 맡았었다. 사실 다른 배역은 생각도 할 수 없는 상황인 데다, 마침 교장 선생님의 친구가 기자여서 지역 신문에 나에 대한 기사까지 났지만, 내가 계속 무대 생활을 하고 싶다고 하자 아버지와 어머니는 둘 다 단호하게 반대했다.

"연기 수업에 드는 비용은 무시하더라도 아무것도 모르는 네가 무슨 수로 그 세계에 발을 들인다는 거냐." 아버지가 말했다.

어머니도 거들었다. "게다가 그러려면 런던에서 너 혼자 살아야 한다는 뜻이야. 절대로 안 될 말이다!"

나는 속마음을 비밀에 부치고서 비서 수련 과정을 밟았지만 배우에 대한 꿈을 완전히 포기한 것은 아니었다. 내가 보기엔 이스트본에서 살아가는 건 우리 가족 모두에게 미래가 없었다. 아버지는 여전히 변호사 사무실에서 따분한 일을 참아냈고 어머니는 집에서 빈둥거리며 지냈다. 두 분의 견해는 너무도 편협해져 인생에서 아무것도 바라는 것이 없어 보였다. 하지만 런던으로 옮겨 가서 산다면 부

˙ 1777년 런던에서 초연된 리처드 셰리든의 풍자 희극으로 귀족 사회의 허영과 속물근성을 꼬집는 내용.

모님에게도 새로운 흥밋거리가 많아질 터였다. 아버진 겨울엔 축구 경기를, 여름엔 크리켓을 즐길 수 있고, 어머니는 연주회와 그림 전시회에 다닐 수도 있을 것이다. 이젠 맷지 고모도 그만큼 살았으면 빅토리아의 그 저택에서 홀로 지내는 인생도 몹시 외로울 게 틀림없었다. 우리가 힘을 합해서 그분과 함께 지내면, 물론 비용을 부담하고 하숙인들처럼 함께 살면 고모에게도 도움이 될 터였다.

"어머니도 잘 아시잖아요." 어느 날 저녁 내가 어머니에게 말했다. "아버지는 곧 은퇴를 생각해보셔야 할 텐데, 아버지 은퇴 뒤엔 어머니가 이 집을 어떻게 꾸려가실지 전 그게 걱정이에요. 플로렌스도 내보내야 할 거고, 전 뼈가 으스러지도록 가엾은 손가락을 놀려 타이핑을 해야 하는 직장에 온종일 나가 지낼 테니, 두 분은 프린스 산책시키는 것 외엔 아무 할 일도 없이 집 안에 틀어박혀 지내셔야 하잖아요."

프린스는 아버지만큼이나 늙은 우리 집 개였다.

"음, 난 잘 모르겠구나. 너희 아버지 은퇴는 아직 예정에 없어. 1~2년 뒤에 계획해도 시간 충분할 거야." 어머니가 말했다.

"다른 사람이 아버지 인생을 계획하는 일은 없기를 바랄 뿐이에요. 사무실의 베티 어쩌고 하는 사람을 전 통 믿지 못하겠더라고요. 그 여자가 워낙 말이 많은 게 염려돼

서 말씀드려본 거예요."

사실 아버지는 지난 몇 달간 몹시 피곤해 보였기에 그의 건강에 대해서 마음이 놓이질 않았다. 바로 다음 날 그 문제로 내가 아버지를 다그쳤다. "아버지, 기분 괜찮으세요?"

"응. 왜?"

"이번 겨울 들어서 체중이 빠지신 것 같고 안색도 많이 안 좋아 보여서요."

아버지가 일어나서 거울로 자신의 모습을 비춰 보시던 게 기억난다.

"그렇구나." 그가 말했다. "좀 말랐네. 난 그런 줄도 몰랐구나."

"저는 걱정한 지 좀 됐어요. 의사를 만나보셔야 할 것 같아요. 가끔 심장 바로 아래쪽에 통증도 있으시죠?"

"그건 소화불량 탓이라고 생각했지."

"그럴 수도 있지만 아버지 같은 나이엔 절대 모를 일이 잖아요." 반신반의하며 내가 말했다.

어쨌거나 아버지는 검진을 받으러 갔고, 의사는 위궤양이 의심되고 혈압이 높지만 심하게 나쁜 곳은 없다고 말했다. 진찰을 받지 않았더라면 절대 발견하지 못했을 수도 있는 병이었다. 그 진단을 받은 아버지는 꽤나 속을 썩였고 어머니도 마찬가지였다. 그래서 나는 아버지가 지금처

럼 일을 계속하는 건 어머니에게도 본인에게도 정말 불공
평한 일이라고 설명했다. 그러다가 얼마 후에 아버지가 정
말로 병이 나 사무실에서 심장 발작이라도 일으킨다면 어
떤 결말이 나올지는 하늘만이 알 일이었다. 그리고 암은
초기에는 드러나지 않으므로, 아버지가 그 병으로 고생을
하지 않으리라는 보장도 없다고 나는 아버지에게 말했다.

그러는 사이 나는 여전히 웨스트민스터 성당 근처의 저
택에서 홀로 살고 있는 맷지 고모를 만나러 런던으로 찾아
갔다.

"강도 들까 봐 안 무서우세요?" 내가 물었다.

고모는 한 번도 생각해본 적이 없는 일이라고 말했다.
나는 깜짝 놀란 표정을 지었다.

"그럼 이제 생각해보실 때가 됐네요. 매일 신문에 나는
기사 때문에 전 더럭 겁이 나요. 그런 일을 당하는 분들은
항상 오래된 대저택에 혼자 살던 노부인들이더라고요. 문
에 쇠사슬을 꼭 채워놓으시고 어두워진 이후엔 누가 초인
종을 눌러도 열어주지 마세요."

그녀는 인근에서 강도 사건이 한 번 있었다고 인정했
다.

"그것 보세요. 범죄자들이 이 구역에서도 일을 시작할
거예요. 하숙하는 사람을 들이셔서 집 안에 남자가 있으
면 아무 일도 안 일어날 거예요. 게다가 이렇게 혼자 사시

다가 넘어져서 다리가 부러지실 수도 있잖아요. 그럼 며칠 동안 아무도 고모를 발견 못 할 거예요."

가엾은 소중한 분들—아버지, 어머니, 그리고 맷지 고모—이 전 재산을 합해 빅토리아에 있는 저택에서 함께 살면 얼마나 더 행복할 것인지 내가 일깨워드리기까지 석 달쯤 걸렸던 것 같다. 건강이 나빠졌을 때를 대비하여 최고의 병원 바로 옆에서 살게 되었다는 의미였기 때문에 그것은 누구보다도 아버지를 위해 최선이었다. 실제로도 바로 다음 해에 그것이 증명되었지만, 그보다 먼저 나는 웨스트엔드 극장에서 임시 대역 일자리를 얻었다.

오 그렇다, 배우가 되기를 열망했다는 건 나도 인정한다. 전쟁 전에 여자들에게 특히 인기가 높았던 배우 버넌 마일스를 기억하는가? 요즘 10대들에겐 인기 가수가 우상이듯이, 우리 세대엔 그 사람이 가슴을 두근거리게 만드는 스타였고, 다른 모든 이들처럼 나 역시 그에게 푹 빠져 있었다. 가족은 빅토리아에 있는 맷지 고모의 집에 정착하는 중이었고—나는 꼭대기 층에 있는 방 두 개를 아파트처럼 사용했다—나는 매일 외출해 저녁마다 무대 뒷문에 진을 치고 기다렸다. 결국 그는 나를 알아보는 수밖에 없었다. 그 시절 내 머리는 금발이고 요즘처럼 굳이 인공적으로 손대지 않아도 숱이 많았으며, 내 입으로 직접 말하기 민망하지만 정말 예뻤다. 비가 오나 날이 개나 나는 매일 저녁

인생의 훼방꾼

그곳에 있었으며, 차츰 그와 농담 같은 걸 주고받게 되었다. 처음엔 내 수첩에 사인을 해주고 가버리던 그는 이내 손을 흔들며 잘 가라는 인사를 해주다가 마침내 나도 분장실에 들어와 다른 친구들과 한잔하라고 청하기에 이르렀다.

"충직한 오랜 팬을 소개하지." 그가 말했다. 그는 대단한 유머 감각을 갖고 있었다. 사람들은 모두 웃음을 터뜨리다 나와 악수를 나누었고, 나는 바로 그 자리에서 일자리를 달라고 그에게 말했다.

"배우 일을 원한다는 의미인가?" 그가 물었다.

"극장에서 일을 할 수만 있다면 무슨 일이든 상관하지 않겠어요. 원하신다면 커튼을 올리고 내리는 일이라도 도울게요." 내가 말했다.

그런 뻔뻔함과 함께 거절은 사양하겠다는 나의 태도가 정말로 통했던 것 같다. 버넌 마일스가 진짜로 무대감독 보조의 보조로 나를 채용해주었기 때문이다. 실제로 내가 하는 일은 기껏 미화해도 심부름꾼에 불과했지만 그래도 꿈의 사다리에 한 발을 올려놓은 셈이었다. 빅토리아에 있는 집으로 돌아가 가족들에게 버넌 마일스와 함께 무대에서 일을 하게 되었다고 말하는 기분은 얼마나 벅찰까!

무대감독 일을 돕는 것 이외에도 나는 임시 대역의 임시 대역을 맡았다. 행복하고 걱정 없는 나날이었다. 그래도 가장 멋진 점은 매일 버넌 마일스를 만난다는 것이었다. 나는 언제나 극장에 맨 마지막까지 남아 그가 퇴근할 때 같이 나가도록 시간을 조절했다.

그는 '충직한 오랜 팬'이라는 칭호 대신에 더 칭찬에 가까운 뜻을 담은 '성실이'라는 별명으로 나를 불렀다. 나는 무대 뒷문에서 기다리다가 그를 귀찮게 하려는 모든 팬들을 멀리 내쫓는 걸 내가 맡은 임무로 여겼다. 극단의 다른 배우들에게도 나는 똑같이 행동했고 몇몇은 그런 나를 엄청 시기했다. 무대 뒤에선 늘 스타들 본인이 알지 못하는 반감과 알력이 많은 법이다.

"전 당신처럼 되고 싶지 않아요." 어느 날 밤 내가 버넌 마일스에게 말했다.

"어째서?" 그가 물었다.

"당신 뒤에서 사람들이 수군거리는 이야기를 알면 놀라실걸요. 당신 면전에선 다들 아양을 떨지만, 당신이 다른 곳을 보고 있을 땐 이야기가 달라져요." 내가 그에게 말했다.

그에게 현실을 알려 조심시키는 것만이 공평한 일로 여겨졌다. 그는 정말 친절하고 너그러운 사람이었기에 그가 어떤 식으로든 욕을 먹는 존재라는 건 생각도 하기 싫었다. 그리 심각한 정도는 아니었지만 그는 약간 나와 사랑에 빠져 있기도 했다. 크리스마스 파티 때 그는 겨우살이 아래에서 나에게 키스를 했었는데, 다음 날엔 자신의 행동

인생의 훼방꾼

이 수치스럽게 여겨졌던 모양이다. 작별 인사도 없이 그가 극장을 빠져나갔던 기억이 있기 때문이다.

일주일 내내 저녁마다 복도에서 기다렸지만 항상 그의 곁엔 누군가 있었다. 토요일이 되어서야 비로소 분장실에 아무도 없다는 걸 알고 있던 나는 문을 두들겼다. 나를 발견한 그는 약간 겁을 먹은 표정이었다.

"안녕, 파이도."[*] 그가 말했다. 이제 내 별명은 파이도가 되어 있었다. "집에 간 줄 알았는데."

"아니에요, 뭐든 시키실 게 있나 해서요."

"마음 씀씀이가 착하기도 하지. 근데 부탁할 일은 없는 것 같군."

나는 그냥 거기 서서 기다렸다. 그가 정말로 다시 나에게 키스를 할 마음이 있다면 나는 싫지 않았다. 또한 그가 집에 가다가 빅토리아에 나를 내려준다면 그리 돌아가는 길도 아니었다. 그는 첼시에 홀로 살고 있었다. 잠시 기다리다 내가 그런 제안을 하자 그는 약간 불편한 기색으로 미소를 지으며 심히 미안하지만 정반대 방향인 사보이 호텔에서 저녁 약속이 있다고 말했다.

이어 그는 가슴에 손을 얹더니 꽤나 심하게 기침을 하기 시작했고, 발작이 시작되려는 것 같아 걱정이라며—여

---

[*]   Fido. '멍멍이'라는 뜻과 '결함이 있는 주화'라는 뜻을 모두 지닌다.

러분도 기억하다시피 그는 천식을 앓고 있었다—자기 의상 담당자는 처치법을 알고 있으니 나더러 그를 데려오라고 말했다. 정말로 깜짝 놀란 나는 의상 담당자를 불러왔고 그는 오자마자 나를 방 밖으로 몰아내더니, 마일스 씨는 저녁 약속 때문에 사보이 호텔로 출발하기 전에 20분쯤 휴식을 취해야 한다고 말했다. 내 생각엔 그 의상 담당자가 버넌 마일스와 나의 우정을 시기한 것이 틀림없다. 왜냐하면 그날 밤 이후 그가 분장실 문 앞에서 항상 보초를 서며 내가 밖에서 어슬렁거리려고 할 때마다 거의 버럭 화를 냈기 때문이다. 정말로 아주 사소하고 우스운 일이었는데도 극장 분위기도 사뭇 달라져, 사람들은 구석에서 속삭이거나 아예 말을 걸지 않거나 내가 나타날 때마다 다른 곳을 쳐다보았다.

아무튼 나의 무대 경력은 아버지의 죽음으로 짧게 끝이 났고(아버지는 위 통증의 원인을 찾아내기 위한 탐색 수술을 받았는데 기본적으로 아무런 문제도 찾지 못했음에도 마취 상태에서 숨을 거두었다), 어머니는 당연히 매우 괴로워했다. 바가지를 긁기는 했지만 어머니는 아버지를 좋아했다. 그리고 나는 어머니와 맷지 고모 사이에 평화를 지키기 위해서 한동안 집에 들어가야 했다.

나이 든 사람들을 위해서는 정부가 나서서 무슨 일이든 해야 한다. 건강이 나빠지는 노인들을 위한 대비책이 전혀 없다는 건 정말 끔찍하다고 나는 두 분에게 거듭 이야기했다. 언제고 두 분 중 누구라도 아버지가 겪었던 종류의 통증을 앓게 될 수도 있는 일인데, 급히 병원에 달려가더라도 아마 잘못된 곳이 전혀 없는데 몇 주일씩 입원을 해야 할 것이다. 방마다 냉온수가 완비되고 식당도 있으며 간호사들이 직원으로 상주하여 노인들이 언제든 자신의 건강에 대한 염려 없이 느긋하게 지낼 수 있는 호스텔이 시급했다. 나야 당연히 두 분의 시중을 드느라 무대 일을 포기하면서도 투덜거리지 않았지만, 맷지 고모가 돌아가시고 나면 어머니를 모시는 비용을 어디에서 충당한단 말인가?

아무튼 당시는 1939년이라 두 분 모두 무척 초조한 게 당연했다. 전쟁이 발발해 폭탄 공격 위협이 시작되었으니 어떤 상황이었을지 상상이 갈 것이다. "역 때문에 빅토리아가 맨 먼저 공격을 받을 거예요." 내가 말했다. 그러고는 지체할 시간도 없이 서둘러서 두 분의 짐을 싸 데번셔로 피란을 떠나게 했다. 그러나 끔찍하게도 하필 두 분이 머물던 엑서터의 하숙집이 직격탄을 맞았다. 두 분은 즉사했고, 빅토리아의 저택은 긁힌 상처 하나 없이 무사했다. 그런 게 인생이다, 안 그런가? 엄밀히 따진다면 아마도 죽음이 그런 것일지도 모르겠다.

가엾은 어머니와 맷지 고모가 단 하나의 폭탄으로 동시에 이 세상을 떠났다는 비극에 너무도 충격을 받은 나머지

297

나는 신경쇠약에 걸렸고, 정말이지 그러느라 군에 자원할 소녀와 젊은 여성들을 모집하기 시작했을 땐 국가의 부름에 응할 기회를 놓치고 말았다. 나는 간호사 역할에도 맞지 않았다. 나는 시각장애인인 친절한 백만장자의 비서로 취직해 기력을 되찾으려고 노력했다. 그는 슈롭셔에 거대한 저택을 갖고 있었는데 여러분은 도저히 믿지 않겠지만, 그는 나에게 엄청 헌신적으로 굴었으면서도 동전 한 푼 남기지 않고 사망했다.

그의 아들이 그 집으로 들어왔으나 그의 아내가 나를 좋아하지 않았고 나 역시 그녀를 좋아하지 않았으므로, 유럽에서 전쟁이 끝나자 나는 런던으로 돌아가기로 결심한 뒤 플리트가*에서 어느 기자의 일을 돕는 또 다른 비서 일을 얻었다.

그를 위해 일하는 동안 나는 다양한 기자들과 여러 분야 언론인들과 친분을 쌓았다. 그쪽 세계에서 어울려 지내다 보면 제아무리 신중한 사람이라 해도 수없이 떠도는 풍문을 접할 수밖에 없고, 그렇다 쳐도 나를 경솔하다고 손가락질할 수 있는 사람은 아무도 없다. 나름 양심적으로 살려 해도 사람이라면 누구나 스캔들을 모른 척할 수 없는 한계점이 있게 마련이고, 비록 내가 모든 이야기의 출처를

---

* 16세기부터 신문사가 들어선 이후 오랜 세월 신문사와 출판사들이 모여들어 한때 '잉크의 거리'로도 불렸다.

인생의 훼방꾼

추적해 알아내고 그것이 진실인지 아닌지 확인할 만큼 시간이 많았더라도 그건 내가 할 일이 아니다. 그 모든 소문을 들었을 때 내가 할 수 있는 최선의 행동은 그것이 **분명** 소문이고, 그러므로 말이 나지 않도록 전달하지 말라고 주장하는 것뿐이다.

내가 케네스를 만난 것은 바로 그 기자를 위해 일하던 시기였다. 그는 로잰케의 절반을 소유한 사람이었다. 의상 디자이너이자 오트쿠튀르—본인 마음대로 뭐라고 발음하든 상관없다—인 로잰케는 누구나 알 것이다. 내 생각에는 최고 10위권에서 3위 정도 기업이다. 사람들은 오늘날까지도 상아탑에 숨은 어느 은둔자 같은 한 사람이 운영하는 브랜드라고 생각하지만 사실 로잰케는 로즈와 케네스 소본즈, 즉 로즈앤드케네스에서 나온 말이다, 아니 과거엔 그랬다. 그들이 이름을 합쳐 만든 방식이 꽤나 기발하지 않은가?

로즈와 케네스 소본즈는 남매지간이었고 나는 케네스와 결혼했다. 남매 중에서 로즈가 예술적인 쪽이란 건 나도 인정한다. 그녀는 디자인을 담당했고 사실상 창의적인 모든 업무를 도맡았으며, 케네스는 사업의 재무를 담당했다. 나의 언론인 상사는 로잰케의 지분을 겨우 몇 주쯤 소량 갖고 있을 뿐인데도, 수익이 쏠쏠한지 신문 가십난에 로잰케를 자주 등장시켜 아주 효과적으로 소문을 이용했다. 사람들은 전쟁 통에 유행한 획일적인 군복 패션을 지겨워했고, 로즈는 영리하게도 엉덩이와 가슴 등 몸매가 도드라지도록 몸에 딱 달라붙는 디자인으로 여성성을 강조했다. 로잰케는 눈 깜짝할 사이에 최정상에 등극했지만, 그렇게 되기까지 언론의 도움과 지원을 받았다는 건 의심할 여지가 없다.

나는 그들의 패션쇼에서 케네스를 만났다. 물론 나는 기자용 출입증을 갖고 있었다. 기자 친구가 그를 콕 집어 내게 가르쳐주었다.

"로잰케의 '케'가 바로 저기 있군." 친구가 말했다. "저 사람이 끄트머리를 쥐고 있다는 건 확실해. 로즈 머리가 비상하거든. 케니는 그냥 숫자 놀음이나 하다가 누나한테 수표를 넘겨주는 것뿐이야."

케네스는 외모가 잘생겼다. 잭 부캐넌 타입이랄까, 어쩌면 렉스 해리슨을 닮았다고 할 수도 있을 것이다. 큰 키에 금발 머리, 매력이 넘쳤다. 나의 첫 번째 질문은 그가 유부남이냐는 것이었는데 기자 친구는 아직 그를 붙잡은 사람은 아무도 없다고 말해주었다. 그는 케네스에게 나를 인사시켰고, 로즈에게도 소개했다. 두 사람은 남매였음에도 조금도 닮지 않았다. 나는 상사가 그들에 관해 신문에 실으려 계획하고 있는 기사 내용을 로즈에게 귀띔해주었다. 그녀는 당연히 기뻐하며 자신이 개최하는 파티에 나를 초대

인생의 훼방꾼

했다. 일이 잘되려니 하나가 다른 하나로 이어졌다. 로잰케는 연일 신문에 오르내렸고 매일 더 큰 명성을 떨쳤다.

"당신이 언론에 미소를 지으면 언론도 당신에게 미소를 짓게 되어 있어요. 그래서 일단 언론을 당신 편으로 끌어들이면 세상을 삼키는 건 시간문제죠." 내가 케네스에게 말했다.

버넌 마일스가 그들을 만나러 올 거라며 내가 남매를 위해 조촐한 파티를 연 날이었다. 나는 그들에게 그 배우와 잘 아는 사이라고 말했고, 그들은 그가 다음번 연극에서 자기네 의상을 입어주길 바랐다. 불행히도 그는 결국 나타나지 않았다. 또다시 천식 발작이 있었다고 그의 비서가 알려주었다.

"당신은 정말 앞서가는 여성이에요. 난 당신 같은 사람은 누구도 만나본 적이 없어요." 케네스가 말했다. 그러면서 그는 다섯 잔째 마티니를 비웠다. 그는 당시에도 술을 너무 많이 마셨다.

"내가 한 가지 더 알려드리죠. 당신도 이제 누나한테 휘둘리는 건 그만둘 때가 됐어요. 로잰케의 발음 방법이 영 잘못됐잖아요. 당신도 '케' 강세를 두고 싶겠죠."

그 말에 그는 정신을 차렸다. 그는 술잔을 내려놓고 나를 빤히 쳐다보았다.

"무슨 생각으로 그런 말을 하죠?" 그가 물었다.

나는 어깨를 으쓱했다. "나는 남자가 여자에게 굽실거리는 걸 보기가 싫어요. 특히 머리 좋은 남자가 그럴 땐 말이죠. 그냥 게으른 것뿐이잖아요. 얼마 안 있으면 로잰케에서 '케'가 떨어져 나갈 수도 있겠던데, 그럼 탓할 사람은 당신 본인밖에 없어요."

믿거나 말거나 그는 나를 데리고 저녁 식사를 하러 나갔고, 나는 그의 어린 시절 이야기와 어떻게 로즈와 어머니가 항상 그를 먹잇감으로 삼았는지 모든 사연을 들었다. 물론 그들은 헌신적이었지만, 내가 지적했듯이 바로 그 헌신이 최악의 문제였다. 헌신은 소유욕으로 변했다.

"당신에게 필요한 건 홀로서기를 해서 당당하게 맞서는 거예요."

그날 저녁 식사의 결과는 상당히 엄청났다. 케네스는 로즈와 대판 싸움을 벌였다. 나중에 그에게 이야기를 들어보니, 둘 사이에 난생처음 벌어진 말다툼이라고 했다. 하지만 그 시기 이후 사업에 또 다른 변화가 있었던 걸 보면 상황이 달라진 게 분명했고 로즈는 모든 사업을 자신만의 방식대로 할 수 없다는 걸 깨달았다. 모델들 말로도 분위기가 변해 엉망이 되었다고 했지만, 그건 단지 규율이 엄해져서 일하는 시간이 더 길어졌기 때문이었다.

케네스는 교통체증 속에서 나에게 프러포즈를 했다. 파티가 끝나고 그가 나를 차로 집에 데려다주는 중이었다.

인생의 훼방꾼

맷지 고모가 유언장에서 저택을 나에게 남겼으므로 나는 아직 빅토리아에 있는 그 집을 갖고 있었다. 신호등이 계속 바뀌질 않아서 어느 블록에 갇혀 있던 참이었다. 어딘가 신호 체계가 잘못된 게 틀림없었다.

"빨간색은 위험을 가리키죠. 그게 당신이에요." 케네스가 말했다.

"당신은 듣기 좋은 말만 하네요. 난 자신을 치명적인 팜 파탈이라고 생각해본 적 없어요." 내가 그에게 말했다.

"치명적인지는 나도 잘 모르겠지만 이렇게 우리 같이 갇혀 있으니 똑같은 거나 마찬가지예요." 케네스가 말했다.

당연히 그는 나에게 키스를 해야 했다. 달리 그가 할 수 있는 일은 없었다. 그런데 누군가 신호등 메인 스위치에 손을 대 고쳐놓은 듯했다. 내가 먼저 바뀐 신호등을 보았다.

"초록색이 무엇을 의미하는지 당신도 알죠?" 내가 그에게 물었다.

"네, 경보 해제. 전진하라." 그가 대답했다.

"음, 나도 미혼이에요. 길이 열렸네요." 내가 말했다.

완벽하게 솔직히 이야기하자면, 그가 손톱만큼도 놀라지 않았다고는 확신하지 못하겠다. 다들 알다시피 어떤 남자들은 대단히 신중하기 때문에, 어쩌면 그도 하루나 이틀 뒤에나 스스로 그런 결론에 도달했을지도 모른다. 어찌 되었든 당연히 우리가 약혼했다는 소문이 순식간에 파다했고, 일단 그런 소식이 신문지상에 오르면 부인하기가 너무 어려워진다. 내가 그에게도 말했다시피, 남자가 비열하게 보이면 사업에도 심히 악영향을 미친다. 게다가 의상 디자이너가 미혼이면 사람들이 온갖 억측을 하게 마련이다. 그래서 우리는 결혼을 했고, 나는 회사 비용으로 아름다운 드레스를 입었다. 결혼식에서 가장 낭만적이지 않은 부분은 내가 소본즈 부인이 된다는 것이었다.

케네스와 나는 무척 사랑에 빠져 있었지만, 나는 시작할 때부터 결혼 생활이 잘 풀리지 않을 거라는 불안한 느낌을 품었다. 우선 첫째로 그는 도무지 가만히 있지를 못하는 사람이어서 항상 이곳에서 저곳으로, 또 다른 곳으로 옮겨 다니고 싶어 했다. 결혼식 직후에 우리는 파리로 날아가 줄곧 머물 작정이었지만 그곳에서 하루를 보냈을 때 그가 말했다. "딜리, 난 여기 못 견디겠어. 로마로 가보자." 그래서 우리는 그곳으로 떠나야 했고, 로마에서 이틀도 채 지나기 전에 그는 나폴리를 제안했다. 그러더니 로즈와 어머니에게 전보를 보내 그곳으로 불러내 다 함께 지내자는 어처구니없는 아이디어를 내놓았다. 신혼여행 중인데! 당연히 나는 마음에 상처를 입었고 만약 그가 신혼여행에 가족을 불러들여야 했다는 사실이 언론에 알려지면, 로잰케는 런던에서 웃음거리가 될 것이라고 말했다. 그가 다시는 그 이야기를 꺼내지 않은 걸 보면 그 말에 상당히 충격을

인생의 훼방꾼

받은 듯하다. 하지만 느끼한 음식이 그에게 맞지 않아서 우리는 이탈리아에도 그리 오래 머물지 않았다.

결혼 생활…… 그 안에 들어가본 사람인 내가 무슨 말을 할 수 있을까! 우리가 함께했던 6년 동안, 케네스가 술을 너무 많이 마시지 않았던 날이 단 하루라도 있었는지 도저히 기억나지 않는다. 그는 일어설 수도 없고 말도 할 수 없을 정도로 만취했다. 중독 치료를 위해 세 번이나 입원했지만 조금도 소용이 없었다. 치료 시설에선 꽤 괜찮아진 것 같았는데—그는 매번 다른 시설을 시도했다—그러다가 퇴원해서 내 곁으로 돌아오자마자 곧장 다시 술병에 손을 댔다. 내가 얼마나 고통스러웠는지!

그래도 로잰케의 사업은 그 문제로 큰 지장을 받지 않았다. 케네스가 술을 마시기 시작하자 로즈가 그를 동업자 지위에서 내쫓고 그 자리에 월급쟁이 회계사를 앉혔기 때문이다. 그녀는 어쩔 수 없이 케네스에게 배당금을 주었지만, 재무 관리에 그가 어떻게든 손을 대게 하는 건 안전하지 못했다.

결혼하면서 나는 일을 관뒀지만, 케네스가 항상 치료 시설을 들락날락했기 때문에 뭐든 일을 해서 비용을 충당해야 했으므로 나는 플리트가의 친구들과 계속 연락을 취했다. 공식적인 일은 아니었다. 이따금씩 소소한 정보를 제공하는 것뿐이었다. 로즈의 올케란 점이 도움이 되었다.

패션 세계에 얼마나 많은 말들이 오가는지 여러분은 믿지 못할 것이다. 구매자들은 무대 뒤에서 오가는 쑥덕공론을 많이도 전해 들었고 모델들도 마찬가지였다. 고객들은 사소한 말실수가 사람들 입에 오르내리게 된다는 것을 깨닫게 될 뿐이지만, 업계 관계자들은 고급 패션 매장 근처에 갈 때마다 아예 입에 단단히 반창고를 붙였다. 어쨌든 나는 몇몇 구매자들뿐만 아니라 로잰케의 모델들도 대부분 잘 알고 있었다. 로즈 본인도 집안에서 고객에 대한 이야기를 할 때 특히 말조심을 하는 편이 아니었으므로, 나는 오다가다 듣게 된 수많은 이야기들을 나중에 언론에 흘려 신문에 대서특필되게 만들었다. 나는 괜한 험담은 참지 못했지만, 수군대는 이야기는 진실로 밝혀질 낌새가 다분했다. 이루어지기를 바라며 오늘 빈 소원은 내일이면 사실이 되었다.

"케네스 소본즈가 알코올 중독자인데도 가정을 지키다니, 내 생각에 당신은 성인이나 다름없어요." 친구들이 내게 말했다.

"그 사람은 내 남편이고 그를 사랑하니까요." 내가 그들에게 말했다.

우리가 가족을 이룰 수만 있다면 케네스가 계속 술을 끊게 할 수 있을 거라고 나는 믿었다. 하늘도 알다시피, 노력이 부족했기 때문은 아니었다. 그가 시설에서 나와 집으로 돌아올 때마다 나는 최선을 다했다. 그러나 절대 일이 잘 풀리질 않았다……

마침내 가슴 찢어지는 비극의 서막이 열리며, 그가 네 번째로 들어간 요양 시설에서 편지를 보내와—그곳은 요크셔에 위치해서 내가 하루 만에 면회를 다녀오기엔 너무 멀었다—거기서 만난 간호사와 사랑에 빠졌다고 설명하며 그녀가 이미 임신 중이므로 자기와 이혼을 해줄 수 있느냐고 물었다.

나는 그 소식을 들고 곧장 로즈와 시어머니를 찾아갔지만 그들은 별로 놀라워하지 않았다. 그들은 결국 그 비슷한 일이 벌어지게 될 것이라고 느끼고 있었던 것 같다. 그들은 케네스가 그런 일을 벌이다니 무책임했다고 말하며, 매우 슬픈 일이지만 모든 상황을 감안할 때 그를 보내주는 것이 최선이라는 결론을 내렸다.

"그럼 난 어떻게 살아요?" 내가 말했다. 상상이 가겠지만 나는 거의 제정신이 아니었다. "6년 동안 케네스의 노예로 살았는데, 이게 내가 했던 모든 일에 대한 그의 보답이네요."

"우리도 알아, 딜리." 로즈가 말했다. "올케한테도 힘들었겠지만 어차피 힘든 세상이야. 당연히 케네스가 위자료를 챙겨주어야겠지만 나도 자기를 돌봐주도록 할게."

그녀는 나와 언쟁을 벌이는 걸 감당할 수가 없었다. 나는 그녀의 사생활과 로잰케의 내부 사정에 대해서 너무 많은 걸 알고 있었다.

"좋아요." 나는 눈물을 닦으며 말했다. "나도 용감한 얼굴을 하고 버텨보겠지만, 인생의 모든 즐거움을 누리기 위한 대가가 너무도 무겁고, 전혀 달콤하지도 않네요."

부유하고 유명하며 만인의 환영을 받는 로즈가 눈앞에 버티고 있고, 나는 그녀와 케네스를 유명인사가 되도록 도왔을 뿐인 딜리 소본즈에 불과했다. 그녀가 말한 것처럼 세상은 원래 힘든 곳이지만, 그래도 그녀는 세상 꼭대기에 올라 앉아 있는 듯했다. 메이페어에 위치한 펜트하우스, 수십 명에 이르는 애인들, 그것들은 로잰케의 앞부분 절반을 담당하면서 저절로 따라온 것들이었다. 나머지 절반, 혹은 그중에서도 일부 재산으로 나는 빅토리아 저택의 몇 안 되는 허름한 방에서 그럭저럭 살아가야 했다.

일단 이혼이 진행되자 당연히 나는 로즈를 만날 기회가 별로 없었지만 그녀는 약속을 지켰고, 가엾은 나의 낡은 저택을 다시 꾸미기에 충분할 정도의 배당금을 약소하게나마 챙겨주었다. 옷도 언제든 공짜로 얻었다. 어차피 내가 케네스와 결혼했던 건 모두가 아는 사실이어서, 그가 나를 남부끄럽게 대했더라면, 그래서 내가 누더기를 입고 돌아다녀야 했다면 로잰케의 명성에 좋을 게 하나도 없었다.

하지만 케네스와 마찬가지로 그녀에게도 몹쓸 구석이

인생의 훼방꾼

하나는 있었으니, 결국 그런 것들은 늘 밝혀지게 마련이었다. 로즈에 대해서 좋지 못한 이야기는 절대 하지 않으려고 나로선 신중을 기했으나 그녀는 시간이 갈수록 인기를 잃기 시작했고—그녀에 대해 낱낱이 파헤치는 심층 취재 기사가 언론에 여러 번 등장했다—로잰케 패션 매장의 위상이 예전 같지 않다며 전성기가 지나갔다는 소문이 돌았다.

물론 나는 스스로 직업을 찾아야 했다. 로즈의 배당금과 케네스에게 받은 위자료는 나의 생계를 유지하기에 부족했으므로 나는 몇몇 인맥을 동원하였는데, 어느 곁엔가 총선을 앞두고 보수당에서 일하고 있는 나를 발견했다. 사우스핀치 지역구 의원이 의회 입성을 결국 해낼 것이라고 생각한 사람은 아마 나밖에 없을 것이다. 하지만 나는 그의 라이벌에 대해서 한두 가지 아는 게 있었다. 그는 로잰케 출신의 여러 모델 중 한 명과 어울려 다닌 전적이 있는데, 사우스핀치 주민들이 싫어하는 한 가지가 있다면 그것은 바로 의원의 난잡함이었다. 나는 여기저기 힌트를 남기는 것이 나의 의무라고 느꼈고, 우리 후보자가 약간 더 표를 얻어 당선되었다. 나는 위대한 애국자며, 그 어떤 종류의 개인적 고민이나 감상보다도 여왕님과 나라를 앞세우는 사람이다.

어쨌든 보수당 의원 사무실에서 열심히 일을 하면서 케네스를 잃은 충격에서 벗어나는 것도 도움이 되었고, 그곳에서 열린 여러 회의에서 나는 치체스터 경을 만났다.

"뻣뻣하게 생긴 얼굴에 안경을 쓴 저 남자는 누구예요?" 내가 누군가에게 물었다. 그는 에드워드 페얼리고어며 부친이 얼마 전 사망하였기에, 그 말은 곧 그가 상원의원 직위를 물려받을 것임을 의미한다는 대답이 즉각 돌아왔다.

"우리 실무진 중에서 가장 능력 있는 분이야." 나의 정보원이 말했다. "나머지 내각이 다 물러나면 총리 후보로도 나갈걸."

나는 치체스터 경을 둘러싼 사람들 무리에 가까스로 진입해 남편보다 몇 살 더 나이가 들어 보이는 은발 여인인 그의 부인을 소개받았다. 그녀는 사냥을 몹시 좋아하여 어쩔 수 없는 경우가 아니면 안장에서 내려오기를 싫어하는 듯했다. 그래서 나는 런던에 오게 되면 대체 옷을 어떻게 준비하는지 그녀에게 물었고, 옷차림을 제대로 갖췄는지 고민하는 것이 악몽일 것 같다고 말했다. 치체스터 부인은 약간 놀란 듯 지금 입고 있는 드레스도 2년 전에 장만한 것이라고 인정했다.

"로잰케에 가보셔야겠네요. 그분이 제 시누이예요. 일단 거기 가서 그분 손에 맡기면 다시는 옷 걱정 하실 필요 없을 거예요."

"난 걱정할 게 없다고 생각하는데요." 치체스터 부인이 말했다.

"남편분은 어쩌시라고요?" 나는 눈썹을 들어 올리며 말했다. 그 점을 크게 강조한 건 아니었고 잠시 후 나는 무리에서 빠져나왔지만, 내가 했던 말이 인상을 남기긴 했는지 치체스터 부인이 한두 번 거울을 흘끔거리는 모습이 목격되었다. 박정하게 굴고 싶진 않지만 아마도 그런 행동은 그녀가 자주 보이는 모습이 아닌 것 같았다.

결론은 내가 로즈를 부추겨 그녀에게 다음번 패션쇼 초청장을 보내게 했다는 것이었다. 그해 봄 물고기는 미끼를 물었고, 치체스터 부인은 패션쇼에 참석했다. 나도 거기 있었다. 나는 그녀 곁에 앉아서 본인의 취향이랄 것이 전혀 없는 그녀를 위해 어떤 옷을 주문해야 하는지 조언을 해주었다.

그날 이후로 2주간 나는 매일 그녀에게 전화를 걸었고, 마침내 그녀가 나를 점심 식사에 초대했다. 치체스터 경은 늦게 귀가해, 나중에 거실에서 커피를 마실 때 한두 마디 대화를 주고받았을 뿐이지만 나는 존재감을 확실히 새겨놓았다.

"어제저녁에 발간된《쿠리어》지에 실린 의원님 기사 보셨어요?" 내가 그에게 물었다.

"못 본 것 같군요. 난 절대 소문을 다룬 기사는 읽지 않아요." 그가 말했다.

"그건 소문이 아니었어요. 그 기사는 사실이거나 적어

도 예측이라고 봐야겠죠. '보수당에 전투력을 실어줄 수 있는 유일한 인물이 한 명 있으니, 그는 바로 치체스터 경이다.'"

우스운 일이지만 가장 지적인 남자들도 칭찬에는 확 넘어온다. 얼마나 후한 칭찬을 쏟아붓는가는 상관없이, 그들은 어떤 칭찬에도 속으로 기뻐 날뛴다. 치체스터 경은 미소를 짓더니 말도 안 되는 이야기라는 듯이 손을 들어 휙 내젓는 시늉을 해 보였지만, 나는 오려둔 기사를 가방에서 꺼내 그에게 건넸다.

그것이 우리 불륜의 시작이었다. 내가 곁에 없다면 그는 갈 곳을 잃고 헤맸을 것이라는 사실을 그가 인정하기까지 1년이 넘게 걸렸고, 결국 그것을 인정했을 때 그는 이성을 잃고 무너져 울음을 터뜨렸지만 하필 당시 그는 건강이 별로 좋지 못해 최근까지 심한 대상포진으로 앓다가 막 회복한 참이었다.

"당신에게 필요한 건 잘 먹는 거예요." 내가 그에게 말했다.

그는 당시 빅토리아에 있는 나의 집에 와서 지냈다. 치체스터 부인은 사냥을 하다가 말에서 떨어져 다리 골절로 워윅셔에 누워 있었으므로 에드워드—그 무렵 우리는 서로를 에드워드와 딜리라고 부르는 사이였다—는 런던 집에 혼자 와 있었다. 나는 그가 혼자서 제대로 챙겨 먹을지

인생의 훼방꾼

염려스럽기도 했고, 그에게도 말했듯이 대상포진 이후엔 특히 소화불량이 극심해지는 것이 문제였다. 그래서 어느 날 나는 상원 회관 밖에 택시를 대기해두고 그를 기다렸다가, 내가 직접 푸짐한 식사를 준비해 먹일 수 있도록 집으로 데려가야겠다고 고집을 부렸다. 그렇게 해서 그가 내 집에서 첫날 밤을 보내게 되었던 것이다.

"아유, 걱정하지 마세요." 다음 날 아침 나는 그에게 말했다. "무슨 일이 있었는지 아무도 절대 모를 거예요. 당신과 나만 아는 일이니까요. 물론 혹시 상어 떼 같은 기자들이 낌새를 알아차린다면 당신 경력도 다 끝장이겠죠." 나는 깔깔 웃으며 말을 이었다. 그렇게 겁을 먹은 남자의 얼굴은 본 적이 없었다. 하지만 당시에도 그의 유머 감각은 그의 장점이 아니었다.

가엾은 에드워드…… 우리가 함께했던 그 몇 년을 새삼 돌이켜보면서, 그에겐 인생을 통틀어 내가 가장 위대한 사랑이었음을 깨달았다. 나는 메리 치체스터와 결혼 생활을 유지하는 것은 정치가에게 어울리는 인생이 아니라고 그를 설득했다. 차라리 조랑말과 결혼하는 편이 나을지도 모른다고.

"부인과 언제나 말과 관련된 대화만 나누는 건 당신에게 부당해요. 당신이 총리가 되는 길에 도움이 안 된다고요."

"난 총리가 되고 싶은지도 잘 모르겠소. 가끔은 다 접고 워윅셔에 내려가 생을 마감하고 싶다는 생각뿐이거든."

"그러고 싶더라도 나를 함께 데려가줘요."

나로선 이유를 모르겠던데, 그는 보수당 내에서도 자신의 임무를 제대로 다하는 것 같지 않았다. 때때로 그는 옛날 이스트본에 살던 시절의 아버지를 연상시켰다. 상원에서 은밀하게 어떤 이야기들이 벌어지고 있는지 털어놓으라고 그를 다그치려 하면 그는 악몽에 시달리는 듯한 표정을 지으면서—물론 여전히 내가 언론계 친구들과 관계를 유지하면서 때때로 정보를 제공하고 있기 때문이었다—화제를 바꾸려고 애쓰며 그 대신 아내의 말 이야기를 꺼내곤 했다.

"당신도 진저를 만나봐야 해. 아주 멋진 암말이거든. 그리고 메리는 내가 알아온 그 어느 여자들보다도 가볍게 말을 다루지"라며 말을 돌리는 식이었다.

"당신의 문제는 야망이 없다는 거예요." 나는 그에게 말했다. 어쩔 수 없이 가끔씩은 씁쓸함에 젖었다. 나는 맛있는 저녁을 요리해 먹이고 그의 시중을 드느라 온갖 수고를 마다하지 않는데, 그가 할 수 있는 일이라고는 고작 소화불량에 대해서 불평을 늘어놓거나 아내의 말 자랑을 하는 것뿐이었다.

나는 절대 그의 아내에 관해서 한 마디도 험담을 하지

인생의 훼방꾼

않았다. 결국 돈줄은 그녀가 쥐고 있었고, 그녀가 사냥을 하다가 말에서 떨어져 척추가 부러지는 건 시간문제였으므로 그렇게 되면 사랑하는 에드워드는 자유가 될 것이다. 오히려 걱정인 것은 그가 의회 일은 소홀히 하면서 자꾸만 워윅셔에 집착하고 있다는 점이었다.

"농장 일꾼들을 시켜서 담장을 더 높이 세우라고 해야겠네요. 당신 부인의 말들이 당신 이야기처럼 그렇게 훌륭하다면 건초 더미는 우습게 뛰어넘겠죠."

그러다가 슬며시 워윅셔에 대한 이야기에서 벗어나 화제를 바꾸려고 애를 쓰던 나는 혹시 동료 의원들이나 내각의 진짜 거물들에 대한 이야기를 흘려들을까 싶어서 더듬이를 바짝 세웠다. 영국의 대외 정책에 대해서, 그리고 현 정부가 중동 사태에 대해서 어떤 방향으로 접근할지 논의한다면 그를 도와줄 부분이 너무도 많은데, 계속 지켜봐온 것처럼 그의 두뇌가 점점 위축되어 점점 쓸모없어지는 상황이라면, 나도 에드워드를 곁에 두는 것이 엄청난 시간 낭비처럼 느껴졌다. 적당한 분야에서 내가 한두 마디 언급만 하면, 정치적인 파급효과는 어마어마할 수도 있었다.

"당신이 나를 10년 전에 만나기만 했어도 우리 둘은 지금 여기 앉아 있지 않을 거예요." 나는 종종 그에게 이렇게 말하곤 했다.

"당신 말이 맞아. 난 지금쯤 폴리네시아 제도에 가 있을 거야."

그는 자신이 정말로 원하는 것이 조용한 인생인 척 으스대기를 좋아했다.

"아뇨, 당신은 영국 총리가 되어 있을 거예요. 그리고 난 다우닝가 10번지에서 즐겁게 지내고 있겠죠. 중요한 요직을 전부 다른 사람들이 차지하도록 당신은 맥 놓고 있는 걸 볼 때마다 난 피가 들끓어요. 당신은 누가 대신 나서서 자신을 옹호해주길 원하고, 그 일을 해야 할 사람은 마부들과 농담이나 주고받으면서 시간을 때우고 있잖아요."

나는 정말로 영국의 미래를 그의 손에 맡겼을 때 안전할 수 있을지 염려하기 시작했다. 요즘엔 노동당 의원 중에서 한두 명이 더 기개도 단단해 보이고 돈도 더 많은 것 같았다. 나는 에드워드에게서 동전 한 푼 받은 적이 없었다. 그가 내게 선물한 것을 전혀 받지 않았다는 의미는 아니지만, 해마다 크리스마스 때 그가 워윅셔에서 보낸 말 사진 액자는 정말 지긋지긋했다.

원래 러브스토리는 해피 엔딩이 없다. 현실 세계엔 없다. 나의 러브스토리는 꽝 소리와 함께 끝이 났다. 꽝 소리라는 표현은 비유가 아니라 진짜다.

여름의 끝자락에서 휴장을 했던 의회가 회기를 종료하면서 위기가 찾아왔다. 나는 평소처럼 에드워드를 집으로 태워 가려고 의회 광장에 택시를 대기시켜 안에 타고 기다리는 중이었다. 거기엔 다른 문제도 있었다. 그는 워낙 멍하니 한눈을 잘 팔고 다니는 사람이어서 내가 먼저 낚아채지 않으면 가끔 곧장 자기 집으로 가는 경우가 있었다. 경악스럽게도 상원 회관에서 나온 그가 곧바로 인도 바로 옆에 세워둔 자동차에 뛰어 타는 모습이 보였다. 자동차는 내가 번호판을 확인하거나 택시 기사에게 뒤를 따라가라고 말하기도 전에 총알같이 사라졌다. 뒷좌석엔 여자가 타고 있어서 나는 창문으로 그녀를 볼 수 있었다.

우린 여기까지인가 보네, 나는 혼잣말을 했다. 그걸로 끝이었다! 곧장 집으로 돌아간 나는 워윅셔에 있는 그의 부인에게 전화를 연결했다. 남편이 다른 여자와 출타 중이라는 사실을 그녀에게도 이야기해줘야 공평했다.

하지만 어떻게 되었는지 아는가? 전화를 받은 하인이 말하길, 치체스터 부인은 워윅셔의 집을 팔고 런던으로 가셨으며, 부인과 치체스터 경은 함께 6개월이나 어쩌면 1년 동안 케냐에서 지낼 예정이었다. 사실, 두 사람이 아예 아프리카에 눌러앉을 가능성이 매우 높았다. 치체스터 경은 정치계 생활에 지쳐 있었고, 그와 치체스터 부인은 둘 다 큰 짐승을 사냥하고 싶어 했다. 하인이 알기로는 부부가 곧 해외로 떠날 예정이어서 어쩌면 오늘 밤에 당장 떠날 거라고 했다.

나는 그의 런던 집에 전화를 걸어보았다. 응답이 없었

다. 생각나는 모든 호텔에도 연락을 해보았지만 허탕이었다. 공항에도 수소문을 했지만 결과는 비슷했다.

그러다가 모든 것이 밝혀졌다. 치체스터 경과 부인은 가명으로 케냐로 떠났다. 다음 날 아침 신문에서 나는 그 모든 사연을 읽었다. 기사에서 추측한 이유는 치체스터 경이 또 한 번 대상포진을 앓았고 그래서 모든 걸 버리고 떠나고 싶어 했으리란 것이었다. 가엾은 사람, 나는 그가 약물에 취해 끌려갔을 거라고 생각한다. 심지어 수갑을 찼을지도. 오늘날 자유국가에서도 이런 일은 벌어질 수 있다. 보수당 측엔 끔찍한 불명예이므로, 다음번 선거에선 나도 노동당을 위해 일해야겠다. 그들은 적어도 정직하니까.

그럭저럭하는 동안 나는 찢어진 가슴을 안고 여기 이렇게 또 혼자가 되었다. 케네스를 위해 성심을 다했던 것처럼 에드워드 치체스터를 위해서도 나는 모든 일을 다 했는데, 내가 얻은 것은 무엇인가? 배은망덕 이외엔 아무것도 없다. 그에게서 두 번 다시 소식을 들을 일은 없을 것 같다. 그의 부인이 그렇게 손을 썼을 것이다. 혹시 소식이 전해지더라도, 이번엔 밤색 암말 사진 대신에 크리스마스카드에 버펄로 머리가 새겨져 있을 것이다.

내가 알고 싶은 건 바로 이것이다. 내 인생은 어디부터 잘못되었을까? 온갖 사람들에게 그토록 친절하게, 내가 얼마나 진심을 다해 너그럽게 대했는데 어째서 그것과는 아무런 상관도 없이 나는 전혀 이득을 보지 못할까? 처음부터 끝까지 언제나 나는 내 자신을 마지막 순서로 두고, 다른 사람들의 행복을 앞세웠다. 그런데도 저녁 시간인 지금 나 홀로 앉자 내 주변 사람들의 얼굴을, 아버지, 어머니, 맷지 고모, 케네스, 에드워드, 심지어 가엾은 버넌 마일스까지 차례로 떠올려보면, 그들의 표정은 전혀 다정하지 않고 어쩐 일인지 쫓기는 듯한 얼굴이다. 하나같이 나를 제거하려고 애쓰는 것 같다. 그들은 그림자로 남는 것을 견디지 못한다. 그들은 나의 기억과 삶에서 벗어나고 싶어한다. 혹시 내 쪽에서 그들을 제거하고 싶은 걸까? 정말 모르겠다. 너무 심하게 뒤죽박죽이다.

의사는 내가 너무 신경이 곤두선 상태로 살고 있다면서 수면제를 한 병 주었다. 약은 침대 옆에 두고 지낸다. 하지만 그가 나보다 더 지친 것 같은 인상을 받았다는 걸 아는가? 어제, 또 한 번 진료 약속을 잡으려고 전화를 했더니 반대편 목소리가 말했다. "죄송하지만 야들리 박사님은 휴가 중이십니다." 하지만 그건 사실이 아니었다. 나는 의사 목소리를 알아들었다. 그가 다른 사람 목소리를 가장하고 있었다.

왜 나는 이렇게 불운하고 불행한가?

내가 무슨 짓을 했다고?

작품 일러두기

　「인생의 훼방꾼」을 제외하면, 비록 몇몇 작품의 출간이 훨씬 나중에 이루어졌기는 하나 이 소설집에 실린 작품들은 모두 1926년부터 1932년 사이 대프니 듀 모리에의 경력상 매우 초창기에 쓰였다.

　「동풍」은 『리베카의 노트북The Rebecca Notebook』 미국 판본에 실려 1980년에 처음 출간되었으나, 영국 엑서터 대학교 자료실에 소장된 듀 모리에의 1926년 원고 노트에서 찾아볼 수 있다. 『리베카의 노트북』 영국 판본에는 포함되지 않았다.

　「인형」은 1937년 조지 조지프가 편집하고, 마이클 조지프가 출간한 소설집 『편집자는 후회한다The Editor Regrets』로 처음 출간되었다. 듀 모리에는 자신의 회고록 『젊은 시절

의 나*Myself When Young*』에서 이 작품의 집필 시기를 1928년
이라고 밝힌다.

「그러므로 이제 하늘에 계신 우리 아버지께」는 듀 모리
에가 최초로 발표한 작품이었다. 이 작품은 작가의 스물두
번째 생일 직후인 1929년 5월《바이스탠더》지에 실렸다.
「성격 차이」 역시 그다음 달에《바이스탠더》지에 발표되
었다.

「점점 차가워지는 그의 편지」는 1931년 9월《코스모폴
리탄Hearst's International Combined with Cosmopolitan》지에 실
려 미국에서 최초로 소개되었다.

「해피밸리」는 1932년《일러스트레이티드 런던 뉴스》지
에 최초로 발표되었다.

「절망」「피카딜리」「집고양이」「메이지」「오래가는 아
픔은 없다」「주말」은 1955년 영국 토드 출판사에서 발간
한 『초기 단편집*Early Stories*』에서 전재하였다. 이 소설집에
실린 모든 작품은 1927년부터 1930년 사이 신문과 잡지
에 처음 발표된 것들이다.

「인생의 훼방꾼」은 1959년 더블데이 출판사에서 펴낸
『한계점*The Breaking Point*』 미국 판본에 실렸다. 영국 판본에
는 포함되지 않았다.

옮긴이의 말

       우리가 이번에 접하게 된 대프니 듀 모리에의 단편 세계에서 서스펜스의 여제, 20세기 영국 최고의 이야기꾼이라는 찬사는 아직 오지 않은 미래의 일이다. 빛나는 재능을 갖추긴 했지만 작가로서 불투명한 장래에 대한 불안을 품고 조심스레 첫발을 내디뎠을 청춘의 기개와 단면을 거의 100년 만에 엿보는 기회, 그 짜릿한 묘미에 대한 기대감으로 이 책을 검토하기 이전부터 설레었다. 걸작의 탄생 이전, 오랜 습작 끝에 세상에 내놓은 작가의 데뷔작은 과연 어떤 작품이었을까?

  흥미로운 것은 공식 작품 연보에 드러난 데뷔작과 실제 최초로 쓴 작품의 기록이 다르다는 사실이다. 작가가 세상에 첫선을 보인 단편은 1929년 5월 《바이스탠더》지에 발표한 「그러므로 이제 하늘에 계신 우리 아버지께」이며, 「성격 차이」역시 바로 다음 달 같은 잡지에 실렸다. 작가의 나이 22세 때의 일이다. 그러나 「작품 일러두기」에서 보듯, 최초의 단편은 1926년에 쓴 「동풍」이며, 여기 실린 단편소설 13편의 차례는 발표순이 아니라 순수한 의미의 작품 탄생 순서를 따른다.

대프니 듀 모리에의 팬들이라면 익히 그 천재성을 잘 알고 있다 하더라도, 대부분 25세 이전에 쓰였다는 이 소설집의 작품들을 접하고 적잖이 놀랄 것 같다. 이런 파격적인 인물과 주제들을 이미 10대 후반과 20대 초반에 문학으로 담아냈다니! 문학적 천재성을 꽤 이른 시기에 드러내는 작가들도 많지만, 듀 모리에의 초기 단편에 드러난 신랄한 태도와 놀라운 상상력은 거의 한 세기 이후에 그를 접하는 현재 독자들의 뒤통수를 때리듯 앞선 사고를 보인다. 단지 시대를 초월하는 고전의 보편성과 위대함 때문이라고 생각하기에는 지금 당장 우리가 고민 중인 사회적 논란과 밀접하게 맞닿는 지점이 많다.

관조적인 태도로 성에 대한 인간의 욕망과 원시적인 파괴력을 적나라하게 드러낸 후 돌연 시치미를 뚝 떼는 느낌이 드는 「동풍」은 작가가 무려 19세 때 쓴 작품이다. 20세 때 가족의 간섭에서 잠시 벗어난 시기에 집필한 것으로 전해지는 「인형」에 담긴 사랑과 성에 대한 집착을 표현해낸 방식은 또 어떤가! 근자에 논란이 많은 리얼돌에서 한 단계 더 진전된 형태로 작동마저 가능한 섹스토이를 1928년에 이미 다루었다고? 참으로 전복적인 상상력이 아닐 수 없다. 그 밖에도 결혼과 로맨스에 대한 냉소적 견해, 남녀의 시각 차이, 속물 성직자의 이중성, 인간의 이기심과 계급 문제까지, 작가는 다양한 주제와 인물로 비극과 유머를 넘나들며 독자를 쥐락펴락한다.

어떻게 그 시대에, 그리고 그 나이에 이런 정신세계와 태도가 가능했을까? 한 편 한 편 개성 넘치는 작품들을 읽어나가며 느낀 매혹과 감탄에 이어, 작가의 당시 생애에 관하여 예전보다 더 큰 관심이 생겨나는 걸 어쩔 수가 없다. 유명인의 자식으로서 원하든 아니든 세상 사람들의 관심 속에 살아간다는 것. 파파라치가 판치고 개인 정보가 무방비로 노출되기 쉬운 요즘이 아니라 해도, 세간의 이목이 집중되는 삶은 상상만으로도 피로하다. 유명 만화가이자 작가였던 할아버지. 유명 연극배우였던 부모. 조부의 문학적 재능을 물려받은 둘째 딸에게 유독 기대와 애정을 쏟아부은 아버지 제럴드. 어린 시절부터 딸들에게 얼음여왕 같았던 아름다운 어머니 뮤리엘. 아들을 몹시 바랐으나 딸만 셋을 둔 아버지의 심리적 결핍을 공감한 때문인지 스스로 남자 옷을 입고 자신의 내면은 남자라 여겼던 작가의 유년 시절과 사춘기의 정신적 방황. 심지어 어머니는 남편과 대프니 사이를 시기하고 의심하는데, 끊임없는 여성 편력과 알코올 의존증을 보였던 제럴드는 실제로 대프니를 성적으로 학대했다는 증언도 전해진다.

1931년 첫 장편소설 출간 당시, 작품 홍보에 '배우 제럴드의 딸이자 조지 듀 모리에의 손녀'라는 점이 부각된 것을 보면 듀 모리에의 태생적 환경은 처음 작가의 길에 분명 후광을 씌워주었을 것으로 생각된다. 그러나 유명세를 떨친 가족의 존재는 작가의 삶과 글에 명암을 동시에 드리웠고, 특히 집착적인 사랑으로 딸의 삶과 정신을 지배하려 들었던 아버지는 깊은 애증의 대상이었다. 여러 작품에서 작가는 그런 자신의 심리를 인물에 투영한 적이 있는데, 1934년 아버지가 사망했을 때 대프니 듀 모리에는 장례식 참석을 거부한 뒤 곧이어 아버지의 전기를 쓰기 시작했다. 아버지의 장례식에 가지 않겠다고 결심한 딸의 심경을 함부로 추측할 순 없겠으나, 그 사실이 시사하는 바는 큰 것 같다. 나약하고 이중적인 인간성을 조롱하고 얄팍한 사랑을 불신하는 초기 단편 속 인물들에게 드리워진 그림자에서 우리는 작가가 부모에게서 받았을 상처와 고통을 어렴풋이 짐작한다. 어머니 뮤리엘과의 관계를 상징적으로 그려낸 「집고양이」 주인공의 깨달음처럼, 대프니가 관찰한 세상에서 어른이 된다는 건 정말 환멸스러운 일이었을 것이다.

옮긴이의 말

그럼에도 작가 개인의 불안과 고통, 인간에 대한 혐오는 다양한 인물의 시점에서 공기처럼 수분처럼 행간에 스며들어 작품을 완성하며 더러는 유머로 승화된다. 족쇄 같았을 가족과 환경의 제약은 이제 작품 너머로 사라져 희미해지는 듯하다. 위대함의 싹은 이미 발화되어 있고, 독자로서 우리들은 그저 젊은 작가의 탁월한 표현력과 시대를 앞서가는 감각에 감탄할 준비를 하면 된다. 영국 소설가 폴리 샘슨은 이 소설집을 소개하며 "손에 넣을 수 없는 여인을 향한 어느 남자의 광적인 사랑, 성적 수치심과 성적 착취, 고독과 어울림에 대한 상반된 욕구, 훗날 위대한 장편소설에 담긴 작가의 모든 주제들이 웅크린 배아처럼 초기 모습으로 여기 드러나 있다"고 설명한다. 읽을수록 궁금증과 여운이 더하는 오묘한 단편소설의 절제미 속에서 아직도 어딘가 더 감추어져 있을 것 같은 진실을 파헤쳐보고 싶어진다. 제인, 리베카, 메리, 메이지, 메이, 에인절, 딜리, 로즈, 그리고 이름을 드러내지 않은 여러 여성 인물들의 그림자엔 미처 말하지 못한 또 어떤 사연이 남아 있을까.

옮긴이 변용란

건국대학교 영어영문학과를 졸업하고 연세대학교 영어영문학과에서 석사 학위를 받았다. 현재 전문 번역가로 활동 중이며, 옮긴 책으로 『나의 사촌 레이첼』을 비롯해 『시간의 지도』 「트와일라잇 시리즈」 『시간 여행자의 아내 1, 2』 『대실 해밋』 『프린세스 브라이드』 「웨이워드파인즈 시리즈」 『어쩌면 끝이 정해진 이야기라 해도』 등이 있다.

인형

지은이 대프니 듀 모리에
옮긴이 변용란
펴낸이 김영정

초판 1쇄 펴낸날 2020년 3월 27일
초판 3쇄 펴낸날 2022년 11월 16일

펴낸곳 (주)**현대문학**
등록번호 제1-452호
주소 06532 서울시 서초구 신반포로 321(잠원동, 미래엔)
전화 02-2017-0280
팩스 02-516-5433
홈페이지 www.hdmh.co.kr

© 2020, 현대문학

ISBN 978-89-7275-163-2 03840

∗ 책값은 뒤표지에 있습니다.
∗ 파본은 구입처에서 교환해드립니다.

치명적인 아름다움과
서늘한 공포가 공존하는
대프니 듀 모리에의 걸작들

1936년 작 **자메이카 여인숙** 한애경·이봉지 옮김

『레베카』 탄생을 예고한 고딕 로맨스의 고전

어머니의 유언에 따라 이모와 살게 된 메리는
음산한 황야 언덕마루에 홀로 선 자메이카
여인숙에 도착한다. 폐인이 된 이모, 흉포한
이모부, 기묘한 알비노 목사와 엮이면서
수상한 일들에 휘말리는 사이, 속내를 알 수
없는 한 남자에게 끌리며 더 큰 혼란에 빠진다.

1938년 작 **레베카** 이상원 옮김

출간 이후 단 한 번도 절판된 적 없는 대표작
1938년도 전미도서상 수상작

고아인 '나'는 부유한 귀족 맥심과 운명적인
사랑에 빠져 아름다운 대저택 맨덜리의
안주인으로 변신한다. 그러나 그곳에는 죽은
전 부인 레베카의 그림자가 짙게 드리워져
있고, 어느 날 '나'는 그녀의 죽음에 관한
엄청난 진실을 마주한다.